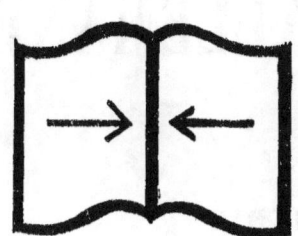

RELIURE SERREE
Absence de marges
intérieures

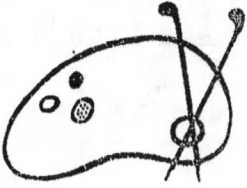

Couvertures supérieure et inférieure
en couleur

VALABLE POUR TOUT OU PARTIE
DU DOCUMENT REPRODUIT

A. BOSSERT

ESSAIS

SUR LA

LITTÉRATURE ALLEMANDE

DEUXIÈME SÉRIE

WEIMAR AU TEMPS DE GOETHE

GOETHE DIRECTEUR DE THÉÂTRE — WERTHER — GOETHE ET SULÉIKA

SCHILLER — GUILLAUME DE HUMBOLDT

LE THÉÂTRE DE LA HOFBURG A VIENNE — LENAU — BEETHOVEN

LA FAMILLE MENDELSSOHN

THÉODORE FONTANE — FRÉDÉRIC-GUILLAUME III ET LA REINE LOUISE

UN SOLDAT D'IL Y A CENT ANS

PARIS

LIBRAIRIE HACHETTE ET Cie

79, BOULEVARD SAINT-GERMAIN, 79

1910

3 fr. 50

LIBRAIRIE HACHETTE ET Cie, 79, BOULEVARD SAINT-GERMAIN, PARIS

BIBLIOTHÈQUE VARIÉE, FORMAT IN-16

A 3 FR. 50 LE VOLUME

ÉTUDES SUR LA LITTÉRATURE FRANÇAISE

ALBERT (P.) : *La poésie*........ 1 vol.
La prose............... 1 vol.
La littérature française, des origines à la fin du XVIe siècle............. 1 vol.
La littérature française au XVIIe siècle............... 1 vol.
La littérature française au XVIIIe siècle............... 1 vol.
La littérature française au XIXe siècle : les origines du romantisme....... 2 vol.
Poètes et poésies............. 1 vol.
BALDENSPERGER (F.) : *Études d'histoire littéraire*............... 1 vol.
BENOIST (Ant.) : *Essais de critique dramatique*............... 1 vol.
BERTRAND (J.) : *La fin du classicisme et le retour à l'antique*............ 1 vol.
BRUNETIÈRE, de l'Académie : *Études critiques sur l'histoire de la littérature française*............. 8 vol.
Ouvrage couronné par l'Académie française.
L'évolution des genres dans l'histoire de la littérature............. 1 vol.
L'évolution de la poésie lyrique en France au XIXe siècle............. 2 vol.
Les époques du théâtre français..... 1 vol.
Victor Hugo................ 2 vol.
CRUPPI (J.) : *Un avocat journaliste au XVIIIe siècle. Linguet*........ 1 vol.
DELTOUR : *Les ennemis de Racine au XVIIe siècle*............. 1 vol.
Ouvrage couronné par l'Académie française.
FILON (A.) : *Mérimée et ses amis*. 1 vol.
GIRAUD (V.) : *Essai sur Taine*. 1 vol.
Ouvrage couronné par l'Académie française.
Chateaubriand, études littéraires... 1 vol.
GLACHANT (P. et V.) : *Papiers d'autrefois*................ 1 vol.
Ouvrage couronné par l'Académie française.
Essai critique sur le théâtre de Victor Hugo................. 2 vol.
GRÉARD, de l'Académie française : *Edmond Schérer*............. 1 vol.
Prévost-Paradol............. 1 vol.
HAUSSONVILLE (Cte d'), de l'Académie : *A l'Académie française et autour de l'Académie*............. 1 vol.
LAFOSCADE (L.) : *Le théâtre d'Alfred de Musset*............. 1 vol.
LANGLOIS (Ch.-V.) : *La société française au XIIIe siècle*........ 1 vol.
La vie en France au moyen âge... 1 vol.
LARROUMET (G.), de l'Institut : *Marivaux, sa vie et ses œuvres*..... 1 vol.
Ouvrage couronné par l'Académie française.
La comédie de Molière......... 1 vol.
Études de critique dramatique..... 2 vol.
Derniers portraits............. 1 vol.
LATREILLE (C.) : *Joseph de Maistre et la Papauté*................ 1 vol.

LE BRETON (A.) : *Le roman au XVIIe siècle*............. 1 vol.
Ouvrage couronné par l'Académie française.
LENIENT : *La satire en France au moyen âge*............. 1 vol.
Ouvrage couronné par l'Académie française.
La satire en France au XVIe siècle. 2 vol.
La comédie en France au XVIIIe et au XIXe siècle............. 4 vol.
La poésie patriotique en France au moyen âge et dans les temps modernes.. 3 vol.
MARTINENCHE (E.) : *La comédie espagnole en France de Hardy à Racine*..... 1 vol.
Ouvrage couronné par l'Académie française.
Molière et le théâtre espagnol... 1 vol.
MASSON (Maurice) : *Fénelon et Mme Guyon*................ 1 vol.
MERLANT (J.) : *Le roman personnel, de Rousseau à Fromentin*....... 1 vol.
MÉZIÈRES (A.), de l'Académie française : *Vie de Mirabeau*............. 1 vol.
Morts et vivants............. 1 vol.
MONOD (G.), de l'Institut : *Jules Michelet, études sur sa vie et ses œuvres*.. 1 vol.
MONTÉGUT (Émile) : *Dramaturges et romanciers*............. 1 vol.
Esquisses littéraires............. 1 vol.
PARIS (G.), de l'Académie française : *La poésie du moyen âge*......... 1 vol.
La littérature française au moyen âge, 3e édit. revue et complétée..... 1 vol.
Légendes du moyen âge......... 1 vol.
PELLISSIER : *Le mouvement littéraire au XIXe siècle*............. 1 vol.
REINACH (J.) : *Études de littérature et d'histoire*............. 1 vol.
RIGAL (E.) : *Le théâtre français avant la période classique*............. 1 vol.
Molière................ 1 vol.
RITTER (Eug.) : *La famille et la jeunesse de J.-J. Rousseau*....... 1 vol.
Ouvrage couronné par l'Académie française.
SAINTE-BEUVE : *Port-Royal, 6e éd. revue et augmentée*......... 7 vol.
SCHRŒDER (V.) : *L'abbé Prévost, sa vie, ses romans*............. 1 vol.
SPULLER (E.) : *Lamennais*.... 1 vol.
STAPFER : *Molière et Shakespeare* 1 vol.
Ouvrage couronné par l'Académie française.
La famille et les amis de Montaigne. 1 vol.
TAINE (H.) : *La Fontaine et ses fables*................. 1 vol.
Essais de critique et d'histoire.... 1 vol.
Nouveaux essais de critique et d'histoire................. 1 vol.
Derniers essais de critique et d'histoire................. 1 vol.
Sa vie et sa correspondance...... 4 vol.
TEXTE (J.) : *J.-J. Rousseau et les origines du cosmopolitisme littéraire*...... 1 vol.
Ouvrage couronné par l'Académie française.

1608-09. — Coulommiers. Imp. PAUL BRODARD. — 2-10-1670.

ESSAIS

SUR LA

LITTÉRATURE ALLEMANDE

DEUXIÈME SÉRIE

A. BOSSERT

ESSAIS

SUR LA

LITTÉRATURE ALLEMANDE

DEUXIÈME SÉRIE

WEIMAR AU TEMPS DE GŒTHE
GŒTHE DIRECTEUR DE THÉATRE — WERTHER — GŒTHE ET SULÉIKA
SCHILLER — GUILLAUME DE HUMBOLDT
LE THÉATRE DE LA HOFBURG A VIENNE — LENAU — BEETHOVEN
LA FAMILLE MENDELSSOHN
THÉODORE FONTANE — FRÉDÉRIC-GUILLAUME III ET LA REINE LOUISE
UN SOLDAT D'IL Y A CENT ANS

PARIS

LIBRAIRIE HACHETTE ET Cie

79, BOULEVARD SAINT-GERMAIN, 79

1910

WEIMAR AU TEMPS DE GŒTHE

SCHILLER, dans une de ses poésies, attribue à la littérature allemande le rare privilège de s'être élevée sans le secours d'un Mécène. Ce fut pourtant une sorte de mécénat que la duchesse Amélie et son fils Charles-Auguste exercèrent à Weimar. Ce fut bien par la volonté personnelle de deux souverains que la littérature classique de l'Allemagne prit son siège, non dans quelque grand centre de la vie nationale, à Leipzig, à Berlin ou à Vienne, mais dans la toute petite capitale d'un tout petit État.

Cependant la régence d'Amélie et le règne de Charles-Auguste constituent un mécénat d'un genre particulier, dont les avantages et les inconvénients tiennent à son exiguïté même. Les avantages, pour l'écrivain, sont la vie tranquille, la familiarité des rapports, la liberté relative ; les inconvénients, un horizon fermé, l'isolement presque complet.

Il est bien entendu, et les écrivains de Weimar ne cessent de le répéter, que l'artiste doit pouvoir se passer du suffrage de ses contemporains. Il faut pourtant qu'il s'adresse d'abord à eux; c'est par eux qu'il arrive à la postérité. Or, quels sont, pour l'écrivain de Weimar, les contemporains? quel est son premier public? Ce sont d'abord ses souverains, auditeurs bienveillants, mais formés à l'école de la France, et pour qui Voltaire est resté l'idéal de la poésie; ce sont ensuite une vingtaine de courtisans, dont la plupart aiment mieux les chiens et les chevaux que les lettres; un groupe de femmes, plus distinguées que leurs maris, et que la délicatesse naturelle de leur goût rapproche davantage des poëtes; enfin, tout au fond, une bourgeoisie inculte et ignorante, dont le véritable interprète était le trivial Kotzebue.

Est-ce devant un tel public qu'une grande littérature pouvait prendre son essor et se déployer à l'aise? Il y eut des moments où Gœthe et Schiller eux-mêmes en doutèrent.

I. — LE DUCHÉ DE SAXE-WEIMAR-EISENACH.

Le duché de Saxe-Weimar-Eisenach, élevé en 1815 au rang de grand-duché, se compose de trois parties principales, séparées l'une de l'autre par d'autres petites principautés, et situées entre la Saxe prussienne, la Saxe royale et la Bavière. Il compte aujourd'hui à peu près 350 000 habitants, et forme une étendue de 3 594 kilomètres carrés. Ses villes les plus importantes, Weimar, la capitale, Iéna, la ville universitaire, Eisenach, Apolda, Neustadt, sièges principaux de l'industrie et du commerce, ne dépassent guère 28 ou 30 000 habitants. Encore ces villes se sont-elles développées et agrandies depuis la fin du dix-huitième siècle. En 1786, la population totale des territoires gouvernés par Charles-Auguste est évaluée à 93 360 habitants; elle peut fournir une armée de 310 hommes. La ville de Weimar seule a 6 265 habitants. Elle compte 769 maisons [1], ordinairement formées d'un rez-de-chaussée et d'un étage, et comprenant plusieurs appartements; dans les faubourgs, ce sont des espèces de cabanes, des constructions basses, couvertes d'un toit de chaume qu'on peut atteindre de la main. La ville, toute capitale qu'elle était, et placée au centre de l'Allemagne, était fort isolée; elle était située à l'écart de la grande route que suivaient les courriers et qui allait de Leipzig à Erfurt; un facteur spécial portait une ou deux fois par semaine les lettres à la halte de Buttelstædt. Une vingtaine de voyageurs par jour se répartissaient entre les huit auberges, dont deux étaient supportables [2]. A cette époque, les communications étaient lentes, même entre les loca-

1. Büsching, *Erdbeschreibung*, Hambourg, 1791 ; t. VIII, p. 601.
2. Burkhardt, *Aus Weimars Culturgeschichte*, dans la revue *Die Grenzboten*, t. XXX, n°s 17, 18; t. XXXI, n°s 27, 28.

lités directement reliées par un service postal; elles étaient tout à fait rares entre celles qui étaient privées de cette ressource. On vivait parqué dans son coin, sans nouvelles du dehors. Le 23 août 1786, Gœthe écrit de Carlsbad à Mme de Stein : « On dit que le vieux roi est mort; si c'est vrai, vous devez déjà le savoir. » Il s'agit de Frédéric II, qui était mort en effet le 17 août, c'est-à-dire six jours auparavant. A Carlsbad, qui était pourtant un rendez-vous de hauts fonctionnaires et de diplomates, on n'en avait pas encore de nouvelle certaine. Le 3 septembre suivant, Gœthe part pour l'Italie, et six semaines après la duchesse Amélie écrit encore à la mère de Gœthe qu'il est à Carlsbad et qu'on attend son retour à Weimar.

Schiller, en arrivant dans la petite capitale, lui trouva toute l'apparence d'un village [1]. Elle ne comprenait alors que la partie centrale de la ville actuelle. L'Ilm, un affluent de la Saale, la baignait du côté de l'est. Sur la berge, le duc Wilhelm, un des combattants de la guerre de Trente ans, avait fait bâtir un château garni de bastions et entouré de fossés. La Wilhelmsburg fut détruite presque entièrement par un incendie en 1774; seule, une tour massive resta debout. La reconstruction, remise d'année en année à cause du mauvais état des finances, ne commença qu'en 1790 et fut terminée

1. Voir une lettre à Kœrner du 29 août 1787, où il compare Weimar à Iéna.

en 1803. En attendant, la cour s'installa dans le *Fürstenhaus*, un bâtiment municipal situé en face, dont les plafonds menaçaient ruine, et qu'on aménagea rapidement en y faisant les réparations urgentes. C'est là que Charles-Auguste hébergea Gœthe jusqu'au jour où il put lui donner le *Gartenhæuschen*, une habitation champêtre située de l'autre côté de l'Ilm. La petite maison qu'on rencontre en tournant vers l'ouest, et qui porte l'inscription : *Hier wohnte Schiller*, bordait alors l'esplanade, et avait vue sur une rangée de grands arbres qui commençaient la campagne.

La ville avait si peu de monuments, que ce fut une grande nouveauté quand un artiste local, nommé Klauer, offrit, en 1789, de placer un Neptune sur une fontaine au milieu d'un marché. L'église principale, la *Hofkirche*, où prêchait Herder et qui a gardé son tombeau, était une construction gothique sans caractère, et l'église Saint-Jacques, près de laquelle furent déposés d'abord les restes de Schiller, n'était qu'une chapelle insignifiante. Sur l'horloge du vieil hôtel de ville, un jaquemart en fer frappait les heures avec son marteau. Les rues étaient étroites, tortueuses; une mince bande de terrain pavé était ménagée pour les piétons; la chaussée était mal entretenue. Dans le dernier quart du siècle, on installa des lanternes au moyen de cordes tendues en travers des rues principales; mais leur entretien coûtait

cher. On eut un instant l'idée de faire payer les
frais de l'éclairage à ceux qui en avaient le plus
besoin, c'est-à-dire aux buveurs qu'on surprenait
aux approches de la nuit en état d'ivresse, ou aux
joueurs attardés dans les cabarets; mais le projet
parut d'une exécution trop difficile. Au delà des
faubourgs s'étendaient des terrains vagues ou
marécageux; le Karlsplatz, une des plus belles
parties de la ville actuelle, était un étang. Le mur
d'enceinte, de forme rectangulaire, était percé de
quatre portes, ouvertes de six heures du matin à
six heures du soir en hiver, et de trois heures du
matin à neuf heures et demie du soir en été. En
dehors de ces heures, on n'entrait et on ne sortait
qu'en payant une taxe de six pfennigs pour les
piétons et de quinze pour les cavaliers, dont les
hauts fonctionnaires et les serviteurs de la cour
étaient seuls dispensés. Ce droit de péage constituait pour la ville un revenu de trois cents
thalers par an; c'était une de ses principales ressources.

Weimar n'eut pendant longtemps d'autre lieu
de promenade ou de divertissement que le *Welsche
Garten*, ou le Jardin Français, dans le goût de
Versailles; car le Parc, qui est aujourd'hui le plus
bel ornement de la ville, ne fut aménagé qu'à
partir de 1775 et en grande partie par les soins de
Gœthe. Le duc Ernest-Auguste, l'arrière-petit-fils
de Wilhelm, le grand-père de Charles-Auguste,

avait fait construire, dans un site assez pittoresque, à une lieue au midi de Weimar, le château
de Belvédère, qui devint sa résidence habituelle, et
qui resta un rendez-vous de chasse favori pour ses
successeurs. Gœthe y demeurait souvent. « Je me
trouve très bien dans mon petit château, écrit-il à
Mme de Stein le 4 mars 1779, et je suis reconnaissant
au vieux duc d'avoir aménagé cette bonne et chaude
retraite sur un beau rocher. »

Ernest-Auguste avait la manie de la bâtisse et
du jardinage, et ce n'était pas sa seule manie.
C'était un de ces petits princes d'autant plus originaux que toutes les originalités leur étaient permises. Il était maigre et chétif, susceptible et
capricieux, au besoin despotique et violent. Sa
grande affaire était l'entretien de sa ménagerie, de
sa faisanderie, de son oisellerie et de ses serres. Il
s'occupait aussi d'alchimie; il voulait exploiter les
mines d'Ilmenau par le moyen de la baguette divi-
natoire, et il s'emportait contre ses *baguetiers*,
quand ils se trompaient. Il fallait que chaque village de son duché possédât une certaine assiette en
bois, couverte de signes cabalistiques, et qu'on
jetait dans le feu en cas d'incendie. Une critique
indiscrète des actes du gouvernement était punie
de six mois de réclusion, « attendu que, disait un
édit de 1736, l'autorité nous appartient à nous et
non aux paysans, et que nous ne voulons pas avoir
des raisonneurs pour sujets ». Un autre édit, de

1738, interdisait aux fonctionnaires de recevoir des cadeaux, « attendu que les revenus de nos États nous appartiennent ». Le but n'était pas de réagir contre un abus, mais d'empêcher que l'argent ne trouvât d'autres débouchés que la caisse du souverain.

Ernest-Auguste est un type qui se reproduit en de nombreux exemplaires dans l'Allemagne de ce temps. Il se lève à midi, passe en revue sa garde, composée de trente-trois hommes, et confère avec ses architectes et ses jardiniers. A trois heures, il se met à table, dîne jusqu'au soir, puis reste à jouer, à boire et à fumer, en compagnie de quelques officiers et de quelques demoiselles d'honneur. Il perdit de bonne heure sa première femme, une princesse d'Anhalt, qui lui avait donné trois filles et un fils qui mourut jeune. Devenu veuf, il demanda la main de Charlotte de Brunswick, très bien apparentée, mais encore plus extravagante que lui. « La princesse Charlotte, dit la margrave de Bayreuth sa belle-sœur, était folle à mettre aux petites maisons. Il lui prenait des vapeurs noires qui la rendaient de temps en temps furieuse. Le margrave était obligé de la battre dans ce temps-là, sans quoi personne n'en pouvait venir à bout. Les médecins prétendaient que ces frénésies lui provenaient d'un tempérament trop amoureux, et que le seul moyen de la guérir était de la marier. Leur jugement n'était point faux, on en remarquait la

vérité par diverses circonstances que je ne puis
détailler ici. Elle paraissait en public le matin et le
soir, et on la gardait à vue le reste du temps. Lorsqu'elle voyait un homme, elle riait, et lui faisait des
signes. On tâchait toujours de donner une tournure à cela, et on plaçait des dames vis-à-vis
d'elle, pour empêcher qu'elle ne s'oubliât[1]. » Le duc
de Weimar se présenta et fut agréé, mais au jour
fixé pour le mariage il disparut; on le menaça d'un
duel, et il épousa. De tels parents, que pouvait-il
sortir? Ernest-Auguste mourut en 1748, laissant,
outre les trois filles de son premier mariage, un fils,
Ernest-Auguste-Constantin, qui lui succéda. Il avait
soixante ans, il en avait régné vingt, et il paraît
que ses sujets ne le détestaient pas, car, à part
ses manies, il était bon despote.

Ernest-Auguste-Constantin avait onze ans à la
mort de son père. Le duc de Gotha, Frédéric III, fut
son tuteur; la femme de Frédéric, Louise-Dorothée
de Meiningen, l'amie de Voltaire, lui communiqua
quelques lumières, mais elle ne put rien contre sa
tête légère et sa faible santé. A dix-neuf ans, on le
maria avec Anne-Amélie, fille de Charles de Brunswick et d'une sœur du roi de Prusse Frédéric II.
Jamais couple ne fut plus mal assorti : lui un être
débile, dont les jours étaient comptés, elle pleine de
jeunesse et d'entrain, ne demandant qu'à vivre et à

---

1. *Mémoires de Frédérique-Sophie-Wilhelmine margrave de Bareith*, nouv. éd., 2 vol., Leipzig, 1888 ; 2ᵉ vol., p. 168.

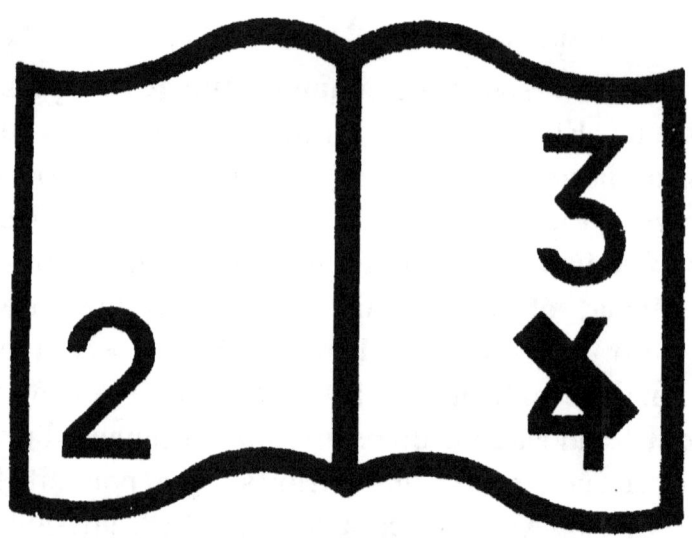

LIRE PAGE (S) 13
AU LIEU DE PAGE (S) 31

se divertir. Ernest-Auguste-Constantin mourut en 1758; il n'avait que vingt et un ans. Il laissait un fils, Charles-Auguste, âgée de onze mois, et trois mois après Anne-Amélie donna le jour à un second fils, Constantin.

Charles-Auguste tenait de sa mère. Constantin était l'image de son père, nature capricieuse et renfermée, faible de corps et d'esprit. Constantin laissa peu de trace à la cour de Weimar. Après une courte aventure avec une jeune fille de petite noblesse, on le fit voyager, sous la conduite du conseiller Albrecht. Mais quand ils furent arrivés à Paris, Constantin laissa là son compagnon, et courut à Londres avec une dame de mœurs légères, qu'il amena même à Weimar. Gœthe se chargea de renvoyer la dame à Paris, et le prince fut remis aux mains de son précepteur Knebel, qui n'en put jamais rien faire. Quant à Charles-Auguste, il grandit sous l'habile direction de sa mère, dont la régence inaugura ce qu'on a appelé avec raison les beaux jours de Weimar.

II. — LA RÉGENTE AMÉLIE ET WIELAND.

Amélie de Brunswick venait d'achever sa dix-huitième année, quand elle prit possession de la régence. Quoique étrangère, elle était également bien vue de la noblesse et de la bourgeoisie. Sans être belle, elle plaisait par la simplicité de sa tenue et

l'affabilité de ses manières. Schiller a porté sur elle
un jugement qui paraît sévère, si on le compare à
d'autres témoignages contemporains. « Elle a l'esprit borné, dit-il dans une lettre à Kœrner du 28 juillet 1787, et rien ne l'intéresse que ce qui touche les
sens : c'est ce qui détermine le goût qu'elle a ou
qu'elle prétend avoir pour la musique, la peinture, etc. Elle parle peu, mais elle a le mérite de
n'être pas cérémonieuse. » Pour Schiller, l'art, que
ce fût la musique, la peinture ou la poésie, était un
sacerdoce ; pour Amélie, c'était un agrément de la
vie, un divertissement. Wieland, qui avait plus
d'affinité d'esprit avec elle, la définit comme « un
aimable mélange de ce qui distingue la femme, la
princesse et l'humanité en général ». Elle ne négli-
geait aucune occasion de s'instruire. Elle dessinait,
elle était musicienne, et s'exerçait même à composer
en musique. Elle aimait la danse ; elle invitait à ses
redoutes la noblesse des environs et même les étudiants de l'université d'Iéna. Elle avait de la grâce
dans les mouvements. On remarquait la petitesse
de ses pieds, et, comme la flatterie emprunte les
formes les plus diverses, les dames de la cour
s'efforçaient de faire entrer leurs grands pieds dans
ses petites chaussures, qu'elle changeait tous les
jours et qu'elle leur revendait, et les hommes por-
taient de petits souliers en or attachés à leur chaîne
de montre [1].

1. Burkhardt, ouvrage cité.

Tout en donnant à sa petite cour le genre d'éclat que lui permettait l'état des finances, elle prétendait ne rien céder de ses prérogatives de régente. Ses prédécesseurs avaient pris l'habitude de se reposer du soin des affaires sur des ministres plus ou moins compétents, plus ou moins scrupuleux. Elle, au contraire, aurait volontiers dit avec Louis XIV, quoique avec moins d'emphase : « l'État c'est moi. » Son premier acte fut un acte d'autorité. Elle adressa aux membres de son Conseil un *Promemoria*, où elle disait : « Ayant été appelée au gouvernement de ce pays, et ayant conscience de la responsabilité qui m'incombe, je veux, selon les facultés qui m'ont été départies par Dieu, et selon l'exemple de mon vénéré père, voir tout par mes yeux. » Elle déclare ensuite qu'elle assistera régulièrement aux séances du Conseil, et qu'en dehors du Conseil elle prendra l'avis de tous les fonctionnaires de l'État, grands et petits; elle exige que toutes les résolutions prises par les différentes administrations lui soient soumises, et qu'à la fin de chaque semaine on lui dresse une « récapitulation », qui lui permette de se rendre compte de la marche générale des affaires [1].

Ayant pourvu au présent, elle songea à l'avenir. Il fallait préparer le jeune héritier du trône à son rôle de souverain. Charles-Auguste avait trois ans,

---

1. Beaulieu-Marconnay, *Anna Amalia, Carl August und der Minister von Fritsch*, Weimar, 1874.

quand sa mère lui donna un gouverneur et un précepteur. Le premier était le comte de Gœrtz, un diplomate de culture française, homme de cour, et qui semble avoir été plus préoccupé de s'insinuer dans les bonnes grâces de son élève que de l'instruire dans ses devoirs de prince. Le second était un professeur du gymnase de Brunswick, nommé Seidler. L'un et l'autre paraissent avoir eu peu d'influence sur l'esprit de Charles-Auguste.

En 1772, la duchesse Amélie eut recours à Wieland pour corriger une éducation manquée. Peut-être aurait-il fallu pour cela une main plus énergique. Wieland était alors, de tous les écrivains allemands, celui qui répondait le mieux aux goûts de la société aristocratique. Disciple de la France, il trouvait de l'écho dans ces petits groupes d'une élégance empruntée, où l'on se modelait un peu gauchement sur la cour de Versailles. Il venait de marquer, par l'*Histoire d'Agathon* et par *le Nouvel Amadis* les deux directions entre lesquelles son activité littéraire devait se partager désormais, le roman philosophique et le poème chevaleresque. Dans l'un il imitait les conteurs français, depuis Mme de La Fayette jusqu'à Voltaire et Crébillon fils; dans l'autre il reprenait, rajeunissait et quelquefois affadissait les vieux trouvères. Mais ce qui lui faisait une originalité et le distinguait du « servile troupeau des imitateurs », c'était une certaine bonhomie nonchalante, une sensibilité rêveuse et même enthousiaste, qui

constituait son fonds de nature germanique. Wieland
a écrit quelques contes licencieux, qui ne choquaient
pas les lecteurs de son temps, mais qu'une critique
plus chatouilleuse lui a reprochés depuis; lui-même
n'y mettait point de malice. Tout théologien qu'il
avait été, et fils de pasteur, il n'avait pas la moindre
notion du péché, et nul n'a jamais pratiqué plus
ingénument le proverbe : Tout est pur aux cœurs
purs. Comme pédagogue, il n'avait pas encore fait
ses preuves. Son amie de jeunesse, Mme de Laroche, lui confia, en 1770, l'éducation d'un fils
qui, lui aussi, avait été gâté dans la maison paternelle. Wieland était alors professeur à l'université
d'Erfurt. Il appliqua d'abord à son élève sa méthode
« amicale et paternelle », mais il s'aperçut presque
aussitôt qu'il n'obtenait aucun résultat. « Il n'y a
rien de si aisé, écrit-il à Mme de Laroche, que de
le faire convenir d'une faute, de l'attendrir même
jusqu'aux larmes; mais toutes les impressions qu'on
peut faire sur son âme, même les plus fortes, sont
comme l'impression d'un cachet sur de l'eau claire.
Rien jusqu'ici n'a été capable de fixer cette extrême
volatilité [1]. » Il fut enfin réduit à conseiller au père
de le mettre dans une école publique : « Ce n'est que
dans un collège, où la nécessité de se soumettre aux
lois *scolastiques*, l'émulation, la honte et la crainte
d'être puni servent de ressorts, qu'il y a lieu d'es-

---

1. *Neue Briefe Wielands herausgegeben* von Robert Hassencamp,
Stuttgart, 1894. — Les lettres sont en français.

pérer qu'il sortira du charme de la fainéantise que la fée Warthusina a jeté sur lui. » Warthausen était le château où la famille avait habité les années précédentes.

Wieland n'était qu'à moitié content de sa situation à Erfurt. L'université était partagée en deux camps, les protestants et les catholiques, ou, comme on disait, les jeunes et les vieux. Wieland était parmi les jeunes ; mais comme les vieux le traitaient d'épicurien, il voulut montrer que sa prédilection pour les genres légers ne le rendait pas indifférent aux grandes questions de morale et de politique. L'Europe et surtout l'Allemagne avaient alors les yeux fixés sur les réformes de l'empereur Joseph II. Wieland écrivit *le Miroir d'or*, précédé d'une *Dédicace à l'empereur Taï-Tseu*. Ce Taï-Tseu était un sultan indien, à qui, pour le désennuyer, on racontait l'histoire de ses ancêtres, les uns des tyrans farouches, les autres des instruments dociles aux mains des bonzes, quelques-uns de sincères amis du peuple. L'un des interlocuteurs, le sage Danischmend, tire la leçon des faits, et plaît si fort à Taï-Tseu qu'il devient premier ministre. C'est l'idéal de Platon, la philosophie tenant les rênes du gouvernement. Certaines paroles qui tombent de la bouche de Danischmend ressemblent à une déclaration anticipée des Droits de l'homme : « Tous les hommes sont frères, et ont reçu de la nature les mêmes besoins, les mêmes droits et les mêmes

devoirs. — Les droits essentiels de l'humanité ne
peuvent être perdus ni par accident, ni par force,
ni par contrat, ni par renoncement, ni par prescrip-
tion. — Un homme qui exigerait que les autres
vécussent pour lui, pour le nourrir, le vêtir, lui procurer des plaisirs, le défendre en cas de danger et
au péril de leur propre vie, serait un insensé, et ceux
qui l'écouteraient seraient plus insensés que lui. »
De tels principes étaient trop avancés pour plaire à
un empereur, même à un empereur philosophe.
Wieland espérait néanmoins que son *Miroir* attire-
rait l'attention de Joseph II. En tout cas, pensait-il,
sa place ne serait plus désormais dans la petite université d'Erfurt; car « ici, dit-il, on croit depuis un
temps immémorial que la lourdeur d'esprit, qu'on
nomme gravité, est une qualité essentielle d'un
personnage enseignant, et l'on ne veut pas voir
qu'un auteur qui prétend se faire lire des gens
d'esprit doit écrire autrement qu'un maître d'é-
cole ».

Joseph II, qui ne lisait pas les livres allemands,
ne fit aucune attention au *Miroir d'or*. Mais la
duchesse Amélie le lut et l'admira. Elle avait déjà
eu l'occasion de s'entretenir avec l'auteur, et elle
se mit en correspondance avec lui. Cette correspondance est en français. Amélie écrit le français
avec la même aisance incorrecte avec laquelle elle le
parlait. Elle invoque l'aide du philosophe Danischmend, dans l'accomplissement de ses devoirs de

régente et de mère : « La condition des Grands est comme un beau rosier qui cache un serpent... Je serois bien ingrate envers la Providence, si je voulois me compter parmi les malheureux. Elle qui m'a mise dans une condition où je puis faire mille heureux, ce qui fait certainement la vraie félicité d'un souverain... Je sens même avec toute la vivacité cette grande préférence que la Nature m'a *donné* sur mille autres êtres, mais la grande sensibilité dont la Nature m'a douée me fait aussi sentir tout le *poid* de mon état... » Elle craint d'avoir manqué l'éducation de son fils : « Je n'ai jamais douté de la bonté de son cœur, mais j'ai toujours cru *de m'apercevoir en lui une certaine dureté* dans son caractère, qui selon moi est un grand vice dans d'autres et d'autant plus dans un souverain... En ce qui concerne son esprit et son génie, je puis me flatter que mon fils sera peut-être un des premiers qui en ait eu. Je suis bien loin de vouloir attribuer à mon fils ces vices bas qui ne sont faits que pour les âmes viles, je veux dire la fausseté et l'hypocrisie, mais, Monsieur, il est encore bien éloigné de cette franchise qu'on trouve ordinairement dans les enfants de son âge; il ne sait que trop bien se cacher, si je ne me trompe : est-ce faute d'éducation, ou est-ce son grand fond d'amour-propre qui ne lui permet pas d'être si ouvert qu'il convient à une grande âme?... » Que Danischmend vienne donc l'aider, conclut-elle,

pour « ce qui reste encore à former dans cette
jeune plante[1] ».

Wieland arriva au mois de septembre 1772.
Charles-Auguste avait quatorze ans. Pour lui
former le caractère, il était tard; le pli était pris, et
la flatterie avait fait son œuvre. D'après l'ensemble
de sa conduite, il n'avait pas le défaut que sa
mère lui reproche, le manque de franchise, la
dissimulation. Mais il était ferme comme un roc, et
s'il avait parfois l'air de céder, il tenait en réserve
une volonté qui n'abdiquait jamais tout à fait. « Le
grand amour-propre de Charles, dit encore sa mère
dans une lettre au conseiller Fritsch, est son plus
grand ennemi; beaucoup de vanité et d'ambition
sont ses plus grands défauts. Son jugement est des
plus solides; il a le cœur noble. Dieu le préserve
des grandes passions! elles seront chez lui des plus
fortes. » Sur ce dernier point, les vœux de la
duchesse Amélie ont été exaucés. Charles-Auguste
a mené la vie des petits princes allemands de son
temps, mais il n'a pas eu de grandes passions; et
quant à son ambition, il a eu le bon esprit de la
circonscrire sur le petit théâtre où elle pouvait
s'exercer utilement. Une seule fois, lorsqu'il prit
un commandement dans la campagne d'Iéna, il
rêva la gloire de son ancêtre Bernard de Saxe, et il
attira ainsi sur lui et sur ses sujets la colère de

---

1. Beaulieu-Marconnay, ouvrage cité.

Napoléon. Mais la duchesse Amélie eut peut-être, de son côté, le tort de ne pas assez ménager les transitions dans l'éducation qu'elle lui donnait. Jusqu'en 1774, elle le tint éloigné du Conseil privé. Elle entendait exercer seule et jusqu'au bout un pouvoir dont, seule aussi, elle portait la responsabilité. Il en résulta une mésintelligence passagère entre la régente et le futur souverain. Il y eut même un moment où Amélie accusa le gouverneur et le précepteur de lui avoir enlevé la confiance de son fils. Pour le gouverneur, elle pouvait avoir raison. Que le comte de Gœrtz ait déjà salué le soleil levant, c'est fort possible. « Il est ambitieux, intrigant et *inquiète*, dit-elle dans la même lettre à Fritsch. Pour venir à ses fins, il caresse et cajole Charles. Quant il se trouve absolument obligé de lui dire la vérité, c'est alors avec un certain air de condescendance et de tiédeur, et jamais avec fermeté. » Quant à Wieland, tout en rendant justice à la loyauté de son caractère, elle ne le croit pas fait pour le poste qu'il occupe. « C'est un homme qui a le cœur sensible et honnête, mais... il est trop enthousiaste auprès *les* jeunes gens, trop faible pour leur tenir tête et trop imprudent. Quand il a ses vivacités, alors son cœur est sur ses lèvres. S'il manque, c'est plutôt par foiblesse que par mauvaise volonté. Autant *qu'il* a fait voir par ses écrits qu'il connoît le cœur humain en général, aussi peu connoît-il le détail du cœur humain et les indi-

vidus. Il écoute trop les flatteurs et s'abandonne à
eux. » Amélie se défiait des flatteurs, et elle avait
sans doute ses raisons pour cela. Mais ce qui fait
l'éloge de Wieland, c'est que la mère et le fils lui
gardèrent leur amitié. Charles-Auguste fut déclaré
majeur le 3 septembre 1775; Gœrtz prit du service
dans l'armée prussienne; Wieland resta à Weimar
avec le titre de conseiller.

La duchesse Amélie eut désormais sa petite cour
à Tiefurt, à une demi-heure de marche de Weimar.
Elle eut là sa villa, assez spacieuse, quoique de
modeste apparence, avec une ferme et une basse-
cour : c'était comme un petit Trianon. Elle fit arran-
ger dans le voisinage un appartement pour son
vieil ami Wieland.

« En été, raconte la comtesse d'Egloffstein, les
étrangers affluaient. Comme on savait que la
duchesse était ennemie de toute gêne, chacun,
jeune ou vieux, s'offrait le genre de distraction qui
lui convenait. Dans l'après-midi, le thé réunissait
tout le monde sous les arbres du parc. Le soir, on
faisait de la musique, ou l'on parlait du dernier
livre paru. Était-ce un livre intéressant, Mlle de
Gœchhausen en faisait la lecture, tandis que les
autres dames travaillaient à une grande tapisserie,
destinée au duc Charles-Auguste. Quelquefois
Wieland lisait lui-même une de ses dernières
œuvres, et alors malheur à qui n'écoutait pas ou qui
faisait le moindre bruit! Aussitôt le lecteur fourrait

son manuscrit dans sa poche, et se retirait en
grognant dans un coin, d'où il ne sortait que
lorsqu'on apportait le souper. Il y avait aussi des
jours où la grande liberté avec laquelle chacun
pouvait produire ses opinions dégénérait en dispute. Alors l'esprit capricieux de Wieland, le per-
sifflage aigu de Herder, l'humeur passionnée de
Knebel, et avant tout le génie dominateur de
Gœthe, se croisaient, et de leur choc jaillissaient
des étincelles qui échauffaient les âmes. La duchesse
ne réussissait pas toujours à calmer les jouteurs.
Schiller se tenait au milieu de la mêlée sans
s'émouvoir, comme une lune tranquille passe
au-dessus des nuées orageuses. Il avait encore une
autre ressemblance avec l'astre des nuits : il
passait discrètement au second plan, quand le
soleil de Gœthe se levait. Qui sait si leur rencontre
chez la duchesse Amélie n'a pas contribué à
cimenter leur amitié [1]? »

III. — Charles-Auguste et sa Cour

La Bibliothèque de Weimar possède plusieurs
portraits de Charles-Auguste. Celui qui, sans être
un chef-d'œuvre, rend le mieux sa physionomie, le

1. Beaulieu-Marconnay, ouvrage cité. — Wilhelm Bode, *Der
Musenhof der Herzogin Amalie*, 2ᵉ éd., Berlin, 1908.

représente à l'âge de soixante ans. C'est un portrait
en pied ; le corps est trapu, la figure large, le front
haut, l'arcade sourcilière saillante, le nez écrasé,
la bouche serrée, la lèvre supérieure courte, les
cheveux grisonnants, autrefois blonds, les yeux
bleus, le regard vif et pénétrant. L'expression
générale est celle d'une volonté tenace, d'une
énergie contenue. Charles-Auguste écrit un jour à
Knebel : « Il faut que je me défende étonnamment
pour ne pas lâcher la bride aux mouvements de mon
cœur. Il est si difficile de rentrer dans l'état contre
nature dans lequel nous autres sommes obligés de
vivre, et auquel nous croyons être parvenus lentement à nous habituer. » Il fut longtemps, en effet,
à s'habituer à cet état qu'il appelle contre nature,
et qui consistait, surtout pour lui à réprimer la
fougue de l'instinct brutal. Dans sa jeunesse, les
divertissements les plus bruyants étaient ceux qu'il
préférait. Il avait hérité de ses ancêtres le goût des
chiens et des chevaux. Il était grand chasseur et, à
l'occasion, grand buveur et grand mangeur. On dit
que Frédéric II, le voyant à la cour de Brunswick,
lorsqu'il avait quatorze ans, déclara que jamais un
homme de cet âge ne lui avait paru donner de si
belles espérances. Le témoignage est du comte de
Gœrtz, mais le comte de Gœrtz était un courtisan, il
avait été le gouverneur de Charles-Auguste, et, en
le louant, il faisait son propre éloge. Gœthe, qui le
connaissait mieux, et qui n'avait pas besoin de le

flatter, le dépeignait un jour devant Eckermann,
tel qu'il était dans son effervescente jeunesse :
« C'était un vin généreux en fermentation énergique. Courir à bride abattue par-dessus les haies,
les fossés et les rivières, monter et descendre les
hauteurs pendant des journées entières, camper la
nuit en plein air près d'un feu allumé au milieu des
bois, c'étaient là ses goûts. » Et Gœthe ajoute,
avec le sourire indulgent d'un Mentor : « Je ne le
cache pas, il m'a donné d'abord bien du mal et bien
des inquiétudes[1]. »

Un mois après avoir pris possession du gouvernement, Charles-Auguste célébrait à Darmstadt
son mariage avec la princesse Louise. Les unions
mal assorties étaient presque de tradition dans la
famille, et ce fut encore un couple disparate. Les
deux époux ne se ressemblaient ni au physique ni
au moral. Charles-Auguste était plutôt petit que
grand, Louise plutôt grande que petite. Elle continuait de s'habiller à l'ancienne mode, les manches
courtes et étroites, les vêtements serrés au corps, ce
qui faisait ressortir encore sa haute taille. Charles-
Auguste était l'homme le moins cérémonieux de
son duché; il tenait en cela de sa mère. Louise, au
contraire, avait été élevée selon le strict préjugé
nobiliaire; elle eut d'abord de la peine à admettre
Gœthe au jeu de la cour, et elle attendit deux ans

1. *Conversations*, 23 octobre 1828.

pour inviter Schiller à ses réceptions : l'un et
l'autre ne furent anoblis que plus tard. Charles-
Auguste faisait son plaisir d'un conte licencieux;
Louise avait gardé de son commerce avec Klopstock
et Lavater une tournure d'esprit religieuse. Les
froissements éclatèrent bientôt, et Gœthe prenait
parfois le rôle d'un conciliateur. Charles-Auguste
s'oubliait jusqu'à introduire ses chiens dans l'appartement de la duchesse. Au mois de janvier 1776,
c'est-à-dire quelques mois seulement après le
mariage, Gœthe écrit à Mme de Stein : « Venez-
vous à la cour? Louise a été très aimable hier.
Mais, grand Dieu! je ne comprends pas ce qui lui
serre ainsi le cœur. J'ai vu au fond de son âme,
mais vraiment, sans le chaud sentiment que j'ai
pour elle, elle m'aurait glacé. Il était visible que le
chien du duc l'agaçait. Ils ont tort tous les deux. Il
aurait pu laisser son chien dehors, mais elle, du
moment que le chien y était, aurait pu le tolérer. »
Louise donna deux fils à Charles-Auguste : l'aîné,
Charles-Frédéric, né en 1783, dans lequel la mère
se reconnut avec sa nature délicate et un peu
farouche; l'autre, Bernard, né en 1792, un gros
garçon, pour lequel le père ne cacha pas sa préférence, et que, sans le respect du droit d'aînesse, il
aurait sans doute appelé à lui succéder. Une fille
unique, Caroline, épousa le prince héritier de Meck-
lembourg-Schwérin.

Les mœurs de Charles-Auguste étaient celles des

petits princes allemands de son temps. C'étaient
celles de la cour de Versailles ; mais elles durèrent
encore en Allemagne quand déjà la Révolution les
avait balayées du sol français. Charles-Auguste
prodiguait sa galanterie devant les dames, dans les
formes un peu brusques qui étaient dans son tempérament, et il ne dédaignait pas les amours populaires. La belle comtesse Werthern, la sœur du
ministre prussien Stein, reçut longtemps ses hommages. Il eut bientôt sa maîtresse attitrée, Caroline
Jagemann, qu'il créa baronne de Heygendorff. Elle
était fille d'un moine défroqué, dont la duchesse
Amélie fit son bibliothécaire. Elle avait été attachée
au théâtre de Weimar, après s'être formée à l'école
d'Iffland à Manhein. Tous ceux qui l'ont connue
vantent son talent et sa beauté, mais tous s'accor-
dent aussi sur son esprit d'intrigue et son caractère
intraitable. Elle avait un profil très pur, des yeux
expressifs et une voix séduisante ; elle eut, comme
Ninon de Lenclos, du charme jusque dans la vieillesse. Comme toutes les grandes pécheresses, elle
faisait du bien aux pauvres. Seule, elle balançait
auprès de Charles-Auguste l'influence de Gœthe,
qu'elle finit par remplacer dans la direction du
théâtre. Elle était détestée à la cour et méprisée
dans la ville. A Versailles, le scandale n'éclatait
pas aux yeux de la foule, mais Weimar était si
petit, on vivait si près l'un de l'autre, que rien
n'échappait à la curiosité publique. Dans la bour-

geoisie, on glosait sur ce qui se passait en haut
lieu ; on avait bien le respect invétéré des prérogatives de caste, mais pourquoi se serait-on incliné
devant une parvenue ? Des placards injurieux
étaient posés devant la porte de Mme de Heygendorff. A la mort de Charles-Auguste, elle partit
précipitamment ; elle vécut ensuite à Manheim et à
Dresde, et mourut en 1848. Elle laissa deux fils,
dont l'un servit dans l'armée saxonne et l'autre dans
l'armée prussienne, et une fille, qui devint dame
d'honneur chez Bernard, le second fils légitime de
Charles-Auguste.

Quelque simples que fussent les goûts du nouveau
souverain, il ne pouvait s'affranchir entièrement
de la mégalomanie dont souffraient les princes de
son temps, qui avait gagné peu à peu la noblesse à
tous les degrés, et dont les conséquences retom-
baient finalement sur le peuple. Un baron, dont le
domaine ne s'étendait pas à plus d'une portée de
fusil de son manoir, voulait avoir une domesticité
nombreuse. A un souverain, grand ou petit, il
fallait une cour. Les chasses, les réceptions, le jeu
épuisaient le trésor. Gœthe, qui eut quelque temps
l'administration des finances après la disgrâce du
président de Kalb, s'en plaignait. « Le duc est gai
et bon, écrivait-il à Mme de Stein en décembre 1781 ;
je trouve seulement que ses amusements coûtent
trop cher. Il nourrit quatre-vingts hommes dans
une solitude glacée ; il entretient quelques gentils-

hommes parasites des environs, qui ne lui en sont
pas reconnaissants... Son malheur est de ne pouvoir se tenir tranquille chez lui; il faut qu'il tienne
une grande cour. Voilà le duc de Gotha qui arrive,
et demain on ira chasser... On court, on chevauche,
on voiture : cela ne finit pas. Le grand-maréchal
jure, le grand-écuyer grogne; ils n'y peuvent rien.
Si après tout ce train nous étions plus riches d'une
province, je n'aurais rien à dire. Mais comme le
seul résultat sera des côtes rompues, des chevaux
fourbus et une bourse vide, cela ne fait pas mon
affaire. » Et dans une lettre à Knebel : « Même le
paysan, qui arrache son entretien à la terre, pourrait vivre à son aise, si sa sueur ne profitait qu'à
lui. Mais, tu le sais, quand les pucerons s'installent
sur un rosier et s'engraissent de sa sève, viennent
les fourmis, qui leur tirent du ventre la bonne
liqueur filtrée. Nous en sommes là : en haut on con-
somme plus en un jour qu'on ne produit en bas. »

Il ne s'agit là que de frais accessoires, de ce que
coûtait à de certains moments l'amusement d'une
société oisive et tapageuse. Mais la dépense régulière et courante excédait déjà les ressources d'un
petit pays pauvre, peu industriel et mal cultivé. Aux
services publics s'ajoutaient les services de la cour,
plus onéreux que le reste. Voici comment se répartissaient les différents ordres de fonctionnaires :

L'État de la cour (*Hofetat*) : un grand-maréchal
de la cour, une grande-maîtresse de la cour (ou

surintendante de la maison ducale), un maréchal
de la cour (c'était M. de Schardt, le père de Mme de
Stein), le premier gentilhomme de la chambre, le
grand écuyer (le baron de Stein), trois grands
veneurs, deux grands-maîtres des eaux et forêts
(l'un pour Weimar, l'autre pour Eisenach);

Le Service du duc : un maréchal de la cour (le
baron d'Egloffstein), treize chambellans, quinze
gentilshommes et pages, quatre valets de chambre,
un écuyer, un chasseur attaché à la personne,
vingt-huit laquais, deux domestiques, deux cou-
reurs et deux noirs; dans la cuisine, un chef français et vingt-deux marmitons et servantes;

Le Service de la duchesse : la grande-maîtresse
de la cour et trois dames d'honneur;

Le Service du prince héritier : le grand-maître
de la cour (Guillaume de Wolzogen, beau-frère de
Schiller) et un chambellan;

Le Service de la princesse héritière : la grande-
maîtresse de la cour et trois dames d'honneur;

Le Service de la duchesse douairière Amélie : le
grand-maître de la cour (Einsiedel) et deux dames
d'honneur (Louise de Gœchhausen et la baronne
de Stein).

Restaient encore :

Pour les affaires générales, le Conseil ou Conseil
privé, ordinairement composé d'un président et de
quatre conseillers ou assistants;

Pour chacune des deux parties principales du

duché, Weimar et Eisenach, un Conseil de gouvernement, une Chambre des domaines et un Consistoire supérieur;

Une cour suprême de justice à Iéna;

Un général;

Enfin le corps diplomatique, composé d'une
quinzaine de personnes, dont plusieurs apparte-
naient en commun à Weimar et à Gotha [1].

Les fonctions étaient peu rétribuées. Les plus
hauts traitements ne passaient pas 1 400 thalers;
mais beaucoup de petits traitements finissaient par
faire un gros budget. Tout le personnel de la cour,
depuis les grands dignitaires jusqu'aux simples
serviteurs, était hébergé au château; ce n'est qu'en
1789 que la détresse croissante des finances fit supprimer ce qu'on appelait la table des fonctionnaires.

Quelques hommes — si l'on met à part les grands
écrivains — se distinguaient, dans la masse des
courtisans, soit par l'originalité de leur caractère,
soit par un talent quelconque qui leur permettait
d'apporter leur part au divertissement commun.

Knebel, le précepteur du prince Constantin,
était, au dire de Schiller, l'homme qui, après
Gœthe, avait le plus d'influence sur Charles-
Auguste. Sa haute stature et sa large poitrine le
faisaient comparer à un héros du vieux temps :
c'est Gœthe qui le peint ainsi dans le petit poème

1. E. Vehse, *Geschichte der Höfe des Hauses Sachsen*, Première
partie, Hambourg, 1854.

d'*Ilmenau*. Sa pipe ne s'éteignait jamais. Il était susceptible et hypocondre, avec un fonds de bienveillance universelle. Herder l'appelle Timon le philanthrope. L'hypocondrie peut s'allier avec la bonté : plus on est frappé des maux de l'existence humaine, plus on doit éprouver le besoin de les guérir. Le cœur de Knebel s'apitoyait volontiers sur toute créature. Dans les chasses de la cour, il s'appliquait surtout à sauver le gibier. « Celui qui n'a pas le respect de l'être vivant, écrit-il un jour dans son *Journal de voyage*, peut trouver facilement qu'un cerf ne diffère pas beaucoup d'un paysan. » Il était partisan de la Révolution française. Après la chute de Napoléon, il écrivit ce distique : « Le géant est sorti avec le nain pour combattre le dragon. Le géant a tué le dragon; le nain est revenu en chantant victoire. » Quelques-unes de ses poésies sont restées dans les anthologies; il a traduit Lucrèce, son auteur favori. Il épousa, en 1798, une cantatrice de Berlin, avec laquelle il vécut ses dernières années dans une retraite champêtre aux environs d'Iéna, où il mourut en 1834, à l'âge de quatre-vingt-dix ans [1].

Einsiedel, d'abord page, puis chambellan et grand-maître de la cour, enfin membre du Conseil privé, amusait la cour et la ville par ses excentri-

---

[1]. Voir Hugo von Knebel Dœberitz, *Karl Ludwig von Knebel, ein Lebensbild*, Weimar, 1890. — P. Besson, *Un ami de la France à la cour de Weimar*, Grenoble, 1897.

cités; il faisait sa partie dans un orchestre, jouait
son rôle au théâtre, se promenait même en costume
dans les rues. Il était paresseux et distrait. On le
trouvait jouant du violoncelle, à l'heure où il devait
siéger au Conseil. Une de ses singularités était son
aversion pour la bière; il se vantait même de
n'avoir jamais écrit ni prononcé ce mot. Il avait,
par contre, une cave garnie de vins, que les officiers
français visitèrent pendant la campagne d'Iéna. Il
aimait trop le jeu; il prétendait même en calculer
les chances, et il les calculait si bien, qu'il y perdait une partie de son revenu. Il appartenait, du
reste, à une famille d'excentriques. Son père avait
des accès de folie. Un de ses frères eut une aventure dont on s'est longtemps souvenu à Weimar;
une dame se fit passer pour morte, et fit même
célébrer son propre enterrement, afin de pouvoir
le suivre librement dans un voyage à la recherche
des mines d'or de l'Afrique; ils revinrent après
avoir parcouru l'Italie pendant une année. Des
essais littéraires d'Einsiedel, de ses intermèdes
dramatiques, de ses traductions de Molière, de
Plaute et de Térence, il n'est rien resté.

Le chambellan Sigismond de Seckendorf était
un autre dilettante de musique et de poésie. Il
était de constitution faible, et les fêtes bruyantes
de Weimar le fatiguaient. Gœthe le montre, dans
Ilmenau, avec sa taille élancée et ses membres
délicats. Il mourut en 1785, à l'âge de quarante

ans. Sa veuve, une sœur du président de Kalb, partit pour l'Italie avec le chanoine Dalberg, un frère du coadjuteur, et, pour sauver les apparences, on associa Herder, le président du consistoire, au voyage. Schiller écrit à Kœrner, le 14 novembre 1788 : « Herder a été odieusement circonvenu par Dalberg. On ne l'a pas prévenu qu'une dame, Mme de Seckendorf, qui est en relations intimes avec Dalberg, serait de la partie. Il s'est trouvé fort gêné de courir le monde en compagnie d'une belle veuve et d'un chanoine; il s'est séparé d'eux à Rome. »

Bertuch, le secrétaire particulier de Charles-Auguste, le « maître des plaisirs » de la duchesse Amélie, passa quelque temps pour un poète; ce n'était qu'un littérateur doublé d'un industriel, et très actif dans son double rôle. Il a créé plusieurs revues, qui ont eu un succès éphémère, et il a été le promoteur de la *Gazette littéraire d'Iéna*, qui dure encore. Il s'est occupé de géographie, d'ethnographie, d'économie forestière, même d'astronomie et de linguistique, et il ne s'entendait réellement qu'à la pratique des affaires. Il a fondé à Weimar un Comptoir industriel, qui a contribué à étendre les relations commerciales de la ville. Il avait été d'abord précepteur dans la maison d'un ancien ambassadeur à la cour de Madrid, et il avait appris l'espagnol. Il a traduit *Don Quichotte*. Schiller parle de lui dans une lettre à Kœrner du 18 août 1792 :

« Je viens de faire une visite à Bertuch. Il demeure aux portes de la ville, et sa maison est incontestablement la plus belle de Weimar. Elle est bâtie avec goût, parfaitement meublée, et elle a un air tout à fait aimable d'habitation champêtre. Le jardin qui l'avoisine est partagé entre soixante-quinze fermiers, dont chacun paye une redevance annuelle d'un ou de deux thalers pour la petite portion qu'il occupe : c'est une excellente idée et qui a son côté économique. On a ainsi le spectacle agréable d'un essaim de gens qui travaillent. Entre les mains d'un seul, le jardin serait vide. Au bout se trouvent les plantations faites pour l'agrément. Une grotte a été ménagée sous l'arcade d'un pont qui surmonte un ruisseau desséché : c'est là que Bertuch a dicté une grande partie de son *Don Quichotte*. »

Charles-Auguste Bœttiger était un industriel d'une autre sorte; c'était la gazette vivante de Weimar. Il fut directeur du gymnase de 1791 à 1804, et il termina sa carrière comme conservateur du Musée des antiques à Dresde. Il créa le *Journal des modes*, et il fut un des collaborateurs les plus actifs du *Mercure* de Wieland. C'était un type de *reporter* moderne, écoutant à toutes les portes, connaissant l'intérieur de toutes les maisons, sachant pénétrer tous les secrets et ne pouvant s'empêcher de les divulguer. Au sortir d'un dîner, d'une soirée, sa plume allait toute seule. Il avait le style pré-

cieux et fleuri. Sa spécialité, s'il en avait une, était
l'archéologie grecque et romaine; mais sa science
était toute de détails. Herder lui reprochait d'enseigner à ses élèves comment les anciens s'habil-
laient et mangeaient, mais non comment ils pen-
saient. De manières aimables, et bon courtisan, il
offrait à tout venant ses services, qui paraissaient
désintéressés. Mais Weimar était pour lui un
théâtre trop étroit, et sa correspondance s'étendait
sur tout le monde savant. Gœthe l'appelait monsieur Partout.

Parmi les dames de la cour, aucune n'avait
la plume de Mme de Sévigné ou de Mme de La
Fayette; mais quelques-unes ont leur place dans la
littérature par leurs rapports avec les écrivains. Le
nom de Mme de Stein est inséparable de celui de
Gœthe, et Mme de Kalb a été mêlée temporaire-
ment à la destinée de Schiller et à celle de Jean-
Paul.

Gœthe, à son arrivée à Weimar, fut d'abord subjugué par la grâce sévère de Mme de Stein.
Après l'idylle de Sessenheim et le roman sentimental de Wetzlar, après l'apparition triomphante
de la coquette Lili, la vraie distinction mondaine
se présentait à lui pour la première fois sous la
figure d'une femme. Il aima Mme de Stein avec
passion jusqu'à son voyage en Italie, et il lui écrivit
fréquemment pendant le voyage. A son retour, et
après qu'il eut fait encore l'expérience du pur

amour italien, il s'aperçut seulement qu'elle avait
presque sept ans de plus que lui. Mme de Stein se
retira, le cœur ulcéré, devant Christiane Vulpius,
la florissante fille du peuple, qu'elle appelait dédai-
gneusement *celle demoiselle*. Plus tard, elle redemanda ses lettres à Gœthe et les détruisit. Son
humeur s'aigrit avec l'âge. L'aîné de ses fils,
Charles, qui était chargé de l'administration des
biens de la famille, écrit à la date du 5 octobre 1798:
« Ma mère me fâche quelquefois, avec les meilleures
intentions du monde, par sa manie de tout con-
trôler. Ses conseils sont toujours accompagnés de
reproches. J'achète un secrétaire à ma femme, et
ma mère trouve que j'aurais mieux fait de com-
mander une porte en chêne, dont nous n'avons nul
besoin. Je mets presque chaque jour sur la table
des cuvettes pleines de melons que j'ai cultivés
moi-même, et elle se plaint que ce ne soient pas
des pêches. Mes asperges ont un goût amer; mon
nouveau séchoir pour les fruits, mes poêles, ma
laiterie, ne valent rien. J'ai planté des pêchers, j'ai
trois-cents arbrisseaux très bien venus, le jardin
est garni de cerisiers, j'en ajoute constamment de
nouveaux, et voici que je n'entends rien à l'arbori-
culture. Il en est ainsi de tout ce que j'entreprends,
des petites choses comme des grandes... Mais je
sais que notre mère nous aime, et je m'efforcerai
de ne pas faire attention à des choses qui sont iné-
vitables, et auxquelles un faux-amour-propre me

porte peut-être à attacher trop d'importance[1]. »
Dans sa vieillesse, Mme de Stein se lia d'une amitié
particulière avec la duchesse Louise, cette autre
délaissée. Elle a trouvé parmi les critiques allemands des champions zélés, qui ont pris chevale-
resquement parti pour elle, et qui, non contents de
la plaindre, lui ont tressé une couronne d'innocence.
Quant à Christiane, elle devint, en 1806, la femme
de Gœthe ; mais elle se trouva toujours gênée dans
son rôle officiel. Elle disait, dans son dialecte
saxon : « Depuis que j'ai épousé le conseiller privé,
je n'ai pas eu une heure de repos[2]. »

Mme de Kalb était une nature plus énergique et
moins fine que Mme de Stein. Elle avait épousé,
sans amour, pour des convenances de famille, le
major de Kalb, qui revenait d'Amérique, où il avait
servi comme officier français dans la guerre de
l'Indépendance[3]. Elle se sépara de lui, et chercha
toute sa vie une âme capable de la comprendre, un
cœur à qui elle pût communiquer le feu intérieur
qui la dévorait. Elle se passionna tour à tour pour
Schiller et pour Jean-Paul, pour celui-ci surtout ;
mais il semble qu'elle les ait effrayés tous les deux

1. *Briefe an Fritz von Stein, herausgegeben von* L. Rohmann,
Leipzig, 1907.

2. *Seit ich den Geheemen Rath geheirathet habe, habe ich keene
Stunde Ruhe gehabt.*

3. Le major de Kalb était le frère du président de Kalb, qui
administra si mal les finances de Weimar. Leur père avait eu
l'administration des finances sous la régente Amélie.

par sa fougue indiscrète. Au reste, libre de préjugés comme elle était, elle n'aurait pas plus reculé devant l'amour libre que devant le divorce. Schiller, qui, au temps où il écrivait *l'Intrigue et l'Amour*, s'était senti en accord d'esprit avec elle, se détacha d'elle brusquement, lorsqu'il épousa Charlotte de Lengefeld ; il lui renvoya ses lettres, qu'elle brûla. « Son influence sur moi, écrit-il à Kœrner le 9 mars 1789, n'a pas été bienfaisante ; les châteaux en Espagne de ma jeunesse romantique se sont effondrés, et ce qui est naturel et vrai reste seul debout. » Après la mort de son mari, en 1804, Mme de Kalb se retira à Berlin. Elle perdit sa fortune, et on lui donna un petit appartement au palais, où elle mourut en 1843. Depuis 1820, elle était aveugle. Ses confidences, écrites dans un style incohérent et enflammé, sont le récit de ses rêveries, de ses déceptions et de ses souffrances. « Une expérience douloureuse, dit-elle un jour, est celle-ci : nous rencontrons parfois un être dans lequel nous pressentons ce qu'il y a de plus beau dans la nature humaine ; mais aussitôt un mauvais démon nous sépare de lui ; il semble que l'harmonie des âmes soit une chose trop belle pour la vie terrestre[1]. »

Gœthe trouvait Charles-Auguste supérieur à son entourage ; il lui attribuait même un don particulier

---

1. *Charlotte, Gedenkblätter von Charlotte von Kalb, herausgegeben von Emil Palleske, Stuttgart, 1879.*

« de distinguer les esprits et les caractères et
d'assigner à chacun sa place [1] ». On peut se demander, cependant, si Charles-Auguste, en attirant et
en pensionnant les écrivains, se rendait bien compte
que c'était un renouvellement de la littérature
allemande qu'il préparait, une des grandes formes
de la pensée moderne qu'il aidait à réaliser. Cela
est d'autant plus douteux, que son goût personnel
le portait de préférence vers la littérature française
de son temps, et même vers la partie la plus légère
de cette littérature. Il n'était, au fond, que le col-
laborateur inconscient d'une œuvre qui passait
toutes ses prévisions. Il s'est plu pendant de longues années à rassembler une *Biblioteca erotica*, la
plus complète, dit-on, qui existe, qu'il a léguée à la
comtesse Henckel, grande connaisseuse en la
matière; les héritiers de la comtesse en firent don
à la bibliothèque publique de Weimar. Quand
Schiller voulut mettre Jeanne d'Arc au théâtre, il
fut étonné et presque scandalisé de l'audace d'un
pareil projet. Il écrivit à Caroline de Wolzogen, la
belle-sœur du poète : « J'ai été effrayé d'apprendre
que Schiller a réellement écrit une pièce sur la
Pucelle d'Orléans. Faites en sorte, je vous prie,
que je puisse la voir, avant qu'elle soit produite
devant le monde ou qu'on se prépare à la mettre
sur notre théâtre. Le sujet est extrêmement sca-

1. *Conversations* d'Eckermann, 23 octobre 1828.

breux (*äusserst scabrös*), et pourrait bien prêter à
rire devant des personnes qui savent presque par
cœur le poème de Voltaire[1]. J'ai souvent insisté
auprès de Schiller pour qu'il me fasse connaître
ses sujets avant de les entreprendre, ou qu'il les
soumette à une personne quelconque qui fût
quelque peu au courant des choses du théâtre. J'en
aurais causé avec lui, et il aurait profité de nos
entretiens; mais il a fait la sourde oreille. Maintenant, je vous prie très instamment de me laisser
voir la nouvelle *Pucelle*, avant que ce pucelage
cuirassé soit soumis à l'admiration du public. »
Schiller envoya le manuscrit à Charles-Auguste.
Celui-ci, dans une seconde lettre à Mme de Wolzogen, assura qu'il avait été gagné par la chaleur
et le mouvement du style, « quoiqu'il n'eût jamais
eu aucun goût pour la mythologie chrétienne »;
que Jeanne d'Arc lui était apparue comme une
grande fille masculine de cinq pieds et demi de
haut, mais qu'il doutait qu'on pût la faire paraître
ainsi sur la scène; qu'un tel spectacle était fait
pour l'imagination beaucoup plus que pour les
yeux, et qu'enfin Schiller devrait faire imprimer

---

1. On dit que la duchesse de Wurtemberg, la fille unique de
la margrave de Bayreuth, la femme de ce duc Charles qui fut
le protecteur et le persécuteur de Schiller, occupait ses nuits à
copier de sa main la *Pucelle* de Voltaire. C'est peut-être une
légende, mais la légende même est caractéristique. — Voir la
continuation des mémoires de la margrave, aux premières
pages.

« son admirable poème dialogué », sans y changer
un mot, avant de songer à le mettre au théâtre, où
il ne pourrait probablement passer sans coupures [1].
Schiller fut sur le point de se laisser gagner par les
scrupules de Charles-Auguste. « Ma pièce, écrit-il
à Gœthe le 28 avril 1801, a produit un grand effet
sur le duc; mais il ne pense pas qu'elle puisse être
jouée, et il pourrait bien avoir raison. » Il fallut
tout le succès de la *Pucelle* à Leipzig et à Berlin
pour détromper le poète et le souverain.

IV. — Gœthe, Herder et Schiller.

Gœthe n'était encore que l'auteur de *Gœtz de
Berlichingen* et de *Werther*, lorsqu'il fut présenté
par Knebel à Charles-Auguste, le 11 février 1774,
dans l'hôtel de la Maison rouge à Francfort. Ni
l'un ni l'autre de ces deux ouvrages n'étaient dans
le goût qui régnait à la cour de Weimar et dans
lequel Charles-Auguste avait été élevé. Mais
l'impression personnelle que produisait le jeune
Gœthe, le charme qu'il exerçait et que Wieland
déclare avoir été presque irrésistible, firent ce que
la seule notoriété littéraire n'aurait peut-être pas
fait. Le sentiment qui les unit, bienveillance

1. *Litterarischer Nachlass der Frau Caroline von Wolzogen*,
2 vol., Leipzig, 1840-1849; au premier volume.

empressée chez l'un, déférence simple et franche chez l'autre, devint vite une amitié, où la distinction du rang s'effaça, et qui, malgré quelques crises passagères, ne se démentit jamais. Gœthe vint à Weimar au mois de novembre de l'année suivante. Il avait vingt-six ans, Charles-Auguste en avait dix-sept; mais chez Gœthe la fougue d'un génie en pleine effervescence s'alliait à l'ardeur de l'âge, et le plus jeune des deux n'était pas le souverain. Le fait est qu'ils s'entendaient à merveille, et que pendant plusieurs mois ils effarouchèrent la cour et la ville et tout le public littéraire. Ils avaient pris le costume de Werther, frac bleu, gilet et culotte jaunes. Les courtisans suivirent leur exemple. Seuls, Wieland et le comte de Gœrtz firent exception : ils étaient « trop vieux pour prendre part à ces momeries ».

Les extravagances qui signalèrent l'arrivée de Gœthe à Weimar sont connues et ont été souvent décrites. Le vent de folie qui avait soufflé sur la poésie allemande, et qui avait brouillé la cervelle des Lenz, des Wagner, des Klinger, s'abattit sur la petite ville saxonne. Ce fut le *Sturm-und-Drang*, c'est-à-dire l'assaut tumultueux des jeunes, transporté dans la vie. Lenz, dont toute l'originalité consistait à faire comme Gœthe, à vouloir être Gœthe, arriva quelque temps après lui, et s'appliqua à montrer par son exemple que les mœurs allaient désormais se mettre à l'unisson de la littéra-

ture. Il se présenta, tout déguenillé, à la cour; le duc
le fit habiller, et depuis lors le secrétaire Bertuch,
qui tenait la bourse des « menus plaisirs », ouvrit
sur son registre un compte spécial pour la garde-
robe des « génies originaux ». « Lenz fait une ânerie
par jour », écrivait Wieland à Merck le 27 mai 1776.
On finit par le renvoyer, en lui mettant quelques
écus dans sa poche.

Charles-Auguste et Gœthe « faisaient scandale » :
le mot est dans toutes les bouches. Mais Gœthe,
jusque dans ces moments où il semblait s'abandonner, ne perdait jamais l'empire de soi-même. Il
s'est peint dans le petit poème d'*Ilmenau*, écrit
huit années après. Il a évoqué là, dans une vision,
le Gœthe de 1775, assistant à une veillée de chas-
seurs dans la forêt, et se tenant à l'écart, « les yeux
tournés vers les libres étoiles ». Mais ce qu'il lisait
dans les étoiles ne lui faisait pas oublier le monde
au milieu duquel il vivait et dans lequel il prétendait jouer un rôle. Ce qu'il cherchait à Weimar,
c'était un nouveau champ d'observation et même
d'activité. « J'ai essayé de la cour, écrit-il à Merck
le 8 mars 1776, maintenant je vais essayer du gouvernement. » Il fut d'abord conseiller de légation,
puis président de chambre, enfin élevé au rang
d'Excellence. Dès l'année 1776, il entra au Conseil
privé : c'était la plus haute fonction administrative
du petit duché de Saxe-Weimar.

Aussi sa nomination ne manqua pas d'exciter la

jalousie des fonctionnaires qui, d'échelon en
échelon, espéraient monter jusque-là par de longs
services. Le ministre Fritsch, qui avait été le bras
droit de la régente Amélie, homme honorable du
reste, irréprochable et un peu pédant, se fit leur
interprète dans une note respectueuse qu'il remit à
Charles-Auguste. Celui-ci lui répondit : « Je me
félicite de posséder un homme tel que Goethe, et
des gens d'expérience approuvent mon choix. On
connaît son intelligence, son génie. Vous devez
comprendre qu'un homme comme lui ne pourrait
s'astreindre aux obligations fastidieuses d'un emploi
subalterne. Ne pas mettre un homme de génie à la
place où il peut exercer ses talents, ce serait abuser
de lui ; j'espère que vous vous persuaderez comme
moi de cette vérité. Je ne vois actuellement aucun
de mes serviteurs qui puisse prétendre au poste que
j'assigne à Goethe. D'ailleurs je ne donnerai jamais
à l'ancienneté, mais uniquement d'après ma confiance, un poste qui implique des rapports étroits
avec ma personne, et qui a une telle importance
pour le bonheur ou le malheur de mes sujets.
Quant au jugement du monde, qui peut trouver
étrange que j'introduise le docteur Goethe dans
mon conseil suprême, sans qu'il ait été ni bailli, ni
professeur, ni chambellan, ni conseiller de gouvernement, je ne m'y arrête pas. Le monde juge
d'après ses préjugés : quant à moi, je ne travaille pas pour la gloire, mais pour me justifier

devant Dieu et devant ma conscience, et tout homme qui a le sentiment de son devoir fera comme moi [1] ».

Fritsch avait donné sa démission : une lettre de la duchesse Amélie la lui fit retirer. Gœthe et lui devinrent amis ; il est même probable que Gœthe s'est souvenu de lui en traçant le portrait d'Antonio, de l'homme d'État sans poésie, dans *Torquato Tasso*.

Après l'arrivée de Gœthe, c'est Gœthe, et non plus Charles-Auguste, ni la duchesse Amélie, qui est le centre d'attraction de la littérature. Un poste d'inspecteur ecclésiastique étant devenu vacant, en 1776, ce fut lui qui proposa Herder au choix du souverain. Le clergé de Weimar ne cacha pas son mécontentement, et même le Conseil de la ville manifesta son appréhension de voir venir un étranger dont l'orthodoxie était douteuse. Le duc passa outre. La religion de Herder était celle de Rousseau, une religion naturelle fondée sur une révélation permanente de Dieu dans la conscience humaine ; c'était un côté de l'humanisme, ce mot qui dit tant de choses dans la bouche de Herder ! La Bible, pour lui, était surtout un grand poème ; il la comparait le plus volontiers à Homère ; il la mettait au même rang que les traditions mythiques des anciens peuples, et il lui appliquait déjà vaguement la méthode d'interprétation à laquelle David-

1. Beaulieu-Marconnay, ouvrage cité.

Frédéric Strauss a donné la précision scientifique.
Herder était un pasteur aussi peu ecclésiastique
que possible, et comme tel il convenait parfaitement sinon à la bourgeoisie de Weimar, du moins
au monde officiel, dont le déisme français était la
croyance dominante. Il avait écrit quelque temps
auparavant à Kant, son ancien maître, qu'il avait
été surtout déterminé dans le choix de sa carrière par l'espoir de faire entrer quelques éléments de culture et un peu de bon sens dans les
masses populaires. Schiller, après l'avoir entendu
prêcher, écrivait à Kœrner, le 12 août 1787 :
« Dimanche dernier, pour la première fois, j'ai
entendu Herder. Il avait pris pour texte la parabole
du mauvais intendant, et il l'a développée avec
beaucoup d'intelligence et de finesse. Tout le
sermon ressemblait à un discours qu'un homme
pourrait s'adresser à lui-même, extrêmement uni,
populaire et naturel. C'était moins un discours
qu'une conversation raisonnable, un principe de
philosophie pratique appliqué à certains détails de
la vie bourgeoise, un enseignement qui aurait été
tout aussi bien à sa place dans une mosquée que
dans une église chrétienne. La forme était aussi
simple que le fond : peu de gestes, nul éclat de
voix, un ton sérieux et calme. On ne saurait
méconnaître que Herder a conscience de sa dignité.
Le sentiment de la considération dont il jouit lui
donne de la sûreté et de l'aisance : cela est visible.

Il se sent une tête supérieure, entourée de créatures qui lui sont subordonnées. Jamais sermon ne m'a tant plu : il est vrai que je n'aime pas les sermons en général. » Herder lui-même disait, dans une lettre à sa fiancée Caroline Flachsland, du 21 mars 1772, que ses sermons étaient comme sa personne, qui n'avait de pastoral qu'un rabat par devant et un petit collet par derrière. Il considérait son ministère comme une sorte de sacerdoce laïque. Il s'attribuait une mission éducative vis-à-vis de l'humanité, et cette mission il l'exerçait effectivement auprès de la jeunesse : il avait la direction des écoles, et quelques-uns de ses *Discours scolaires* sont des modèles de pédagogie intelligente et pratique.

Herder se tenait à l'écart des divertissements de la cour, à l'exception des soirées littéraires chez la duchesse douairière Amélie ou chez la duchesse régnante Louise ; celle-ci avait en lui une confiance particulière. Ses rapports avec Gœthe et Schiller passèrent par des alternatives diverses. Herder n'avait que cinq ans de plus que Gœthe, mais il avait eu un développement très précoce. Ses essais de jeunesse, qui n'ont été publiés qu'après sa mort, et dont il a profité pour ses grands ouvrages, dénotent une richesse de connaissances et une abondance de renseignements rares chez un homme de vingt-cinq ans. Son attention est dirigée dès lors vers les trois antiquités, grecque, latine et orientale, et oscille entre la littérature, la philosophie et l'histoire. Gœthe, qui le rencontre à Strasbourg, le consulte comme un oracle, lui soumet le *Gœtz de Berlichingen*, « cette œuvre grande et irrégulière comme l'Empire allemand », et remanie deux fois la pièce d'après ses indications. Quoi d'étonnant que Herder se soit toujours considéré comme l'inspirateur et le guide de cette phalange d'écrivains qui ont fait dans la littérature allemande ce qu'on appelle le *Sturm-und-Drang*, c'est-à-dire qui l'ont détachée violemment des imitations étrangères et lui ont donné une originalité?

Quand le flot tumultueux du *Sturm-und-Drang* se fut clarifié, lorsqu'aux *Brigands* de Schiller eurent succédé *Don Carlos* et *Wallenstein*, et que l'*Iphigénie* de Gœthe eut ramené dans le monde germanique quelque chose de la beauté antique, Herder comprit qu'une nouvelle école se fondait à côté de lui et sans lui. Il se sentit dépassé; mais, comme il arrive en pareil cas, il lui en coûta de le reconnaître. Il faut ajouter que son esthétique n'était pas tout à fait celle de Gœthe et de Schiller. Pour ceux-ci, dans une œuvre d'art, la vérité était l'essentiel; aux yeux de Herder, le fond moral l'emportait. Certaines ballades de Gœthe, comme *le Dieu et la Bayadère*, le scandalisaient. Le *Wilhelm Meister* lui répugnait; il ne pouvait souffrir de voir le héros en si mauvaise compagnie. « J'en ai fait des représentations à l'auteur, écrit-il en 1795 à la com-

tesse Baudissin (qui de son côté lui avait fait part
de ses scrupules); mais je n'ai pu le faire changer
d'avis, et j'ai refusé de lire en manuscrit la seconde
partie du premier volume, où paraît Philine. Sur
tout cela, je pense comme vous, et toute personne
d'un sens moral délicat doit penser de même.
Gœthe a une autre manière de voir : la vérité du
tableau est tout pour lui, sans qu'il se préoccupe du
petit grain qui fait pencher la balance vers ce qui
est bon et noble, vers la grâce morale. Il n'a donc
tenu aucun compte de mon jugement : nous diffé-
rons trop sur ce point. Je ne puis tolérer ni dans
l'art ni dans la vie que la réalité morale soit sacri-
fiée à ce qu'on nomme le talent : celui-ci n'est pas
tout. Les Mariannes, les Philines, tout ce ménage
m'est odieux... Je ne crois pas qu'en aucun lieu de
l'Allemagne on se mette aussi légèrement qu'ici
au-dessus de certaines délicatesses morales, je voudrais dire au-dessus de la grâce de notre âme. On
enlève ainsi à la pauvre humanité le plus grand
charme de la vie, et il en résulte de fâcheuses dissonances. »

Il en résulta aussi quelques dissonances dans les
rapports de Herder avec Gœthe et Schiller; car
Herder blâmait aussi les *Lettres* de Schiller *sur
l'éducation esthétique de l'homme.* Vouloir conduire
et améliorer les hommes par le seul spectacle du
beau, pensait-il, quelle chimère! Mais les froissements furent passagers, et l'amitié dura. Il est pro-

bable aussi que Schiller et Gœthe se rendaient
compte de la noblesse des motifs qui inspiraient la
critique de Herder; et s'il s'y mêlait un grain de
jalousie, c'était une faiblesse bien pardonnable chez
un écrivain qui avait conscience de sa valeur et qui
voyait son influence diminuer. La sensibilité, chez
Herder, était la plus forte. « Toutes ses impressions,
dit Schiller dans une lettre à Kœrner du mois de
juillet 1787, ne sont que haine et amour. » Autant,
quand il philosophait à huis clos, il aimait à enve-
lopper ses idées d'un nimbe vaporeux qui en noyait
les contours, autant il était tranchant dans ses
jugements sur les personnes. Dans ses derniers
écrits, lorsqu'il s'occupait encore de questions
esthétiques, il citait de préférence les auteurs contemporains de sa jeunesse; il semblait que de
Gleim à Gœthe la littérature allemande fût restée
stationnaire.

Des quatre écrivains qui dominent le groupe
littéraire de Weimar, Wieland, Gœthe, Herder et
Schiller, c'est celui-ci, le dernier venu, qui eut la
carrière la plus pénible. Il vécut longtemps de sa
plume. Lorsqu'il voulut se marier avec Charlotte
de Lengefeld, il n'eut que des dettes à lui offrir. Le
10 novembre 1789, il lui écrivait : « Je cherche
dans tous les coins de la terre une place où abriter
notre amour. » Son poste de professeur à l'université d'Iéna fut d'abord gratuit. Gœthe s'employa
pour lui faire obtenir un traitement de 200 thalers,

qui fut porté dans la suite à 400 et à 800. « Le duc m'a fait venir, écrit Schiller à Kœrner le 6 janvier 1790 ; il m'a dit qu'il voudrait bien faire quelque chose pour me témoigner son estime ; mais, baissant la voix et d'un air un peu embarrassé, il ajouta qu'il ne pouvait aller au delà de 200 thalers ; il me questionna ensuite sur mon projet de mariage... » Dès la première année de son enseignement, Schiller eut des crachements de sang. « Laisse-là tout le corps académique, lui écrivait Kœrner le 11 février 1791. Est-ce ta faute si la nature ne t'a pas donné une voix de stentor pour remplir une salle de cours ? Tu peux te rendre utile autrement que par tes poumons : ta plume parle assez haut. » Schiller garda néanmoins son poste, non sans détriment pour sa santé, jusqu'au moment où il transféra son domicile à Weimar, et où, de concert avec Gœthe, il ne s'occupa plus que du théâtre. Il mourut en 1805, n'ayant pas achevé sa quarante-sixième année, tandis que Gœthe prolongea son heureuse vieillesse au delà de quatre-vingt-deux ans.

L'amitié de Gœthe et de Schiller est le plus beau trait de la vie littéraire de Weimar. Que deux écrivains suivant la même carrière et cherchant les mêmes succès se soient unis sans aucune arrière-pensée d'ambition ni d'intérêt, qu'ils aient vécu pendant onze ans l'un à côté de l'autre, se voyant presque chaque jour et se communiquant tous leurs

projets, sans que le moindre soupçon jaloux se soit
glissé entre eux, qu'ils n'aient jamais songé qu'à
s'aider, à s'encourager mutuellement, tandis que
le monde les considérait comme des rivaux, cela
fait l'éloge de la nature humaine. Ce que Schiller et
Gœthe furent l'un pour l'autre, rien ne l'indique
mieux que ces quelques mots tout simples sur la
mort de Schiller qui se lisent dans les *Annales* de
Gœthe : « Personne n'osa m'en porter la nouvelle
dans ma solitude »; et un peu plus loin : « Mon
Journal ne dit rien de ce temps; les pages blanches
attestent une existence vide. »

IV. — Isolement.

Pour le peuple de Weimar, tous ces étrangers
qui affluaient à la cour n'étaient qu'une nuée de
parasites dont il payait l'entretien. Wieland écrit à
Marck le 2 août 1778, en lui annonçant que la
duchesse Amélie est rentrée de voyage : « Les gens
d'ici disent qu'elle amène un nouveau bel-esprit,
qu'elle a ramassé en route... Tu ne saurais croire
combien ce nom de bel-esprit est détesté, et quel
damné galimatias d'idées confuses ce mot résume
pour eux. » Gœthe se plaint un jour devant Eckermann de l'isolement où il se trouve, et si jamais
Eckermann a bien compris la pensée de son

maître, c'est certainement ce jour-là. Le talent ne
peut mûrir, assure Gœthe, que là où il y a « de
l'esprit en circulation ». Il rappelle qu'il vient de
recevoir la visite d'Ampère, et qu'il a été étonné de
la sûreté de jugement qu'il a trouvée chez cet
homme encore jeune. Et alors, en regard de la
« misérable vie » qu'on mène dans une petite capitale allemande, il évoque l'image d'une grande
ville comme Paris, « où les meilleures têtes sont
réunies sur un même espace et s'excitent mutuellement par une émulation de chaque jour, où les
produits les plus remarquables de la nature et de
l'art sont toujours accessibles à l'étude ; une ville
universelle, où chaque pas sur un pont, sur une
place rappelle un grand passé, où à chaque coin de
rue s'est déroulé un fragment d'histoire ». En Allemagne, l'esprit que le poète voudrait « mettre en
circulation » se heurte à la morne apathie du
public, comme à une barrière infranchissable. Et
Gœthe, poursuivant son idée, cite des exemples, et
enfin se cite lui-même. Les chansons de Bürger,
de Voss ne sont-elles pas faites pour le peuple?
« Et pourtant, qui pourrait dire qu'elles vivent
dans le peuple, qu'elles sont dans la bouche du
peuple? Elles sont écrites, imprimées, rangées dans
les bibliothèques; elles ont le sort commun de
toute poésie allemande. De mes chansons à moi,
ajoute Gœthe, qu'est-ce qui vit encore? Une jolie
fille à son piano en chantera bien une ou deux, mais

dans le vrai peuple elles n'ont pas d'écho. Avec quelles impressions je me reporte au temps où des pêcheurs italiens me chantaient des strophes du Tasse! » Un autre jour, à propos d'un plan de théâtre populaire que Zelter lui a soumis, il s'écrie : « Ici, à Weimar, dans cette petite rési-dence où l'on trouve dix mille poètes et quelques habitants, comment parler du peuple et surtout d'un théâtre pour le peuple? Weimar sera sans doute un jour une très grande ville, mais on peut bien attendre encore quelques siècles, avant que le peuple de Weimar constitue une masse suffisante pour bâtir et entretenir un théâtre [1]. »

Goethe se dédommageait de son isolement par l'étendue des relations qu'il se créait. Il était en correspondance suivie avec tout ce qu'il y avait de distingué dans les lettres, dans les sciences et dans les arts. Sa maison était le rendez-vous des étran-gers de passage, et il avait au plus haut point le don de « lire dans la vie et dans l'âme des autres ». Une heure de conversation avec Wolf ou avec l'un des Humboldt valait pour lui, comme il disait, une année d'étude. Herder et Schiller, qui n'avaient pas le même talent communicatif, se sentaient encore plus que lui à l'étroit dans le petit Weimar. Herder fut sur le point d'accepter une chaire qu'on lui offrait à l'université de Gœttingue. La pensée de

1. *Conversations* d'Eckermann, 3 mai 1827 et 27 avril 1825.

Schiller se portait tantôt vers son pays de Souabe, où il aurait du moins été affranchi des obligations de la vie de cour, tantôt vers Berlin, où il aurait trouvé un grand théâtre et un vrai public. Le 7 février 1804, il écrivait à son beau-frère Guillaume de Wolzogen : « Il y a des moments où je perds patience. Je me plais de moins en moins ici, et je ne veux pas mourir à Weimar. Je n'hésite que sur le choix du lieu où je dois aller. On m'ouvre une perspective du côté de l'Allemagne méridionale. Je ne perds rien en sacrifiant ma pension de 400 thalers, car la vie est chère ici, et, avec les 1 500 thalers que j'y ajoute chaque année, je puis vivre très bien en Souabe ou sur les bords du Rhin. Je serai partout mieux qu'ici, et si ma santé me le permettait, j'irais volontiers dans le Nord. » Le 16 juin suivant, revenant d'un voyage à Berlin, il écrit encore à son beau-frère : « J'éprouvais le besoin de me mouvoir au sein d'une grande ville étrangère. C'est ma vocation d'écrire pour le grand monde, et c'est de là que j'attends l'effet de mes ouvrages dramatiques. Je me trouve ici dans des relations tellement étroites, qu'il est étonnant que je puisse seulement produire quelque chose qui soit pour le grand monde. » Schiller, au moment où il écrivait ces paroles, était occupé de sa dernière pièce, son *Démétrius*, qu'il ne put achever; il n'avait plus que onze mois à vivre.

Même le doux épicurien, l'optimiste Wieland, se

plaignait parfois de son sort, et se livrait à de
tristes réflexions sur le néant de la gloire littéraire.
Le 16 avril 1780, il écrivait à Merck : « Le conten-
tement de soi-même, ce qu'on appelle vulgaire-
ment la vanité, que tu me souhaites, serait une
excellente chose. On se fait ainsi du bon sang ;
mais la pensée qu'un Gottsched peut s'écrier aussi
bien qu'Horace : *exegi monumentum*, cette pensée
gâte tout. Qu'est-ce qu'une ressource que le plus
misérable écrivassier possède aussi bien que moi,
et même à un plus haut degré que moi ? Peut-on
être absolument content de soi, quand on ne peut
jamais atteindre à la hauteur à laquelle on aspire ?
Je ne vois, quant à moi, qu'une chose qui puisse
me rendre indifférent à l'injustice de mes compatriotes et au malheur d'être Allemand : c'est le
dulces ante omnia Musæ, l'amour de mon art. Après
cela, c'est toujours une satisfaction de se dire qu'il
y a une demi-douzaine d'esprits bien faits et une
demi-douzaine de femmes aimables qui vous
approuvent, ou, ce qui est encore plus agréable,
sur lesquels on produit justement l'effet que l'on
veut obtenir. »

Il s'est trouvé dans tous les temps des écrivains
qui se sont plaints de l'indifférence ou de l'ingratitude du public ; mais il s'agit ici d'un mal plus profond. La littérature weimarienne est bien l'expression du génie allemand ; elle ne peut pas ne pas
l'être ; le poète ne peut pas démentir le tempéra-

ment qu'il a reçu de ses ancêtres, le sang qui coule dans ses veines. Mais le poète de Weimar se sent mal à l'aise dans le monde où il vit; sa parole n'a pas d'écho. On dit qu'une littérature est l'expression d'une société : cela n'est vrai qu'avec des restrictions infinies de l'école littéraire de Weimar. Cette école n'exprime ni le peuple, ni la bourgeoisie, ni même la cour de Charles-Auguste; elle est sans racines dans le sol où elle s'est implantée. Faute d'espace, elle a cherché à s'élargir dans le temps. Elle a attiré dans son domaine la Grèce, Rome et l'Orient, toute l'antiquité, même la France du XVIIᵉ et du XVIIIᵉ siècle. Elle est devenue cosmopolite, et Gœthe, son plus grand représentant, est conséquent avec lui-même, lorsqu'il appelle de ses vœux l'avènement d'une « littérature universelle, à laquelle contribueront, sans distinction de langue, les esprits sérieux de toutes les nations ».

GŒTHE DIRECTEUR DE THÉATRE

LES commencements du théâtre de Weimar, comme de tous les théâtres allemands, furent modestes, même dans les grandes villes. Leipzig, Hambourg, Berlin, même Vienne n'eurent d'abord que des troupes ambulantes. Amélie de Brunswick, qui gouverna le duché de Saxe-Weimar comme régente pendant la minorité de Charles-Auguste, avait le goût des arts et des lettres ; elle hébergeait volontiers des artistes de passage, qui donnaient des concerts ou des représentations dramatiques dans une salle du château. Elle les gardait aussi longtemps que l'état précaire de ses finances le lui permettait, ou que leur propre goût aventureux ne les poussait pas vers d'autres régions. C'est ainsi que l'on signale la présence de comédiens ambulants à Weimar en 1757 et 1758, puis de 1771 à 1774. On jouait surtout la comédie française. Parfois, après Molière et Destouches, le théâtre national avait son tour avec une pièce de Lessing.

En 1774, la dernière année de la régence d'Amélie,

un incendie détruisit presque complètement le château. La ville, qui n'était qu'une bourgade, ne possédait aucun édifice public pouvant contenir une assemblée nombreuse. Cependant on ne voulait pas priver la cour d'une de ses rares distractions. On songea donc à ériger un bâtiment spécial pour les représentations dramatiques, et si l'on considère les ressources du pays, le projet ne manquait pas de hardiesse. Le budget de la duchesse Amélie se montait à une trentaine de mille thalers ; c'était à peine le tiers de la dépense annuelle d'un prélat ou d'un financier français ; mais c'était beaucoup pour un Etat qui ne comptait pas cent mille habitants et qui n'avait ni commerce ni industrie. Le devis pour la construction du théâtre porte 9432 thalers et 12 groschen. Les négociations commencèrent en 1778 ; les travaux avancèrent lentement pendant les années suivantes, et la nouvelle salle, qui pouvait contenir à peu près 600 personnes, fut inaugurée le 1ᵉʳ janvier 1784.

Une troupe sédentaire s'installa dans le nouveau théâtre. Elle se composait d'une dizaine d'artistes plus ou moins formés, et avait pour directeur, ou principal, un Italien nommé Bellomo. On jouait le drame, la comédie et l'opéra, surtout l'opéra bouffe, le tout médiocrement. Knebel, le précepteur du frère de Charles-Auguste, écrivait le 13 janvier 1790 : « Je suis tellement dégoûté de notre théâtre actuel, que j'ai cent fois juré de n'y plus remettre les pieds.

Des représentations médiocres ou mauvaises donnent plus d'impatience et de fatigue que de vrai plaisir. En Allemagne, nous ne pouvons de sitôt rien espérer d'excellent en ce genre; il faut dire aussi que nos acteurs se négligent cet hiver plus qu'à l'ordinaire. » Ce qui régnait alors sur les scènes allemandes, c'était une sorte de réalisme inconscient et naïf, qui n'était pas, comme ailleurs, une réaction contre la solennité froide et conventionnelle, mais simplement le fait de l'inexpérience. L'acteur parlait sur la scène comme dans la vie privée; il s'imaginait qu'il lui suffisait de se faire entendre de son interlocuteur, pour qu'on l'entendît au bout de la salle. Si parfois il élevait le ton, c'était pour proférer des cris désordonnés ou se livrer à une gesticulation outrée.

Ce qui pouvait lui servir d'excuse, c'est que les spectateurs n'en demandaient pas davantage. Le public était formé de deux groupes distincts, le peuple proprement dit, et la classe instruite, professeurs, étudiants ou bourgeois. Ni l'un ni l'autre de ces deux publics n'avait de grandes exigences au point de vue de l'art. Dans la même année 1790, le 28 février, Gœthe écrivait au maître de chapelle Reichardt : « Les Allemands sont de braves et honnêtes gens; mais pour ce qui tient à l'originalité d'une œuvre d'art, au mérite de l'invention, à la peinture des caractères, à l'harmonie de l'ensemble, ils n'en ont pas la moindre idée. Pour tout dire en un mot, ils manquent de goût : je parle en général. On dupe la partie grossière du public par la variété et l'exagération, la partie cultivée par une sorte d'honnêteté. Des chevaliers et des brigands d'un côté, des bienfaiteurs et des cœurs reconnaissants de l'autre, un tiers état vertueux et une noblesse infâme, et toujours une médiocrité soutenue, dont on ne s'écarte que pour descendre jusqu'à la platitude ou pour se hausser jusqu'à l'extravagance : voilà depuis dix ans les ingrédients ordinaires de nos romans et de nos drames. »

En 1791, à l'expiration du traité conclu avec Bellomo, la troupe fut réorganisée et placée sous la direction d'une commission de trois membres nommée par le souverain. Le théâtre devint Théâtre de la cour, *Hoftheater*. Un intendant était chargé d'encaisser les recettes, d'acquitter les droits d'auteur, de payer les *gages* des acteurs. La troupe se transportait souvent dans les villes voisines, surtout à Lauchstædt, où la cour avait l'habitude de prendre les eaux; on avait construit là une espèce de hangar d'une quarantaine de mètres en long et en large, pouvant contenir 320 spectateurs. Les étudiants d'Iéna formaient une notable partie de la clientèle. Le régisseur Vohs écrit le 13 juillet 1795, à la veille d'une représentation des *Brigands* : « On prévoit une forte recette, car déjà plus de cent vingt étudiants sont arrivés. » La prévision se réalisa, car on lit dans le rapport qui suit : « Les *Brigands* ont plu

extraordinairement. Pendant la représentation de
cette pièce très bruyante, l'ordre et le silence n'ont
cessé de régner dans le parterre, où cependant les
étudiants formaient la majorité. La chanson « *Nous
menons une vie libre, une vie pleine de délices* »
fut d'abord écoutée avec recueillement, puis on cria
da capo, et tout le public fit chorus. » Ce fut depuis
une tradition pour le public du parterre d'accompagner en chœur le chant des *Brigands* [1].

Les droits d'auteur étaient en proportion des
recettes. Quand la troupe de Weimar se transporte
à Leipzig, la ville la plus importante de la région,
on cite des recettes de 352 et 357 thalers comme
extraordinaires. Tel dramaturge de nos jours haus-
serait les épaules, si l'on osait lui offrir pour un
mince vaudeville ce que Schiller et Gœthe tou-
chaient pour leurs chefs-d'œuvre. Schiller reçoit,
en 1799, cent cinquante thalers pour deux représentations des *Piccolomini* et de la *Mort de Wallenstein* à Lauchstædt, et il en accuse réception en
ces termes : « C'est avec une âme ravie que j'ai pris
possession du legs que le vieux et bienheureux duc
de Friedland m'a fait, malgré sa fin précipitée, et je
prie votre Seigneurie d'en recevoir, comme son
exécuteur testamentaire, mon plus profond remer-
ciement. Que pour cela sa cendre repose en paix,
et que son nom vive dans la mémoire des hommes! »

1. Julius Wahle, *Das Weimarer Hoftheater unter Gœthes Lei-
tung,* au 6ᵉ volume des *Schriften der Gœthegesellschaft.*

Marie Stuart, l'année suivante, fut payée le même prix. Au reste, la faveur du public, surtout dans les premiers temps, n'allait pas à Gœthe et à Schiller. Ceux-ci se proposaient bien de lui former le goût; mais provisoirement il fallait compter avec lui, car c'était lui qui emplissait la caisse. Parmi les auteurs que Gœthe fit jouer pendant la durée de sa direction, ce sont Kotzebue et Iffland qui atteignent les plus hauts chiffres, l'un avec quatre-vingt-sept, l'autre avec trente et une pièces. On lui présenta un jour un drame médiocre de Klingemann, *le Masque*; il en autorisa la représentation avec ces mots : « Je souhaite que la pièce rapporte beaucoup d'argent, puisque l'argent excuse tout. »

Former le public, c'était déjà difficile, et ce n'était pas encore tout; il fallait aussi et avant tout former les acteurs. Gœthe comprit que ce n'était pas l'œuvre d'un jour, et il y procéda par degrés. Il habitua d'abord son personnel à « parler comme on parle en scène », ensuite à jouer avec ensemble. C'était un double enseignement, à la fois individuel et collectif, confirmé par des répétitions générales, « qui devaient déjà être des représentations ». Certaines des recommandations de Gœthe se retrouvent, avec des applications diverses, dans les *Années d'apprentissage de Wilhelm Meister*. Schmidt, le successeur de Schrœder à Hambourg, appelait ce livre le catéchisme du comédien, et il ajoutait : « Celui qui, après une lecture de *Wilhelm Meister*, ne se sent pas fortifié dans son art, doit renoncer à se dire un artiste. » Wilhelm compare un jour la représentation d'une pièce de théâtre à l'exécution d'une symphonie par un orchestre : « C'est quand les musiciens font leurs exercices en commun qu'ils méritent le plus de louanges. Que de soins ils prennent pour accorder leurs instruments! Comme ils observent exactement la mesure! Avec quelle délicatesse ils savent exprimer la force et la faiblesse des sons! Nul n'a l'idée de se faire honneur en accompagnant à grand bruit le solo d'un autre. Chacun cherche à jouer dans l'esprit et le senti- ment du compositeur, et à bien rendre la partie qui lui est confiée, qu'elle soit importante ou non. Ne devrions-nous pas travailler avec la même préci- sion, la même intelligence, nous qui cultivons un art bien plus nuancé que toute espèce de musique, puisque nous sommes appelés à représenter, avec goût et agrément, ce qu'il y a de plus commun et de plus rare dans la vie humaine [1]? »

Lorsqu'une note fausse ou un ton mal soutenu se faisait entendre dans le groupe des comédiens de Weimar, le grand maître qui tenait le bâton du chef d'orchestre intervenait avec un avertissement ou une réprimande. Une circulaire du 12 octobre 1795, signée du régisseur Kirms, mais évidemment inspi- rée par Gœthe, disait :

---

[1]. Livre IV, chap. II, traduction de Porchat.

« Aux trois dernières représentations, quelques
membres de la Société du théâtre ont joué avec si
peu d'animation et ont parlé si peu distinctement,
qu'on les entendait à peine aux premiers rangs du
parterre, et pas du tout aux derniers. Deux d'entre
eux non seulement n'avaient pas étudié leurs rôles,
mais ne les avaient même pas appris.

« De telles négligences vont directement contre
le but de toute représentation dramatique ; elles font
que le public se désintéresse du théâtre ; elles
nuisent au progrès de l'art ; elles montrent enfin
chez le comédien peu de respect pour la cour, et
peu d'estime pour les spectateurs, parmi lesquels il
y a tant de gens d'esprit et de goût. Le comédien
qui prend l'habitude de ne pas étudier ses rôles, se
ravale au rang d'un manœuvre ; et s'il ne se donne
même pas la peine de les apprendre, il manque aux
engagements qu'il a pris et pour lesquels il touche
régulièrement ses gages.

« Le public, que dans les circonstances actuelles
il importe de ménager de toute manière, se plaint
et menace de se désabonner, si la Direction ne fait
cesser les abus. On ne peut pas lui en vouloir, et
les acteurs n'auront qu'à s'en prendre à eux-mêmes,
si on les écoute avec indifférence et si l'on finit par
les abandonner tout à fait.

« La Direction se voit donc obligée, par la présente
circulaire dont tous les membres de la Société
devront prendre connaissance, d'appeler leur atten-

tion sur les plaintes qui lui sont parvenues. Elle recommande expressément à ceux qui se sont rendus coupables de négligence, et que provisoirement elle ne veut pas nommer, de ne plus donner lieu aux mêmes plaintes : faute de quoi, elle se verrait obligée de leur appliquer les mesures que comporte la législation d'un théâtre policé.

« Quant à la majorité des membres, à ceux qui cherchent à faire avancer l'art, ils verront sans doute avec plaisir que la Direction tienne désormais à ce que la répétition générale d'un ouvrage nouveau se fasse absolument comme la représentation elle-même, sans quoi on ne peut jamais compter avec certitude sur l'effet de cette représentation. Les acteurs et les chanteurs devront avoir étudié leurs rôles, de façon à pouvoir les dire sans-hésitation, pourvu que le souffleur leur donne les premiers mots de chaque phrase. Ils devront prendre toutes les poses et faire tous les gestes qui auront été arrêtés à la première répétition, afin que la Direction et les membres de la Société eux-mêmes puissent juger de l'effet général et corriger ce qui leur semblera défectueux. »

On ne craignait pas, dans certains cas, d'appliquer les mesures de rigueur dont parle la précédente circulaire. Un acteur refuse le rôle qui lui est assigné : on lui retient « ses gages ». Une actrice donne une série de représentations à Berlin, sans avoir pris préalablement l'avis de Gœthe ; à son retour, on lui donne huit jours d'arrêt à domicile, avec un factionnaire à sa porte, qu'elle est obligée de payer. Dans une instruction de 1809, il est dit que si Carl Unzelmann et sa femme ne peuvent s'entendre, il faut les séparer légalement. Le comédien Rœpke bat sa femme et se dispute avec Mlle Engels ; Gœthe, qui est à Iéna, écrit : « En général, la commission n'a pas à se mêler des affaires personnelles des acteurs. Si cependant un acteur brutalise sa femme de manière à la défigurer [1], et si elle doit paraître le soir dans un rôle d'amoureuse, cela regarde le théâtre. » Et, dans une autre instruction : « Si cet homme ne veut pas comprendre ce que doit être un acteur de Weimar, il faudra procéder sérieusement contre lui et le mettre sans façon au corps de garde. C'est le seul moyen de préserver sa femme contre ses mauvais traitements et Mlle Engels contre ses grossièretés. A mon retour, il faudra que ces abus soient réprimés. »

Cette discipline, si elle était parfois un peu brutale, eut du moins pour résultat d'épurer le personnel. Les indifférents, les viveurs, les aventuriers, allaient chercher fortune ailleurs ; les vrais artistes demeuraient. Des jeunes gens venaient se mettre à l'école de Gœthe ; il les formait, avant de les laisser monter sur la scène, leur enseignait la diction, la récitation, la déclamation, la mimique, la tenue. On

---

1. *Ihr die Augen blau schlägt.*

faisait des comptes rendus de ses leçons ; c'étaient ses « Éléments d'Euclide ». Il chargea plus tard Eckermann de les condenser en une série de paragraphes, qui figurent dans ses œuvres sous le titre de *Règles pour les comédiens*, une sorte de catéchisme de l'art théâtral, dont voici les principaux articles [1] :

« L'art du comédien se compose de deux parties, la parole et l'action.

« La parole a trois degrés : la simple diction, la récitation nuancée et la déclamation passionnée.

« La diction doit être pure et nette. De même que, dans un morceau de musique, chaque note a sa valeur et contribue à l'impression de l'ensemble, de même, dans la diction, chaque mot doit arriver à l'oreille, sans quoi l'effet général est manqué.

« Que le débutant commence par dire chaque syllabe lentement et distinctement, même plus fortement qu'on ne la prononce dans le langage ordinaire.

« Qu'il baisse d'abord le ton, pour pouvoir ensuite élever plus facilement la voix, quand le mouvement du discours l'exigera.

« Qu'on n'apprenne jamais un morceau par cœur, avant de l'avoir lu avec l'expression convenable.

« La récitation est la diction nuancée ; elle con-

1. Ces règles n'ont été comprises jusqu'ici dans aucune traduction des œuvres de Gœthe.

siste à varier le ton, selon l'idée que le poète exprime ou l'impression qu'il veut produire.

« La déclamation marque un degré de plus ; elle implique, de la part de l'acteur, un oubli complet de soi-même. Il n'est plus lui ; il est entré dans le personnage qu'il représente, dont toutes les pensées, toutes les émotions sont devenues les siennes.

« Trois écueils sont à éviter dans la déclamation : le ton chantant, la monotonie, et — défaut fréquent chez les acteurs allemands — le ton prêcheur. Enfin il faut se garder de convertir le style versifié en simple prose, et, tout en observant la suite de la phrase, marquer par un petit arrêt le commencement de chaque vers [1].

« Pour la seconde partie, pour l'action, la règle principale est d'unir la vérité et la beauté, sans jamais sacrifier l'une à l'autre.

« Que toujours les trois quarts au moins du visage soient tournés vers le spectateur. Que jamais l'acteur ne soit vu de profil, ou même de dos ; ou, quand la situation l'exige, que ce soit avec grâce.

---

1. Gœthe tenait beaucoup à la déclamation rythmée ; on dit qu'il battait la mesure, comme un chef d'orchestre, pendant la récitation des vers. Ce fut une des réformes qu'il eut le plus de peine à introduire. Mme Unzelmann, de Berlin, qui vint donner sept représentations à Weimar en 1801, se faisait écrire les vers iambiques à la suite, comme de la simple prose. Iffland, tout grand acteur qu'il était, fut d'abord gêné par la versification de *Wallenstein*. Schiller était du même avis que Gœthe ; il admettait le « jeu naturel » à condition que l'acteur fût « naturellement distingué ».

« Qu'on ne parle jamais vers le fond du théâtre.

« Les acteurs qui sont en scène doivent former un groupe harmonieux. La scène est un tableau dont les acteurs sont les figures.

« Ils ne doivent se tenir ni trop près des coulisses, ni trop près de la rampe. De même que les anciens augures partageaient le ciel en différentes régions, de même la scène a ses compartiments, ayant chacun sa destination spéciale.

« Il ne faut pas marcher parallèlement à la coulisse ; le mouvement en diagonale est plus gracieux.

« Que l'acteur observe sa tenue, même dans la vie ordinaire, comme s'il était toujours sous l'œil du public ; il fera ainsi par habitude ce qui autrement lui coûterait un effort. »

Gœthe fut secondé dans ses plans de réforme par Schiller, qui avait les mêmes idées que lui sur l'art dramatique, et qui lui apportait de plus la sanction de ses chefs-d'œuvre. Mais à côté d'eux s'éleva une autre puissance, devant laquelle Gœthe lui-même finit par capituler, celle de la blonde Weimarienne Caroline Jagemann, qui fut engagée en 1797 comme première chanteuse, et qui devint la maîtresse de Charles-Auguste. Impérieuse et intrigante, sûre de trouver toujours un appui auprès du souverain, elle ne connaissait aucun règlement. On raconte nombre d'incidents qu'elle provoqua. Le 5 novembre 1808, on doit jouer un opéra de Paër, *Sargino*. Le ténor a une extinction de voix,

et présente un certificat du médecin. Mais la Jagemann a décidé qu'il jouera ; on prétend même qu'elle
s'écria : « Qu'il aboie, s'il ne peut chanter! » Au lieu
de s'adresser à la commission, elle porte sa re-
quête au duc, qui fait mettre le ténor aux arrêts,
lui retient huit jours de gages, et lui ordonne de
quitter Weimar dans la quinzaine. Gœthe donne sa
démission; des amis interviennent pour la lui faire
retirer; enfin l'on convient que Gœthe continuera
de diriger les représentations dramatiques, tandis
que l'opéra sera placé sous l'administration directe
de la cour, c'est-à-dire de la Jagemann. Le 12 avril
1817, l'affiche porte : *Le chien d'Aubry ou la forêt
de Bondy*, de Montdidier. Un chien savant, qu'un
acteur promenait par toute l'Allemagne, jouait le
principal rôle. Gœthe proteste, donne sa démission,
cette fois définitive, et part pour Iéna. Le duc va le
rejoindre, et il s'ensuit une scène de réconciliation.
Mais Gœthe, dans son premier moment d'irritation,
s'était écrié : « Charles-Auguste ne m'a jamais compris. » Le fait est que Charles-Auguste aimait encore
plus les chiens et les chevaux que la poésie. Ce qui
resta de la réforme de Gœthe, ce fut une tradition,
un idéal de noblesse et d'harmonie, qui gagna les
grands théâtres, et que le naturalisme contemporain
n'a pas encore fait disparaître.

L'ORIGINAL DE WERTHER

L'HISTOIRE de Werther se résume en quelque mots. Rarement un sujet si mince en apparence a prêté entre les mains d'un poète à de si riches développements. Un jeune homme arrive dans une petite ville, pour recueillir un héritage au nom de sa mère. Sa mission accomplie, il suit le cours de ses rêveries; car Werther est « un enfant de la nature » : c'est la qualification qu'il se donne. Vivre simplement, sans arrière-pensée et sans contrainte d'aucune sorte, ouvrir ses yeux aux spectacles qui l'environnent, obéir aux suggestions de son cœur et aux élans de son imagination, telle est sa loi, la seule qu'il reconnaisse. Sa société préférée est celle des enfants et des paysans, êtres simples comme lui. Les lieûx où il s'arrête le plus volontiers sont des coins d'un pittoresque familier : une fontaine rustique, dont les villageoises viennent puiser l'eau; un banc sous un tilleul, d'où la vue s'étend sur un horizon de verdure. Le récit commence au mois de mai; c'est d'abord une vraie fête du printemps; elle se complète par la présence d'une jeune fille, dont la grâce naïve est, pour ainsi dire, à l'unisson du paysage. Charlotte est la fille du bailli; Werther la rencontre dans un bal champêtre; il sait qu'elle est fiancée, que son mariage est proche; néamnoins il s'enflamme aussitôt pour elle. Et pourquoi ne céderait-il pas à ce charme, comme à tous les autres? Cependant, sur les conseils pressants de ses amis, il consent à s'éloigner, et il accepte un poste de secrétaire d'ambassade, c'est-à-dire une situation qui exige de l'assiduité, de la soumission, du sang-froid, lui qui n'est fait pour aucun travail régulier et qui a l'habitude de n'écouter que sa fantaisie.

Tel est le contenu du premier livre. Le second amène la catastrophe prévue. Werther est de naissance bourgeoise; il est mêlé par ses fonctions à des hobereaux qui le considèrent à peine comme un des leurs et ne lui épargnent pas les humiliations. Son supérieur, tout grand seigneur qu'il est, n'est qu'un bureaucrate vulgaire et tracassier. Werther, qui ne reconnaît d'autre hiérarchie que celle de l'intelligence, donne sa démission. Il retourne auprès de Charlotte, maintenant mariée. Enfin, las d'une existence qui ne lui procure que des déboires, il se tue avec un pistolet qu'Albert, l'époux de de Charlotte, lui a prêté.

Le roman de *Werther* est à la fois « Poésie et Vérité » : ce titre, qui est celui des Mémoires de Goethe, pourrait s'écrire au-dessus de tous ses ouvrages. Le premier livre est fait principalement avec les impressions que Gœthe avait rapportées de son séjour à Wetzlar; le second emprunte la plupart de ses détails à un événement dont il avait été presque le témoin, et sur lequel il s'était fait renseigner exactement par ses amis.

Gœthe était venu à Wetzlar, en 1772, pour suivre les opérations de la Chambre Impériale de Révision, un grand tribunal d'appel, formé de délégués des différentes régions de l'Allemagne. Il devait se fortifier, selon les intentions de son père, dans la pratique du droit; mais, au fond, la jurisprudence était le moindre de ses soucis. Il avait déjà décidé en lui-même que sa vocation était la poésie; mais il voulait que sa poésie à lui n'eût rien de conventionnel, qu'elle fût faite d'expérience, qu'elle fût le résultat d'un contact immédiat et constant avec la nature. L'art est la reproduction idéale de la vie : ce principe, qui pour la plupart des poètes ne répond qu'à une aperception vague, avait pour lui un sens absolument précis. Donc il faisait provision de faits, observés sur lui-même ou sur les autres. Il jetait la sonde dans le cœur humain, surtout dans le cœur féminin. A peine arrivé, il conçut une vive passion pour la fille du bailli de l'Ordre Teutonique, Charlotte Buff, fiancée à un attaché de la légation de Hanovre, Jean-Chrétien Kestner; et, sans être encouragé par elle, sans même exciter la jalousie de Kestner, il savoura pendant une année les élans de son désespoir amoureux. Est-ce à dire qu'il n'aima qu'en imagination? Non, tous les témoignages qu'on a sur cette époque de sa vie montrent qu'il était réellement et profondément troublé. Mais, par un rare privilége de sa nature, autant chez lui la sensibilité était vive, autant la volonté était forte. Il avait déjà quitté Wetzlar et rompu sa chaîne, lorsqu'il apprit qu'un secrétaire d'ambassade s'était donné la mort, non plus seulement pour un tourment de cœur, mais pour des humiliations d'amour-propre et des froissements de toute sorte, que sa nature délicate lui avait rendus plus sensibles.

Charles-Guillaume Jérusalem n'est pas la moins intéressante de ces figures secondaires qui animent la biographie de Gœthe et qui ont laissé leur trace dans ses ouvrages. Lors même qu'il ne serait pas l'original de Werther, l'histoire lui devrait encore un souvenir. Il appartenait à une famille de savants. Ses ancêtres étaient des juifs hollandais; on les avait nommés *de Jérusalem*, depuis que l'un d'eux avait fait un séjour en Palestine; leur vrai nom était Wessel. Le père de Charles-Guillaume était abbé de Marienthal et vice-président du consistoire de Wolfenbüttel [1], l'ami du duc Charles-Guillaume

---

1. On sait que, dans certains États protestants de l'Allemagne, les couvents sécularisés furent convertis en maisons d'éducation ou de retraite pour les jeunes filles de naissance noble; les directeurs continuèrent de porter le titre d'abbés.

de Brunswick et le précepteur de ses enfants. C'est lui qui fit l'éducation d'Anne-Amélie, la future duchesse de Saxe-Weimar. Il fut l'un des fondateurs de la *Carolino-Wilhelmina*, la plus ancienne des écoles professionnelles de l'Allemagne. C'était un théologien distingué; Herder cite avec éloge ses *Considérations sur les vérités essentielles de la religion*. Charles-Guillaume avait quatre sœurs; l'une d'elles mourut jeune. L'aînée des survivantes fut la première confidente des idées de son frère. « Tu as raison, lui dit-il un jour à la fin d'une lettre, le monde a des aspects sombres; mais il est comme un tableau dans le goût de Rembrandt, où les ombres mêmes sont belles, quand on sait les mettre dans la lumière convenable [1]. » Chercher cette lumière, fut le problème de sa vie. Une autre de ses sœurs fut chanoinesse du couvent de Wülfing-hausen, et publia des poésies dans les anthologies du temps. Le ton de la maison était austère; il y régnait la plus stricte économie. Gœthe, parlant du jeune Jérusalem, dit que, « fils d'un homme aisé, il n'avait besoin ni de s'appliquer anxieusement aux affaires, ni de se presser pour obtenir un emploi ». Il semble, au contraire, que la nécessité de se créer une situation, et la difficulté d'en trouver une qui fût de son goût, aient été une des causes qui l'ont poussé au suicide.

---

1. R. Kaulitz-Niedeck, *Gœthe und Jerusalem*, Giessen, 1903.

Charles-Guillaume était né le 21 mars 1747; il avait deux ans et demi de plus que Gœthe. Il reçut sa première instruction d'un ami de son père, le poète Giséké. Il entra ensuite au collège de Brunswick, dont le personnel enseignant, soigneusement recruté par le souverain, comptait des écrivains de mérite, comme Ébert, Gærtner et Zachariæ. Il fut un élève studieux, et il montra dès lors du penchant pour les études philosophiques; mais ses maîtres remarquaient qu'il lisait de préférence des ouvrages où étaient mises à nu les misères de la condition humaine. Peut-être son père, par la direction sévère qu'il lui avait donnée, avait-il favorisé involontairement en lui une tendance au pessimisme qu'il fut obligé de combattre plus tard. En 1765, Charles-Guillaume se rendit à l'université de Leipzig, où il resta deux ans. Il s'y trouva en même temps que Gœthe, sans que des rapports personnels se soient établis entre eux. Il se lia plus intimement avec Eschenburg, un ami de Lessing. Les lettres qu'il lui écrivit témoignent d'une sensibilité affectueuse et un peu farouche; il craint à tout moment que ses intentions, excellentes au fond, ne soient méconnues, que ses actions ne soient mal interprétées. Ses rapports avec son père sont ceux d'une soumission passive plutôt que d'un abandon filial. Il attend, pour venir prendre ses vacances à la maison, ou pour passer quelques jours auprès d'un ami, que *l'ordre* lui en soit donné. Vers la fin de son séjour, il écrit : « Ma dernière lettre, mon cher papa, a dû me faire paraître plus hypocondre que je ne le suis en réalité. J'en juge d'après la réponse que vous voulez bien me faire, et dans laquelle vous réfutez par de bonnes raisons mes pensées, parfois peut-être trop sombres. Je suis aussi persuadé de la vérité de ce que vous me dites, que j'ai lieu de l'être en toute circonstance de votre inaltérable bonté... Vivre dans le cercle étroit d'une famille où l'on se soutient réciproquement, posséder de vrais amis, avoir une fonction qui me donne l'occasion de montrer que je puis rendre quelques services à la société et que je ne cherche qu'à lui en rendre, et, par cette même fonction, n'être pas trop mêlé au tourbillon du monde, voilà à peu près l'idée que je me fais de mon bonheur à venir... »

Lorsqu'il eut passé encore un an et demi à l'université de Gœttingue, on lui offrit un poste d'auditeur à la chancellerie de Hanovre, mais sans traitement; il refusa. Il vécut quelque temps auprès de son cousin Justus Mœser, l'auteur des *Fantaisies patriotiques*, « un homme, dit-il, qui a tout lu, qui sait tout et qui a pensé sur tout ». Enfin, le 22 mai 1770, il fut nommé assesseur de justice à Wolfenbüttel. C'est là qu'il connut Lessing, qui le prit en amitié. Il avait trouvé son vrai maître, un directeur éclairé, indulgent, encourageant, qui aurait pu le sauver, si les hasards de la vie ne les avaient séparés trop tôt. Il y eut entre ces deux

hommes, pendant un an et quelques mois, un
échange d'idées qui les charma l'un et l'autre, où
l'un apportait le raisonnement sûr et le savoir
acquis, fruits d'une carrière déjà longue, et l'autre
un désir de connaître fervent mais encore inexpé-
rimenté. Lessing publia plus tard les *Dissertations
philosophiques* de son ami, qui furent le résultat de
leurs conversations. « L'auteur, dit-il dans la préface, m'avait accordé son amitié. Je n'ai guère joui
de cette amitié pendant plus d'un an ; mais je ne
sache pas que jamais en si peu de temps un homme
me soit devenu plus cher... Les principes d'une
certaine métaphysique, dont on a honte aujour-
d'hui, lui étaient familiers, et il avait un singulier
penchant à les appliquer aux circonstances les plus
communes... Dans les conversations comme celles
que nous avions ensemble, on tombe rarement
d'accord, et l'on n'arrive jamais à conclure. Mais
qu'importe? Le plaisir de chasser ne vaut-il pas
mieux que le produit de la chasse? Et un désaccord qui vient seulement de ce que chacun cherche
à surprendre la vérité par un autre côté, est, en
réalité, un accord quant au fond et la source d'une
estime réciproque, seule garantie de l'amitié entre
hommes. »

Ces fragments sont conçus et écrits dans le style
dialectique de Lessing. On y remarque, malgré la
jeunesse de l'auteur, une habileté déjà grande à
décomposer une idée, à la mener jusqu'à ses der-

nières conséquences, à prévoir et à réfuter d'avance toutes les objections. Le plus important est une dissertation *Sur la liberté*, un essai de démontrer que le déterminisme n'est pas incompatible avec la morale. La vertu et le vice y sont présentés comme des degrés de l'imperfection humaine, aussi bien que l'intelligence et la sottise. Qui est-ce qui est tout à fait vertueux, ou tout à fait vicieux? « Je sais bien ce que c'est que la vertu; mais si tel ou tel homme appartient à la classe des vertueux ou à celle des vicieux, qui est-ce qui pourrait le dire? Où s'arrête la première classe? où commence la seconde? Il n'y a qu'une classe, dans laquelle tous, depuis le plus vertueux jusqu'au plus vicieux, sont compris, n'étant séparés que par des nuances imperceptibles. » Nul n'agit sans raison suffisante. Nul, par conséquent, n'a le droit de se prévaloir du bien qu'il a fait, ni d'en demander à Dieu la récompense. On objecte que, si nos actes sont déterminés, et s'il y a du mal dans le monde, c'est Dieu qui est l'auteur du mal. Cela est indéniable, répond le jeune philosophe. Mais, objecte-t-on encore, si le mal moral n'est qu'une imperfection, pourquoi Dieu, qui est parfait, crée-t-il des êtres imparfaits? N'était-il pas plus conforme à sa sagesse de les laisser plongés dans le néant? Autant vaudrait demander pourquoi Dieu est créateur. Il a formé des anges, comme il a formé des scélérats et des imbéciles. Mais le plus bas degré d'intelligence et de moralité est encore supérieur au non-être. Au reste, toute créature est perfectible. S'il n'existait que des êtres parfaits, le monde serait stationnaire, ce qui est une idée contradictoire en elle-même [1].

Lessing ajoute, dans une note finale : « Le système serait donc garanti du côté de la morale. Mais le simple raisonnement n'aurait-il pas encore quelques objections à faire? Notre conversation se prolongeait souvent là-dessus. »

Jérusalem, tout en méditant Leibniz et Spinosa, était appliqué à ses fonctions. Il s'y distingua si bien, qu'il fut adjoint comme secrétaire à la commission que le duché de Brunswick envoyait à la Chambre Impériale de Wetzlar. On lui promettait même, au retour, un poste de conseiller à la chancellerie de Wolfenbüttel. A peine est-il parti, au mois de septembre 1771, qu'il craint d'être oublié de Lessing. « Dieu! s'écrie-t-il dans une lettre à Eschenburg, que n'ai-je pas perdu en lui! » Il avait perdu, en effet, la main qui le soutenait et le dirigeait. Livré à lui-même, il retomba dans les hésitations et les découragements d'où le contact avec un génie vigoureux et sain l'avait un instant tiré. C'était alors, dit Gœthe, un joli blond aux yeux bleus, avec des traits placides. Il était dans la destinée de Jérusalem de se rencontrer deux fois avec Gœthe,

---

1. *Philosophische Aufsätze von* Karl Wilhelm Jerusalem, *heraus-gegeben von* Gotthold Ephraïm Lessing; Brunswick, 1776.

sans se lier avec lui, tout en lui fournissant la matière d'un chef-d'œuvre. Quelle différence, aussi, entre la nature ouverte et communicative de l'un, et l'humeur craintive et renfermée de l'autre; l'un jouissant avidement du présent, tout en ayant le regard tourné vers l'avenir; l'autre ne faisant que grandir dans son imagination les obstacles réels qu'il rencontra bientôt sur sa route!

Une instruction écrite, communiquée aux membres de la légation de Brunswick, leur recommandait « une attitude et une conduite conformes à leur fonction et à leur caractère ». Jérusalem jugea cette recommandation blessante pour son amour-propre; il refusa de la signer. On l'en dispensa, « par considération pour son père »; mais le duc manifesta sa surprise de ce qu'un jeune homme osât critiquer un document émané de sa haute autorité. Le conseiller chef de la légation, un médiocre bureaucrate, nommé Hœfler, qui, à force d'intrigue, avait même réussi à se faire anoblir, aurait désiré un secrétaire moins distingué, un simple copiste, qui aurait demeuré chez lui et lui aurait servi au besoin de domestique. Il fut donc mécontent de celui qu'on lui envoyait, et il ne manqua aucune occasion de le lui faire sentir. Il alla jusqu'à lui reprocher les méfaits les moins vraisemblables, comme on le voit par une lettre de justification que Jérusalem crut devoir adresser au souverain : « Jamais, pas une seule fois, est-il dit dans cette lettre, je ne suis allé à la chasse; ce divertissement m'est absolument inconnu. Une seule fois, j'ai fait une promenade en traîneau. Quant aux bals qui se donnent ici du commencement de l'année au carnaval, j'en ai bien visité quelques-uns; mais comme il n'y en a qu'un par semaine et que l'abonnement n'est que d'une pistole, ils n'ont pu ni me distraire de mes occupations, ni augmenter sensiblement ma dépense [1]. » La querelle finit par deux avertissements donnés au secrétaire, et un appel à la conciliation adressé au conseiller. Hœfler avait derrière lui toute la coterie aristocratique. Jérusalem, ayant été invité un jour à une soirée chez un comte de Bassenheim, remarqua, dès son entrée, que tout le monde l'évitait, et le maître de maison se crut enfin obligé malgré lui de l'engager à se retirer [2]. Le séjour de Wetzlar lui devint insupportable. « Il n'y a pas ici une seule créature, écrivait-il à Eschenburg, avec laquelle j'aie une impression commune. »

Parfois, cependant, comme font les mélancoliques lorsqu'ils ont un fonds de générosité dans leur nature, il essayait de se rattacher à quelque chose.

---

1. Il écrit à son père le 14 décembre 1771 : « Je vous envoie la liste de mes dépenses. Vous verrez qu'avec mes 800 thalers je ne puis sauter bien haut. Il faut, si je ne veux pas faire de dettes, que je me contente de deux litres de vin par semaine et d'une tartine de beurre le soir. »

2. Voir, dans le second livre de *Werther*, la lettre datée du 15 mars.

Il prit l'habitude de passer l'après-midi chez un de ses collègues, Philippe Herd, secrétaire de la légation du Palatinat, dont la femme recevait de temps en temps quelques amies. Élisabeth Herd était la fille d'un sculpteur de Manheim, et on lui trouvait à elle-même une certaine beauté sculpturale. Elle avait quelque chose d'imposant dans sa petite taille, des traits réguliers, de grands yeux bruns et une expression de figure sévère[1]. Elle vivait en très bonne intelligence avec son mari, elle n'avait rien d'une Charlotte de roman, et, selon le témoignage de Kestner, elle aurait été incapable de la moindre infidélité, même en pensée. Jérusalem la prit d'abord pour confidente de ses ennuis; elle lui montra de la compassion. Un jour, la trouvant seule, il lui fit une déclaration en forme, qu'elle repoussa dès les premiers mots. Philippe Herd rentra quelques instants après; sa femme lui parut plus sérieuse que d'habitude; Jérusalem garda d'abord un silence embarrassé, puis s'éloigna. Élisabeth eut le tort de conter son aventure à une de ses amies; Jérusalem devint la fable de la ville.

Le dépit amoureux ne fut pas la cause déterminante de son suicide; il fut seulement, comme on dit, la goutte d'eau qui fait déborder le vase. La veille de sa mort, il monta encore au village de Garbenheim, le Walheim du roman; il s'assit à sa place

1. Friedrich Gœtz, *Geliebte Schatten*, Manheim, 1838.

accoutumée, devant l'auberge qui faisait face à l'église, à l'ombre d'un grand tilleul; il se fit servir un thé, puis se leva brusquement et repartit sans mot dire. Déjà, les jours précédents, des paysans l'avaient vu s'arrêter au bord de la Lahn et se pencher sur l'eau, comme pour s'y précipiter. L'hôtesse de Garbenheim avait deux fils; longtemps après, le plus jeune, établi à Brunswick, écrivait à son frère, qui était resté propriétaire de l'auberge, une lettre d'une naïveté touchante; elle est datée du 12 décembre 1838[1] : « Mon très cher frère Jean, j'ai appris par mon fils que tu as encore la chaise, pour moi si remarquable, sur laquelle s'asseyait Jérusalem. J'ai souvent porté cette chaise sous le tilleul, à la place où il se faisait servir le thé par notre chère mère défunte. Le dernier soir avant sa mort, il s'est encore assis là, et ensuite, comme il avait une préférence pour moi, il m'a emmené jusqu'au Taubenstein[2], où il s'est arrêté, m'a pris sur ses genoux, m'a beaucoup embrassé, m'a donné un thaler, et m'a dit de retourner à la maison et de saluer nos parents de sa part. En disant cela, les larmes coulaient le long de ses joues. Et le lendemain matin, hélas! à cinq heures, un messager est venu nous dire qu'il s'était tiré un coup de pistolet. Moi et mon père et ma mère nous allâmes

1. Elle a été publiée par Hans Hofmann, dans la revue *Euphorion*, année 1900, p. 324-325.
2. Un rocher à mi-chemin entre Garbenheim et Wetzlar.

aussitôt à Wetzlar, et quand nous arrivâmes, il vivait encore, parce que la balle était sortie par l'oreille, et le pasteur Reis était assis à côté de son lit, et disait une prière, et lui, il montrait par des gestes qu'il comprenait tout. Il a fallu que moi et mes parents nous nous avancions près de son lit, et il nous a donné la main à tous. Il a encore vécu ainsi vingt-quatre heures [1]. Maintenant, mon cher frère, tu peux penser combien cette chaise m'est précieuse, et tu ne peux me donner une plus grande preuve de ton amitié fraternelle qu'en me l'envoyant. Tu retireras les pieds, tu déferas le dossier, et tu mettras le tout dans une caisse, à l'adresse du maître tailleur Jean-Henri Bamberger, et je t'en acquitterai loyalemment les frais. »

Le 29 octobre 1772, à une .heure de l'après-midi, Jérusalem fit porter à Kestner un billet, que Gœthe a transcrit dans le roman : « Puis-je vous prier de me prêter vos pistolets pour un voyage que j'ai en vue? » Kestner n'eut aucun soupçon sur l'usage qui allait être fait de ses armes. Il écrivait plus tard : « Comme nous ne nous connaissions pas particulièrement, et que je n'avais aucune idée de ses principes, je ne fis pas de difficulté de lui envoyer les pistolets demandés. » Jérusalem mourut le lendemain matin entre onze heures et midi. On trouva sur son bureau deux billets ; l'un était un dernier

---

1. Plus exactement, une matinée.

adieu à l'adresse de ses parents et de ses sœurs;
dans l'autre, il demandait pardon à Philippe Herd
du trouble momentané qu'il avait causé dans son
ménage. Le dernier était daté de une heure du
matin. « Des ouvriers, écrit Kestner, portèrent le
cercueil au cimetière; aucun ecclésiastique ne
l'accompagna [1]. »

Trois ans après, Lessing vint visiter la tombe de
son ami. « C'était, raconte-t-il, un des derniers jours
d'automne. Un lourd tapis de feuilles mortes cou-
vrait les sentiers. Lorsqu'on longe le mur à gauche
de la porte, on arrive à une petite grille délabrée.
Le mur même, à cet endroit, est en partie écroulé
et recouvre les tombes voisines. C'est là que doit
se trouver aussi la tombe de Jérusalem. Je me suis
arrêté là quelques instants à rêver. Un pâle rayon
d'automne glissait, comme par pitié, sur les pierres
éparses, et une maigre branche de lierre les enla-
çait, comme pour préserver ce lieu de toute profa-
nation. »

Le roman de Gœthe parut en 1774. Pour Kestner
et Charlotte Buff, c'était leur propre histoire, tra-
vestie et défigurée. Kestner fut bien obligé de se
reconnaître dans Albert, mais il trouva qu'on avait
fait de lui un lourdaud prosaïque et dur. Charlotte
fut scandalisée de la scène romanesque où l'héroïne
qui porte son nom finit par tomber dans les bras de

---

[1]. Ce sont les derniers mots du roman.

Werther. Il faut dire aussi que le sentiment des
époux Kestner fut partagé par la plupart des personnes qui avaient été les témoins les plus rappro-
chés des événements, et même par certains amis
de Gœthe. Pour le public, l'histoire de Werther
fut celle de Jérusalem. Le tombeau de Jérusalem
devint le tombeau de Werther et un lieu de pèlerinage pour les âmes sensibles. On oublia Mme Herd :
c'était pour la fille du bailli que Jérusalem s'était
tué. L'hôtesse de Garbenheim s'appela désormais
« la femme du Livre ». Quant à Hœfler, la renommée
publique le fit comparaître devant le lit de son
sécrétaire agonisant, et l'un des assistants le chas-
sait ignominieusement de la maison avec ces mots :
« Ne souille pas par ta présence le lieu où saigne
ta victime. » C'est ainsi que le roman, après s'être
inspiré de l'histoire, réagit à son tour sur l'histoire,
et que, de ce mélange d'éléments divers, naquit une
légende qui se perpétua longtemps à Wetzlar.

UNE COLLABORATION POÉTIQUE

GŒTHE ET SULÉIKA

Lorsqu'en 1815, après la chute de Napoléon, Gœthe fit un voyage sur les bords du Rhin, il eut une entrevue avec l'archiduc Charles, le vainqueur d'Aspern. Il se fit faire par lui, sur une carte, le récit de ses campagnes, et il a consigné dans ses *Annales* la seule réflexion que ce récit lui inspira : c'est qu'une bonne carte militaire peut être très utile pour des études géologiques. Il se trouva par hasard dans la cathédrale de Cologne en même temps que Stein, l'un des organisateurs de la guerre d'affranchissement, le ministre des finances Altenstein, et Arndt, le plus ardent et le plus bourru des patriotes. C'est celui-ci qui nous a transmis le détail de la rencontre : « Nous vîmes près de Stein celui qui était avec lui le plus grand Allemand du siècle, Wolfgang Gœthe. Stein nous dit : « Silence, mes enfants! pas de politique! Cela « lui déplaît, c'est fâcheux, mais il est si grand! » C'était un spectacle étrange de voir ces deux hauts personnages l'un à côté de l'autre et se témoignant un respect mutuel. Il en fut de même à l'hôtel pendant le thé ; Gœthe restait presque toujours silencieux et se retirait de bonne heure. »

Gœthe, avant et après Waterloo, croyait ne rien devoir à sa patrie que la part pour laquelle il pouvait contribuer à ce qu'il appelait la culture générale : une attitude qui ne manquait pas d'une certaine grandeur, mais qui choquait ceux de ses compatriotes qui exposaient leur vie sur les champs de bataille. Tandis que l'Allemagne saignait encore sous le coup qui l'avait frappée, il accomplissait sa retraite ou, comme il disait, son Hégire : « Le Nord et le Sud et l'Occident volent en éclats, les trônes se brisent et les Empires sont ébranlés. Quant à toi, réfugie-toi dans le pur Orient, où tu respireras l'air des patriarches. Au milieu des amours, des festins et des chants, la source de Chiser te rajeunira. »

Depuis quelques années, il suivait d'un œil attentif tout ce qui se publiait sur l'Orient. En 1813 et 1814 parurent les deux volumes du *Divan* (ou *Recueil*) de Hafiz, traduit complètement pour la première fois par Joseph de Hammer. Ce fut pour Gœthe, comme il s'exprime dans les *Annales*, « une apparition puissante », qu'il ne put supporter qu'à la condition de produire lui-même. L'impression du dehors et la création personnelle étaient chez lui comme deux forces opposées qui se contrebalançaient. La traduction de Hammér était en prose ; elle faisait abstraction de la forme et quel-

quefois de la poésie de l'original ; Gœthe la compléta dans son imagination, à l'aide de tout ce que
lui avaient appris les récits des voyageurs, Marco
Polo, Pietro della Valle, Tavernier, Chardin ; et
bientôt il vit s'ouvrir devant lui toute une civilisation, en partie aussi raffinée que la nôtre, mais
qui, par certains côtés, était encore rapprochée de
la nature. Il conçut aussitôt le plan d'un livre qu'il
appela d'abord *Divan oriental par un poète de
l'Occident*, et auquel il donna plus tard le titre plus
simple de *Divan oriental-occidental*. Il se mit à traduire à son tour, entrant aussi profondément que
possible dans la forme et surtout dans l'esprit de
l'original persan. « Dans cette littérature, dit-il, il
ne saurait être question de ce que nous appelons
le goût ; ses qualités tiennent à ses défauts, et ils
résultent les uns des autres. » Il ne recula pas
devant certaines métaphores « plus subtiles que
senties et qui nous font sourire ». Parfois aussi, il
reprenait simplement d'anciennes poésies restées
dans ses cartons, auxquelles il essayait de donner,
par le changement de quelques mots, le coloris
oriental, ou seulement un aspect étrange qui
dépaysait le lecteur. Le rossignol soupirait sous le
nom de Bulbul, et la huppe Hudhud secouait son
aigrette d'un air d'importance en portant les mes-
sages des amoureux. Même des mots français et
anglais s'introduisaient, tantôt sous leur costume
primitif, tantôt affublés d'un préfixe ou d'un suf-

fixe allemand. La rime était ordinairement riche, parfois double. Le lien de ces éléments disparates était dans la philosophie qui était devenue celle de la vieillesse de Gœthe, une sorte de panthéisme tranquille et résigné, tel qu'il le dépeint dans une lettre à Zelter du 2 mai 1820 : « Un abandon absolu à la volonté insondable de Dieu, une vue sereine de la vie mouvante d'ici-bas, qui dans sa spirale infinie revient toujours sur elle-même, l'amour, la sympathie, oscillant entre deux mondes, toute réalité épurée et se résolvant en un symbole, que faut-il de plus à un vieux grand-père ? »

Au mois de mai 1815, il écrit au même Zelter, qui attendait ses poésies pour en mettre quelques-unes en musique, que la première centaine est presque terminée. Il prévoit déjà le moment où elles se disposeront par groupes. Mais le groupe qui aujourd'hui est le plus complet, et qui devait former le Livre de Suléika, c'est-à-dire la peinture de l'amour heureux, était à peine ébauché. Que manquait-il au poète ? Une femme pour l'inspirer. Ici Hafiz ne suffisait plus ; il fallait un être vivant. On doit toujours se rappeler, lorsqu'on veut se rendre compte des procédés de composition de Gœthe, ce qu'il entend par l'originalité en littérature : c'est avant tout un don puissant d'assimilation. « Nous avons beau faire, dit-il un jour à Eckermann, nous sommes tous des êtres collectifs. Comme c'est peu de chose ce que nous pouvons appeler vraiment

nôtre, et ce que nous sommes ! Qu'y a-t-il de bon
en nous, si ce n'est la force et le goût de nous
approprier les éléments du monde extérieur et de
nous en servir pour un but élevé [1] ? » Ordinairement, il a devant lui un livre qu'il prend pour guide,
ou une personne qui lui sert de modèle, quelquefois l'un et l'autre. Pour le *Divan*, du moins pour
la partie la plus belle et la plus complète du *Divan*,
le cas est unique : le livre, c'est Hafiz ; la personne,
c'est Marianne Willemer ; mais la personne devient
une collaboratrice [2].

Marie-Anne Jung était née à Linz, dans la Haute-
Autriche, le 20 novembre 1784. Elle perdit de
bonne heure son père, qui était fabricant d'instruments de musique. Elle reçut sa première instruction d'un ecclésiastique, qui lui fit lire Klopstock
et Gœthe. A quatorze ans, sa mère l'engagea dans
une troupe d'opéra et de ballet, et vint avec elle à
Francfort. Elle était petite et bien prise, avait une
belle voix, une figure expressive et beaucoup de
grâce dans les mouvements. Clément Brentano,
qui avait alors vingt ans, et qui la vit dans un de
ses rôles, un soir qu'il avait accompagné la mère
de Gœthe au théâtre, parlait d'elle, encore longtemps après, avec admiration. « J'ai vu, dit-il dans
la dédicace d'un de ses contes, un spectacle ravis-

---

1. *Conversations*, 17 février 1832.
2. Voir *Gœthes Briefwechsel mit Marianne von Willemer, herausgegeben von* Philipp Stein, Leipzig, 1908.

sant, un petit Arlequin sortant d'un œuf et faisant ensuite les gambades les plus délicieuses. » Il la chanta même, sous le nom de Biondetta, dans les *Romances du Rosaire*.

Elle ne resta que deux ans au théâtre. En 1800, le banquier Jean-Jacques Willemer, plus tard anobli par l'empereur d'Autriche, entra au comité de direction. Il fit rompre l'engagement de Marianne, la prit dans sa maison, et la fit élever avec ses filles. Willemer, outre ses entreprises commerciales, s'occupa toute sa vie d'œuvres pédagogiques et philanthropiques; il fut en correspondance avec Pestalozzi, et lui confia même l'éducation de son fils. Tout porte à croire que son intervention en faveur de Marianne fut un acte de pure générosité; Gœthe, dans une conversation avec Sulpice Boisserée, emploie même le mot de sauvetage [1]. Willemer avait quarante ans, et il était deux fois veuf. Sa première femme, morte en 1792, lui avait donné trois filles; la seconde, qu'il perdit en 1796 après trois ans de mariage, lui avait donné un fils. Un précepteur, élève de Pestalozzi, était attaché à la maison. En été, la famille se transportait dans une villa, située sur la rive gauche du Mein, à une demi-heure de Francfort; c'était la *Gerbermühle*, bâtie sur l'emplacement d'un ancien moulin; on y arrivait par la même route que Gœthe avait si souvent

---

1. *Rettung.* — *Sulpiz Boisserée*, Stuttgart, 1802; I, p. 285.

suivie autrefois, quand il allait voir Lili Schœne-
mann à Offenbach.

Lorsqu'en 1814, après dix-sept ans d'absence,
Gœthe revint dans sa ville natale, les deux plus
jeunes filles de Willemer étaient mariées ; l'aînée,
Rosine, était veuve, et elle était revenue à la maison paternelle. La même année, le 27 septembre,
Marie-Anne Jung devint la femme de Willemer.
Gœthe, dans un billet daté de Heidelberg, s'excuse
de ne pas assister au mariage ; il suivait alors avec
un vif intérêt les travaux des frères Sulpice et
Melchior Boisserée, qui rassemblaient de toutes
parts les monuments de l'art allemand au moyen
âge, et qui s'occupaient spécialement de la restau-
ration du dôme de Cologne. Le 10 du mois suivant,
il était de retour à Francfort. Il avait rencontré
Willemer et Marianne aux eaux de Wiesbaden, et
il les retrouva au Moulin. Il écrit dans les *Annales* :
« Un séjour salutaire aux eaux, une demeure
champêtre dans des lieux qui m'étaient familiers
et que j'avais foulés dans ma jeunesse, la sympathie que des amis éclairés me témoignaient, tout
cela concourut à stimuler et à exalter en moi cet
heureux état de l'âme que tout cœur pur doit
reconnaître à la lecture du *Divan*. » Ces cœurs
purs, c'étaient tout d'abord ses auditrices les plus
rapprochées, la jeune veuve Rosine, et Marianne,
qui, tout en étant devenue la belle-mère de celle-ci,
était un peu plus jeune qu'elle. Gœthe, en partant,

laissa son album entre les mains de Marianne, qui le lui retourna en y inscrivant les vers suivants :

« Tu m'appelles chère petite, — et je me compte en effet parmi les petits. — Appelle-moi toujours ainsi, — et je m'estimerai heureuse toute ma vie.

« On te nomme parmi les plus grands, — et l'on t'honore comme l'un des meilleurs. — On ne peut te voir sans t'aimer. — Que n'es-tu resté parmi nous !

« Mais je garde humblement le silence. — Aie pitié de mes vers. — Ne juge pas trop sévèrement — un pauvre petit poète [1]. »

Dès lors, Francfort et surtout la villa du Moulin étaient devenus le lieu privilégié où la poésie du *Divan* pouvait fleurir. L'année suivante, le 7 août, Gœthe écrit de Wiesbaden à Willemer, pour lui annoncer sa visite. Quatre jours après, il arrive à Francfort, et, laissant à l'hôtel du Cygne son compagnon de route Sulpice Boisserée, il se rend directement au Moulin, où il reste jusqu'au 8 septembre. Des promenades remplissent les journées;

---

[1]
> *Zu den Kleinen zähl' ich mich,*
> *« Liebe Kleine » nennst Du mich.*
> *Willst Du immer mich so heissen,*
> *Werd' ich mich stets glücklich preissen...*
>
> *Als den Grössten nennt man Dich,*
> *Als den Besten ehrt man Dich.*
> *Sieht man Dich, muss man Dich lieben.*
> *Warst Du nur bei uns geblieben !...*
>
> *Doch in Demut schweige ich;*
> *Des Gedichts erbarme Dich!*
> *Geh, o Herr, nicht ins Gerichte*
> *Mit dem armseligen Wichte!...*

les soirées sont consacrées à la poésie et à la musique. Le 28 août, pour célébrer le soixante-sixième anniversaire de la naissance de Goethe, on lui donne une fête orientale. Le grand pavillon du jardin reçoit une décoration appropriée. Des roseaux sont dressés le long des panneaux, et retombent par le haut comme des branches de palmier. Au fond de la salle est placée une guirlande, dont les fleurs sont assemblées conformément à la *Théorie des couleurs.* Marianne et Rosine portent des corbeilles de fleurs et de fruits exotiques. Sur chaque corbeille est posé un turban entouré d'une couronne de laurier. Un dessin fait par Rosine représente la ville de Francfort, vue des fenêtres du pavillon ; il est placé dans un cadre fleuri, composé par Marianne, où sont entremêlés des vers du *Divan.* Enfin, au dîner, on sert, pour boire à la santé du poète, un vin qui date de l'année de sa naissance [1].

Le 8 septembre, Goethe rentre à Francfort ; il demeure dans la maison de Willemer. Le 12, il envoie à Marianne les vers suivants, dont les premiers font allusion à un passage de Hafiz : c'est Hatem, le poète persan, qui parle :

« Ce n'est pas l'occasion qui fait le larron, — elle est elle-même le plus grand des larrons ; — car elle m'a dérobé le reste d'amour — que je gardais encore au fond du cœur.

[1] *Sulpiz Boisserée,* I, p. 271.

« C'est à toi qu'elle a livré — ce qui est le suprême bien de ma vie, — de sorte que, réduit à l'indigence, — je ne tiens plus ma vie que de toi.

« Mais déjà la pitié me parle — dans l'escarboucle de ton regard, — et je jouis dans tes bras — d'un retour du destin[1]. »

On voit que Hatem a déjà beaucoup aimé; ce n'est qu'un « reste » d'amour qu'il peut donner à Suléika; encore faut-il qu'elle le lui dérobe. Quatre jours après, Gœthe étant venu faire une promenade au Moulin, Marianne lui remet la réponse de Suléika :

« Souverainement heureuse dans ton amour, — je n'accuse pas l'occasion. — Si elle a été pour toi un larron, — combien je me félicite du larcin!

« Et pourquoi parler de larcin? — Donne-toi librement à moi! — Il me serait si doux de croire — que le larron c'est moi!

« Ce que tu donnes si généreusement — te procurera un gain magnifique. — Mon repos, le

---

1.   *Nicht Gelegenheit macht Diebe,*
Sie ist selbst der grösste Dieb;
Denn sie stahl den Rest der Liebe,
Der mir noch im Herzen blieb.

Dir hat sie ihn übergeben,
Meines Wertes Vollgewinn,
Dass ich nun, verarmt, mein Leben
Nur von Dir gewärtig bin.

Doch ich sehe schon Erbarmen
Im Karfunkel Deines Blicks,
Und erfreu' in Deinen Armen
Mich erneuerten Geschicks.

trésor de ma vie, — je te les livre avec joie :
accepte-les!

« Ne plaisante pas! Ne parle pas d'indigence! —
Ne sommes-nous pas riches par l'amour? — Quand
je te tiens dans mes bras, — nul bonheur n'est
supérieur au mien[1]. »

Le 19, Gœthe accompagne Sulpice Boisserée à
Heidelberg. Il se trouve là au milieu d'une collection de tableaux, de gravures, d'œuvres d'art de
toute sorte. Mais il n'oublie pas sa correspondance
poétique avec son amie. Il ne songe qu'à en varier
la forme, à lui donner un tour ingénieux et voilé,
qui déroute les regards profanes. Pourquoi les
amants ne feraient-ils pas comme les diplomates,
qui correspondent par chiffres? On choisit un livre,
de préférence une œuvre de poète, et l'on compose
une lettre avec l'indication de la page et de la ligne
où l'on a trouvé l'expression de sa pensée. Celle-ci

1.
Hochbeglückt in Deiner Liebe,
Schelt' ich nicht Gelegenheit,
Ward sie auch an Dir zum Diebe,
Wie mich solcher Raub erfreut!

Und wozu denn auch berauben?
Gib Dich mir aus freier Wahl;
Gar zu gerne möcht' ich glauben :
Ja, ich bin's, die Dich bestahl.

Was so willig Du gegeben,
Bringt Dir herrlichen Gewinn;
Meine Ruh, mein reiches Leben
Geb' ich freudig, nimm es hin!

Scherze nicht! Nichts von Verarmen!
Macht uns nicht die Liebe reich?
Halt' ich Dich in meinen Armen,
Jedem Glück ist meines gleich.

s'embellit ainsi de toute la poésie du passage que l'on a distingué.

« Prenez, ô diplomates, — de nobles soucis, — et donnez à vos potentats — de sages conseils ! — Que l'envoi de chiffres secrets — occupe le monde, — jusqu'au jour où les événements — se remettent d'eux-mêmes en équilibre.

« Quant à moi, de ma douce maîtresse — le chiffre m'est familier. — C'est elle qui en a trouvé le secret, — et cette seule pensée me le rend cher...

« ... Ce que je vous révèle — fut dès longtemps un usage pieux, — et si vous le comprenez, — pratiquez-le à votre tour en silence[1]. »

Le 22 septembre, Willemer part de Francfort avec sa femme et sa fille aînée, pour rejoindre Gœthe à Heidelberg. Ils passent la nuit à Darmstadt, et le lendemain matin Marianne écrit ces vers, dont les premiers sont imités de Hafiz :

[1]

Lasst euch, o Diplomaten!
Recht angelegen sein,
Und eure Potentaten
Beratet rein und fein.
Geheimer Chiffern Sendung
Beschäftige die Welt,
Bis endlich jede Wendung
Sich selbst ins Gleiche stellt.

Mir von der Herrin süsse
Die Chiffer ist zur Hand,
Woran ich schon geniesse,
Weil sie die Kunst erfand...

... Was ich euch offenbaret
War längst ein frommer Brauch,
Und wenn ihr es gewahret,
So schweigt und nutzt es auch.

« Qu'est-ce que je sens venir à moi? — Est-ce la brise d'orient qui m'apporte de joyeuses nouvelles? — Le frais balancement de ses ailes — apaise la profonde blessure de mon cœur.

« Son souffle caressant joue avec la poussière — qu'elle soulève en légers nuages. — Elle pousse vers la treille protectrice — le joyeux petit peuple des insectes.

« Elle attiédit les ardeurs du soleil; — elle rafraîchit mes joues brûlantes; — elle baise encore dans sa fuite les pampres — qui décorent les champs et les collines.

« Et son doux chuchotement m'apporte — d'aimables saluts de mon ami. — Avant que ces collines s'assombrissent, — je serai assise tranquillement à ses pieds[1]. »

---

1. *Was bedeutet die Bewegung?*
Bringt der Ostwind frohe Kunde?
Seiner Schwingen frische Regung
Kühlt des Herzens tiefe Wunde.

Kosend spielt er mit dem Staube,
Jagt ihn auf in leichten Wölkchen,
Treibt zum sichern Rebenlaube
Der Insekten frohes Völkchen.

Lindert sanft der Sonne Glühen,
Kühlt auch mir die heissen Wangen,
Küsst die Reben noch im Fliehen,
Die auf Feld und Hügel prangen.

Und mich soll sein leises Flüstern
Von dem Freunde lieblich grüssen;
Eh noch diese Hügel düstern,
Sitz' ich still zu seinen Füssen...

Gœthe a corrigé ainsi la dernière strophe : « Et son doux chuchotement m'apporte — mille salutations de mon ami. — Avant

Il faut croire que les quelques jours que Marianne passa à Heidelberg en compagnie de Gœthe, les promenades qu'elle fit avec lui dans le parc et dont une inscription a gardé le souvenir, sans doute aussi la lecture de Hafiz, donnèrent un nouvel aliment à son imagination, car, au retour, elle écrivit encore ces strophes, qu'elle envoya aussitôt à son ami :

« Hélas! pour tes ailes humides — je t'envie, brise de l'occident, — car tu peux lui porter la nouvelle — de ce que la séparation me fait souffrir.

« Le mouvement de tes ailes — éveille dans mon sein un secret désir. — Les fleurs, les prés, les bois et les collines — sont en pleurs sous ton haleine.

« Mais ton souffle propice et doux — rafraîchit mes paupières endolories. — Ah! je me consumerais dans la peine, — si je n'espérais le revoir.

« Eh bien! vole vers mon amant, — parle doucement à son cœur; — mais évite de l'affliger, — et cache-lui ma souffrance.

« Dis-lui, mais dis-lui discrètement, — que son amour est ma vie, — et, de l'un et de l'autre, sa présence — me donnera le joyeux sentiment[1]. »

que ces collines s'assombrissent, — je serai saluée de mille baisers. »

Le 7 octobre, Gœthe quitta Heidelberg, et quatre jours après il rentrait à Weimar. Gœthe et Marianne Willemer ne devaient plus se revoir. Les voyages, à cette époque, étaient longs et incommodes. Une seule fois, en 1816, Gœthe se remit en route pour Francfort; mais la voiture, à peine sortie de Weimar, versa; il considéra cet accident comme un avertissement du ciel, et rentra chez lui. Sa correspondance avec ses amis continua. Souvent, dans les lettres qu'il adressait à Willemer où à Rosine, il mettait un billet chiffré pour Marianne; elle lui répondait de même, et la réponse devenait pour lui un thème à développer. Telle est l'origine de la pièce intitulée *Nuit de pleine lune*. Une convention qui a aidé de tout temps les âmes sentimentales à se comprendre à distance, a été de regarder à la même heure une même étoile, dont le rayon portait la pensée à travers les espaces du ciel. « Ne vous

Die Bewegung deiner Flügel
Weckt im Busen stilles Sehnen;
Blumen, Auen, Wald und Hügel
Stehn bei deinem Hauch in Tränen.

Doch dein mildes, sanftes Wehen
Kühlt die wunden Augenlider;
Ach, für Leid müsst' ich vergehen,
Hofft' ich nicht, wir sehn uns wieder.

Geh denn hin zu meinem Lieben,
Spreche sanft zu seinem Herzen;
Doch vermeid' ihn zu betrüben
Und verschweig' ihm meine Schmerzen.

Sag' ihm nur, doch sag's bescheiden!
Seine Liebe sei mein Leben;
Freudiges Gefühl von beiden
Wird mir seine Nähe geben.

êtes-vous jamais agenouillé, dit Lélia dans le roman de George Sand, devant les blanches étoiles qui sèment les voiles bleus de la nuit? Ne leur avez-vous jamais tendu les bras en les appelant vos sœurs? » Chez le poète oriental-occidental, c'est la lune qui sert de confidente. La *Nuit de pleine lune*, où une servante est censée parler à sa maîtresse, est le résultat d'un nouveau genre de collaboration : Hafiz fournit les éléments, Marianne les assemble, Gœthe les groupe et leur donne la vie :

« Maîtresse, que veut dire ce chuchotement, — ce doux frémissement de tes lèvres? — Une aimable pensée les entr'ouvre, — comme un vin qu'on savoure à petits traits. — Voudrais-tu, sur tes lèvres jumelles, — attirer deux autres sœurs?

« — Je veux des baisers! des baisers! disais-je.

« Vois comme dans l'obscurité douteuse — étincellent les rameaux en fleur, — et comme chaque étoile laisse tomber son rayon. — Des milliers d'escarboucles — prennent sous les rameaux des reflets d'émeraude. — Mais ton esprit est au loin.

« — Je veux des baisers! des baisers! disais-je.

« Ton amant, loin de toi, éprouve — la même douceur amère, — le même bonheur douloureux. — Vous avez fait le vœu sacré — de vous saluer sous la pleine lune, — et voici le moment.

« — Je veux des baisers! des baisers! disais-je[1]. »

---

1.   *Herrin, sag', was heisst das Flüstern?*
        Was bewegt dir leis die Lippen?

Les lettres que Marianne adresse à Gœthe ont des
élans de tendresse qu'elle cherche à contenir, mais
qui éclatent malgré elle. Ce qu'elle éprouve, c'est
une reconnaissance émue, presque filiale, envers
l'homme qui l'a élevée à une vie supérieure. En
pensée, elle est toujours assise à ses pieds, attendant que son regard s'abaisse sur elle. Les lettres
de Gœthe sont plus calmes. Il a déjà fait sur lui
l'effort du *renoncement* : c'est le mot qu'il emploie
en pareil cas, le mot qui résume la philosophie de
sa vieillesse, et qu'il a inscrit sur le titre même des
Années de voyage de Wilhelm Meister. Une seule
fois l'ancienne flamme jette encore une étincelle.
Willemer, appelé à Berlin pour une affaire, a passé
par Weimar[1]; Marianne est restée aux eaux de

Lispelst immer vor dich hin,
Lieblicher als Weines Nippen!
Denkst du deinen Mundgeschwistern
Noch ein Pärchen herzuziehn?

« *Ich will küssen! Küssen! sagt' ich.* »

Schau! Im zweifelhaften Dunkel
Glühen blühend alle Zweige,
Nieder spielet Stern auf Stern :
Und, smaragden, durchs Gesträuche
Tausendfältiger Karfunkel :
Doch dein Geist ist allem fern.

« *Ich will küssen! Küssen! sagt' ich.* »

Dein Geliebter, fern, erprobet
Gleicherweis' im Sauersüssen,
Fühlt ein unglücksel'ges Glück.
Euch im Vollmond zu begrüssen
Habt ihr heilig angelobet;
Dieses ist der Augenblick.

« *Ich will küssen! Küssen! sagt' ich.* »

1. Le fils de Willemer, qui s'était engagé en 1815 dans un
bataillon de volontaires, avait été mortellement blessé dans un

Bade; elle se sent malade, abandonnée; elle déclare qu'elle ne vit que dans ses souvenirs; elle a besoin d'un mot d'encouragement. Gœthe lui répond (c'est la seule lettre où il la tutoie) : « Non, ma très chère Marianne, un mot de moi ne te manquera pas. Après un trop long silence, voilà donc encore tes douces lèvres qui parlent. Ai-je besoin de répéter qu'en voyant mon ami, je te voyais à côté de lui, et que cette vue a soudainement réveillé en moi ce qu'il veut bien que toi et moi nous soyons l'un pour l'autre?... Tu dis, avec ta grâce habituelle, que tu penses à moi, que tu aimes à penser à moi : sois donc assurée que chacun de tes sentiments trouve un écho dans mon cœur. Que ceci t'arrive dans une heure propice! C'est un simple texte, qui te fournira matière à de longs commentaires... Que ne sommes-nous réunis! Ce serait mon plus cher désir. »

Le *Divan* paraît en 1819. Marianne y trouve ses poésies mêlées à celles de son ami; elle écrit : « J'ai lu et relu le *Divan*. Je ne puis décrire ni m'expliquer à moi-même le sentiment qui s'est emparé de moi à chaque passage connu. Si vous avez vu clair dans mon être intérieur, comme je le crois, comme je le souhaite, comme j'en ai l'assu-

---

duel par un de ses collègues, qui avait été condamné pour ce fait à vingt ans de forteresse. Willemer intercéda généreusement pour l'adversaire de son fils, et obtint pour lui une commutation de peine.

rance (car mon cœur était ouvert devant vous), je
n'ai besoin de rien ajouter, et tout le reste rendrait
faiblement ma pensée. Vous savez exactement ce
qui se passait en moi, tandis que j'étais une énigme
pour moi-même. A la fois humble et fière, confuse
et ravie, tout me semblait un rêve de bonheur, un
de ces rêves dans lesquels on voit sa propre image
embellie et ennoblie, un état privilégié, dans lequel
tout ce qu'on fait, tout ce qu'on dit paraît charmant. On est heureux de sentir en soi l'influence
d'un être supérieur, qui nous fait découvrir en
nous-même des qualités que nous ne soupçonnions
pas, et l'on considère comme une faveur du ciel
ces rayons qui illuminent notre existence. Soyez
indulgent pour mes idées confuses : le plus grand
bonheur est aussi le plus incompréhensible. »

Parfois la correspondance se continue en vers.
Au mois d'août 1825, Marianne envoie à Gœthe,
pour l'anniversaire de sa naissance, une guirlande
de fleurs sèches, accompagnée des strophes suivantes :

« D'un délicat entrelacement de fleurs — je t'ai
tressé une couronne. — Quant à t'offrir une chose
impérissable, — cela ne m'a pas été donné, hélas!

« Mais sous les fines ramures fleuries — circulent
des pensées d'amour, — qui élèvent discrètement
la voix — et t'apportent mes pieux souhaits.

« Les paroles qui jaillissent du cœur — sont
comme le parfum qu'exhale la corolle. — Il faut

que les fleurs parlent, — quand les lèvres gardent le silence [1]. »

Gœthe répond :

« Des fleurs variées, dans mon jardin, — luisent sous le soleil matinal. — Elles ne luisent pas pour mon bonheur, — car la bien-aimée ne m'a pas annoncé sa venue.

« Tu m'envoies, dans des cercles délicats, — les étoiles cueillies par ta main. — Elles me témoignent tendrement — que tu éprouves au loin pour moi

« Ce qu'au loin j'éprouve pour toi, — comme s'il n'y avait pas d'espace entre nous. — Et voilà que fleurissent d'un commun accord — les fleurs sèches avec les fleurs fraîches [2]. »

1.

> Zarter Blumen leicht Gewinde
> Flecht' ich Dir zum Angebinde :
> Unvergängliches zu bieten,
> War mir leider nicht beschieden.
>
> In den leichten Blütenranken
> Lauschen liebende Gedanken,
> Die in leisen Tönen klingen
> Und Dir fromme Wünsche bringen.
>
> Worte aus des Herzens Fülle
> Sind wie Duft aus Blumenhülle;
> Blumen müssen oft bezeugen
> Was die Lippen still verschweigen.

Gœthe a corrigé la dernière strophe : « Et c'est ainsi que de loin — cette feuille t'apporte des paroles fleuries. — Puissent-elles, devant tes regards, — se parer de couleurs variées! »

> Und so bringt vom fernen Orte
> Dieses Blatt Dir Blumenworte;
> Mögen sie vor Deinen Blicken
> Sich in bunten Farben schmücken.

2.

> Bunte Blumen in dem Garten
> Leuchten von der Morgensonne,

Les deux pièces figurent aujourd'hui parmi les œuvres de Gœthe, dans le recueil des *Poésies de circonstance.*

Cette collaboration s'exerçait ainsi de diverses manières. Tantôt Marianne était seulement l'inspiratrice, et son rôle se bornait à susciter la veine poétique; tantôt elle faisait elle-même œuvre de poète, et Gœthe n'avait qu'à signer ses vers, en y introduisant quelques variantes, qui n'étaient pas toujours heureuses. Marianne garda longtemps le secret de sa collaboration. Elle fuyait le grand jour de la publicité; elle pensait que les choses du cœur ne devaient pas quitter l'ombre du sanctuaire où elles étaient nées; elle désapprouvait fort la publication des lettres de Gœthe à Mme de Stein, qu'elle appelait une scandaleuse indiscrétion (*eine heillose Indiskretion*). Quant à elle, voir ses vers imprimés à côté de ceux du grand poète, s'entendre dire qu'ils étaient parmi les plus beaux, cela lui suffisait. Ce n'est qu'en 1849 qu'elle avoua à Herman Grimm, dans une conversation intime, qu'elle était

Aber leuchten keine Wonne :
Liebchen darf ich nicht erwarten.

Sendest nun in zarten Kreisen
Die von Dir gepflückten Sterne;
Zärtlich willst Du mir beweisen,
Du empfindest in der Ferne

Was ich in der Fern' empfinde,
So als wär' kein Raum dazwischen;
Und so blühen auch geschwinde
Die getrockneten mit frischen.

l'auteur de quelques poésies du *Divan*, et ce n'est que vingt ans après que Herman Grimm, à son tour, fit connaître ce qu'elle lui avait confié. Le banquier Willemer était mort en 1838; la famille avait abandonné le Moulin, qui était une propriété de la ville, et Marianne avait pris un petit appartement dans la *Mainzergasse*, d'où l'on avait vue sur le fleuve et sur les faubourgs. Elle vivait là, entourée de ses souvenirs, des ouvrages que Gœthe lui avait dédiés, des lettres qu'elle avait reçues de lui et qui étaient soigneusement classées dans une cassette. Elle mourut le 6 décembre 1860. Elle garda jusqu'à la fin la vivacité de son esprit et le charme de sa conversation. On croyait voir en elle, dit Herman Grimm, une jeune fille qui, pour intriguer ses amis, avait pris le masque de la vieillesse.

Mais pourquoi Gœthe n'a-t-il point parlé de ce qu'il lui devait? Il est probable que s'il l'avait fait, elle ne lui en aurait pas été reconnaissante. Au reste, il a laissé entrevoir, dans quelques passages, qu'une main étrangère était intervenue dans son œuvre. Hatem se plaint un jour de ce que Suléika chante des chansons qui ne sont pas de lui, et elle lui répond :

« Pendant la longue absence de Hatem, — son amie a appris quelque chose; — elle avait été si bien louée par lui, — que la séparation a porté ses fruits. — Ces chansons ne doivent point te paraître étrangères; — elles sont de Suléika, elles sont à toi [1]. »

Ailleurs, c'est le poète qui parle :

« Tu as suscité en moi ce livre, c'est toi qui me l'as donné. — Ce que j'énonçais dans la joie et la plénitude de mon cœur, — m'est revenu comme un écho charmant de ton âme. — Comme le regard répond au regard, la rime répondait à la rime [2]. »

Au reste, Gœthe pouvait prévoir que la critique allemande, qui ne laisse rien dans l'ombre, se chargerait de dévoiler le mystère; et c'est ce qu'elle a fait. Aujourd'hui, Marianne Willemer est entrée dans la vie littéraire; elle jouit d'une célébrité qu'elle n'a point cherchée. Wilhelm Scherer l'appelle la plus grande des femmes poètes de l'Allemagne; et si l'on considère non l'étendue, mais la qualité de l'œuvre, l'éloge peut ne pas paraître exagéré.

1.

War Hatem lange doch entfernt,
Das Mädchen hatte was gelernt;
Von ihm war sie so schön gelobt,
Da hat die Trennung sich erprobt.
Wohl dass sie Dir nicht fremde scheinen;
Sie sind Suleika's, sind die Deinen.

2.

Hast mir dies Buch geweckt, Du hast's gegeben;
Denn was ich froh aus vollem Herzen sprach,
Das klang zurück aus Deinem holden Leben,
Wie Blick dem Blick, so Reim dem Reime nach.

SCHILLER DEVANT L'OPINION ALLEMANDE

ALLEMANDE

A PROPOS DU CENTIÈME ANNIVERSAIRE DE SA MORT

LA critique allemande n'a pas toujours été bonne pour Schiller. La *Gazette de Voss* n'écrivait-elle pas déjà en 1784, à propos des représentations de *l'Intrigue et l'Amour* à Berlin : « Voilà, en vérité, une production qui est la honte de notre siècle? De quel front un homme peut-il écrire et faire imprimer de telles insanités? Il y a bien quelques scènes dont on aurait pu faire quelque chose, mais il suffit que cet auteur mette la main à un sujet, pour que tout se réduise aussitôt en écume et en fumée. » Celui qui écrivait ces lignes était pourtant un homme distingué, ou du moins il le devint plus tard : c'était Charles-Philippe Moritz, qui a laissé un nom comme archéologue et même comme romancier. Il fit un voyage en Italie, où il eut des rapports presque journaliers avec Gœthe, et où sans doute son caractère sauvage s'humanisa. A son retour, il s'arrêta longtemps à Weimar, et il est piquant de voir Schiller, au sortir d'une conversation avec lui, dire dans une lettre : « Moritz est venu me voir, et j'ai causé fort agréablement avec lui. La conversation a

porté sur mes idées favorites. Il est tout pénétré
d'enthousiasme pour Gœthe ; il sait s'intéresser aux
choses sérieuses; il semble prendre à tâche de
s'améliorer (*sich zu verbessern*)[1]. »

Les derniers mots contenaient-ils une malice? Ou,
ce qui est plus probable, Schiller n'avait-il jamais
eu connaissance de la brutale diatribe de son interlocuteur repentant? Il avait bien d'autres méfaits à
pardonner à la critique. Ce qu'on jouait à Berlin
dans les années 1783 et 1784, c'étaient bien ses
trois premières pièces, *les Brigands, la Conjuration
de Fiesque* et *l'Intrigue et l'Amour*, mais audacieu-
sement corrigées par un obscur dramaturge, qui en
touchait les droits d'auteur; et la même gazette
disait, à propos de *Fiesque*, « que Schiller était
incontestablement un des rares génies dramatiques
que l'Allemagne pouvait opposer à la France, mais
qu'il avait besoin d'un critique à la fois bienveillant
et sévère pour passer la lime sur ses écrits, et qu'il
avait trouvé ce critique, cet ami, dans le sieur Plu-
micke, auquel il était réellement redevable du succès
de ses pièces ».

Schiller a longtemps porté la peine des tirades
révolutionnaires par lesquelles il débuta au théâtre.
Le public n'admet pas volontiers qu'un auteur
change d'opinion ou de méthode, surtout quand le
changement implique toute une autre manière de

---

1. A Caroline de Beulwitz, le 10 décembre 1788.

considérer l'homme et la société. Schiller eut beau,
dans la suite, faire sa paix avec l'humanité, écrire
Don Carlos, *Wallenstein*, *Marie Stuart*, *la Fiancée
de Messine*, il resta, aux yeux de la plupart de ses
lecteurs, le grand justicier qui avait cité à sa barre
tous les suppôts de la tyrannie, et il sembla que
l'épigraphe qu'il avait mise à la seconde édition des
Brigands, « *in tirannos* », dût rester la devise de toute
sa vie. « Schiller, dit Henri Heine, a écrit pour les
grandes idées de la Révolution, il a détruit les bas-
tilles intellectuelles, il a travaillé au grand temple
de la liberté qui doit réunir toutes les nations en
une seule confrérie ; il a été cosmopolite. Il a débuté
par cette haine du passé qui éclate dans *les Brigands*, où il se montre comme un petit Titan
espiègle, échappé de l'école, qui a bu de l'eau-de-
vie et qui court casser les vitres du grand Jupiter. »
Toutes les fois donc qu'il y eut des vitres à casser,
que ce fussent celles du grand Jupiter ou celles
d'un roitelet allemand, on invoqua le nom de Schiller ; et du jour où les gouvernements eurent mis les
menottes aux casseurs de vitres, son crédit baissa.
Les romantiques, qui ne rêvaient que de ressusciter
le passé, ne l'aimaient pas ; la Sainte-Alliance le
jugea dangereux ; et tandis qu'Iffland, son grand
interprète, s'était fait applaudir par les officiers
français qui tenaient garnison à Berlin, *Guillaume
Tell* fut proscrit sous le règne de Frédéric-Guillaume III. Il est vrai qu'on toléra l'opéra de Rossini,

mais à la condition que le héros principal fût remplacé par André Hofer, l'audacieux chef de partisans qui avait soulevé le Tirol contre Napoléon.

Aujourd'hui, l'Allemagne est apaisée et satisfaite ; elle se juge suffisamment libre, et elle a acquis par surcroît l'influence politique et la richesse matérielle. Elle est arrivée à un de ces moments où une nation peut croire qu'elle a définitivement atteint ce qu'elle avait longtemps cherché, et ces moments sont favorables pour l'impartialité des jugements littéraires. Aussi le centième anniversaire de la mort de Schiller a été l'occasion d'une fête patriotique dans le sens le plus large et le plus libéral du mot, et c'est à peine si quelques voix dissonantes se sont mêlées au chœur de louanges qui a salué la mémoire du grand poète. On s'est demandé, sans trop de parti pris, ce que Schiller avait été pour l'Allemagne, en quoi il avait contribué à l'éducation du public, quels éléments il avait déposés dans la conscience nationale. Une nation ne se connaît que par ses penseurs et ses poètes ; elle s'ignorerait toujours sans ce miroir où elle regarde son image agrandie. On pouvait donc rechercher, après un siècle révolu, quelle était, dans la formation du génie allemand, la part qui revenait à Schiller.

Il suffira de citer, à titre de curiosité, l'expérience faite par un médecin allemand sur cent soixante-quatorze recrues de l'armée prussienne, et dont le résultat a été publié dans la *Revue de Psychiatrie*

et de Neurologie de 1905. Il s'agissait de faire
« l'inventaire intellectuel » de ces jeunes soldats,
dont quelques-uns étaient Polonais, mais dont la
majeure partie étaient d'origine allemande. Cin-
quante-deux d'entre eux ne purent nommer aucun
poète allemand; cinq ne connaissaient que « Schill »,
ce qui peut servir d'excuse à la Convention Nationale, qui, en 1792, décerna le titre de citoyen français « au sieur Gille, publiciste allemand ». A la
question : quand Schiller a-t-il vécu? les uns répon-
dent : au XVIᵉ siècle, les autres le mettent au moyen
âge, d'autres encore le font contemporain de la
guerre de Trente ans qu'il a décrite, ou des guerres
contre Napoléon; la plupart témoignent simplement par leur mutisme de l'étonnement que leur
cause la question. Lorsqu'on leur demande de citer
un ouvrage de Schiller, quelques-uns rappellent
une de ses ballades, un passage de *la Cloche* ou
même d'une tragédie; mais d'autres lui attribuent
le cantique de Luther, le *Tannhäuser*, tel ou tel
chant d'église, ou une poésie populaire qui leur est
restée dans la mémoire; un grand nombre, ici
encore, restent muets. Le docteur Rudenwaldt, de
Breslau, qui a eu l'idée de cette enquête, s'afflige
du résultat qu'il a obtenu. Mais un peu d'indulgence
est ici nécessaire : n'est-ce pas déjà quelque chose,
que ces jeunes gens, appartenant aux classes infé-
rieures de la société, aient fixé dans leur mémoire
quelques strophes sacrées ou profanes, sans y

attacher un nom ou une date qui ne pouvaient avoir aucune signification pour eux?

Plus importante est une autre enquête, qui a été faite sur la classe la plus cultivée, celle-là même qui est l'organe de la culture générale, qui est chargée de la maintenir, de la transmettre, de l'adapter aux besoins de l'époque, c'est-à-dire la classe des gens de lettres. C'est la direction de l'*Écho littéraire*, une des revues allemandes les plus répandues, qui en a eu l'idée. Elle s'est adressée aux écrivains et aux critiques les plus marquants; elle leur a demandé en quoi Schiller avait contribué à leur développement intellectuel, et par conséquent en quoi il devait contribuer encore à l'éducation de la nation. Les réponses ont été à peu près unanimes en ce qui concerne le caractère de Schiller, qui est assurément un des plus nobles qu'offre l'histoire littéraire de tous les pays; elles ont varié dans l'appréciation de son style, de son genre d'éloquence, de sa valeur comme poète dramatique.

Schiller est, de tous les poètes allemands, le plus lu dans les écoles. Son théâtre est surtout consacré à l'expression des sentiments les plus généraux; ses caractères sont tout d'une pièce, peu nuancés, et par conséquent faciles à saisir; sa rhétorique enfin a de la prise sur de jeunes esprits. C'est une des causes de sa popularité, mais c'est précisément ce que certains critiques lui reprochent ou du moins regrettent pour lui. « Il y a au monde, dit le Berlinois Rudolf Presber, de sots garçons qui, une fois sortis de l'école, cessent de saluer leur maître, uniquement parce qu'il leur a appris quelque chose. S'ils n'avaient pas été forcés, de quatorze à dix-sept ans, de faire d'effrayantes dissertations sur de profondes questions comme celles-ci : « Vers quelle « région du ciel volaient les Grues d'Ibycus? » ou : « Pourquoi la Pucelle d'Orléans regrettait-elle « d'avoir échangé la houlette contre le glaive? » ils auraient continué d'aimer Schiller et de le saluer respectueusement. » Le poète Gustave Falke, qui n'a pas cessé d'aimer Schiller et de le saluer comme un maître, écrit de Hambourg : « Ce qu'on a vu à l'école, on en est débarrassé pour longtemps. Mais Schiller peut attendre qu'on revienne à lui, car on y revient toujours. On est alors comme un vieux cheval de bataille, qui entend tout à coup retentir à ses oreilles une musique guerrière. » Le philosophe Édouard de Hartmann commence, lui aussi, par rappeler ses souvenirs d'écolier. Le malheur de Schiller, dit-il, c'est qu'on le fait lire et surtout qu'on l'explique dans les classes; Gœthe, au contraire, a cette bonne fortune, qu'on ne met entre les mains des élèves que *Hermann et Doro-thée* et *Iphigénie*, ce qui leur laisse pour l'âge mûr la libre jouissance de tout le reste. L'article d'Édouard de Hartmann est un des plus longs et contient beaucoup de remarques intéressantes. On compare souvent, dit-il, Gœthe et Schiller, mais combien le résultat de la comparaison serait différent si Schiller avait pu fournir une carrière complète, s'il n'avait été enlevé au moment où il venait d'entrer dans la pleine possession de son talent! Édouard de Hartmann ne croit pas à l'avenir du drame naturaliste; il pense qu'on reviendra à Schiller, quand les auteurs et le public comprendront que le théâtre d'une grande nation doit être autre chose que l'écho des bruits de la rue ou des bavardages de salon.

Schiller n'a pas seulement une place privilégiée dans l'école, mais encore dans la famille, et c'est peut-être la meilleure partie de sa popularité. Un critique ingénieux et humoristique, inclinant vers l'école naturaliste sans trop se livrer à elle, Fritz Mauthner, qui a traduit *Henriette Maréchal* des frères de Goncourt pour le Théâtre libre de Berlin, nous dit que « c'est dans les vers de Schiller qu'il a appris sa langue maternelle ». Les œuvres de Schiller, raconte-t-il, étaient toute la bibliothèque de sa mère. Le dimanche soir, la mère et les enfants, réunis autour de la lampe, lisaient les drames de Schiller en se partageant les rôles. Lui-même, étant l'avant-dernier des enfants, n'avait que de petits rôles à dire, et son ambition était de pouvoir réciter un jour d'un bout à l'autre les belles tirades de Karl Moor et du marquis de Posa.

En général, les partisans du réalisme et du naturalisme ne sont pas trop durs pour Schiller, quoi-

qu'ils le considèrent comme « une grandeur historique », ce que Victor Hugo appelait un *ci-devant*.
Un seul, Karl Bleibtreu, se laisse aller aux intem-
pérances de langage qui lui sont habituelles. Schiller
est, pour lui, plus théâtral que dramatique; sa
« rhétorique nébuleuse » agit surtout sur les masses;
l'Intrigue et l'Amour est sa meilleure pièce; Guillaume Tell n'est qu'un bourgeois qui s'inquiète
pour sa femme et ses enfants; quant à *la Pucelle
d'Orléans*, c'est un méfait contre l'histoire, pire que
la Pucelle de Voltaire. Bleibtreu reconnaît cependant que Schiller a mieux compris Wallenstein
que beaucoup d'historiens.

A lire ces témoignages venus de tous les points
de l'horizon, on apprend surtout à se défier de la
valeur des formules. Pour les critiques qui se sont
occupés spécialement du théâtre, qui ont étudié
Schiller à fond et l'ont comparé à ses successeurs,
sa supériorité est hors de doute. « Ma vénération
pour Schiller, dit Henri Bulthaupt, s'est accrue avec
les années. Il n'est pas seulement, pour moi, le
poète des jeunes gens et des femmes, mais tout
spécialement le poète de l'âge mûr. C'est son
Wallenstein que je mets le plus haut. » Et Karl
Frenzel, le critique théâtral de la *Deutsche Rundschau* : « J'ai vécu toute ma vie avec Schiller; il a été
l'enthousiasme de ma jeunesse, le soutien de mon
âge mûr; il est la consolation de ma vieillesse. Je
considère *Wallenstein* comme la plus haute expres-

sion de l'art dramatique allemand. Si j'ai pu faire moi-même quelque chose de bon, je le dois, après la nature, à Schiller. » En somme, il est permis de conclure que Schiller est, pour tout Allemand qui tient une plume, ou seulement qui sait lire, une grandeur qui s'impose, dont on subit l'ascendant, qu'on le veuille ou non.

Il faudrait ouvrir une parenthèse pour la Suisse, dont Schiller est devenu, grâce à *Guillaume Tell*, le poète national. Le centenaire a été célébré à Bâle, à Berne, à Zurich, à Lausanne, partout où il s'est trouvé un groupe littéraire ou politique, petit ou grand, pour prendre l'initiative d'une fête. On a tiré une édition spéciale de *Guillaume Tell*, et plus de deux cent mille exemplaires en ont été distribués aux enfants des écoles. Une *Fondation Schiller* a été créée pour venir en aide aux écrivains nécessiteux. Les discours qui ont été prononcés, les articles qui ont été publiés sont, comme on le pense bien, exempts de tout esprit critique ; ce sont des élans d'admiration, des effusions de reconnaissance, touchantes même dans ce qu'elles ont d'hyperbolique. Que ne doit-on pas à Schiller? C'est lui qui a ranimé l'esprit de liberté dans les cœurs suisses après la chute de Napoléon ; il est le vrai restaurateur de la Confédération helvétique. Et si chaque année les touristes de l'Europe entière affluent autour du lac des Quatre-Cantons, n'est-ce pas pour visiter les lieux où se passa l'action de *Guillaume Tell*?

Il est regrettable que la France n'ait pas été comprise dans l'enquête instituée par *l'Écho littéraire*, où l'on voit figurer, à côté de l'Allemagne, l'Angleterre, l'Italie et l'Espagne. Nos professeurs auraient pu dire quel effet les ballades de Schiller, le *Wallenstein* et le *Guillaume Tell* produisent sur la jeunesse française. Nous goûtons moins *la Pucelle d'Orléans*; nous connaissons trop bien la Jeanne d'Arc historique, qui n'est pas seulement plus vraie que celle de Schiller, mais plus vraisemblable au point de vue dramatique, et plus héroïque à tous les points de vue. D'une manière générale, et sans faire de distinction entre les écoliers et les lecteurs d'âge mûr, Schiller a de quoi nous plaire, aussi bien par ses qualités que par ses défauts. Nous reconnaissons volontiers en lui un disciple très original de notre xviiie siècle et spécialement de Rousseau. Ce qui prouve, du reste, la faveur dont il jouit en France, c'est qu'il est, avec Henri Heine, le seul poète allemand dont nous possédions une traduction complète, sans compter les nombreuses traductions partielles de son théâtre.

CORRESPONDANCE ENTRE GUILLAUME ET CAROLINE DE HUMBOLDT

L E dernier historien de Guillaume de Humboldt, Rodolphe Haym, se plaignait, en 1856, de la pénurie des sources dont il disposait. Les œuvres étaient là, dans leur grande variété. Mais, disait-il, « un récit complet et suivi de la vie extérieure de Humboldt est encore impossible. Les documents les plus importants nous manquent, et toute tentative pour les retirer des mains qui les détiennent serait vaine. Ils sont cachés dans des archives publiques ou privées, et ce sont tantôt des considérations mesquines et inquiètes, tantôt des sentiments respectables de piété filiale qui les rendent inaccessibles. Comment triompher de tels obstacles? et pourquoi insister pour s'exposer à un refus formel, ou pour obtenir enfin, par des prières réitérées, la communication de quelques feuillets insignifiants? »

La famille de Humboldt a été plus généreuse que ne le supposait Haym. A la *Correspondance avec Schiller*, publiée par Guillaume de Humboldt lui-même dès 1830, est venue s'ajouter sa correspon-

dance avec Gottfried Kœrner, l'ami de Schiller,
avec Gœthe, avec le philologue Wolf, avec le philosophe Jacobi, avec d'autres encore : correspondance
qui a permis de le suivre de plus près dans sa carrière politique et littéraire. Enfin voici les lettres
échangées entre Guillaume de Humboldt et sa
femme, qui nous font pénétrer dans l'intimité de sa
vie journalière. C'est une publication essentiellement féminine. Humboldt avait décidé qu'après sa
mort ces lettres, qu'il avait soigneusement classées,
fussent immédiatement séparées de ses autres
papiers et remises à l'aînée de ses trois filles. De
celle-ci, elles devaient passer, en cas de décès, à
ses autres filles, et ensuite à ses petites-filles, toujours par rang d'âge. « Mais qu'elles restent toujours en des mains féminines, qu'elles ne soient
annulées sous aucun prétexte, et que chacune des
héritières qui les possédera soit juge de l'usage
qu'elle en voudra faire. » C'est en vertu de ces
dispositions que la plus jeune des arrière-petites-
filles de Guillaume de Humboldt, Anna de Sydow,
a publié les lettres qui, de main en main étaient
venues jusqu'à elle ; elle les a publiées, non sans se
demander, dit-elle, si les sentiments qui s'y expri-
ment auront de l'écho dans un temps d'activité
fiévreuse et égoïste comme le nôtre[1].

1. *Wilhelm und Caroline von Humboldt in ihren Briefen. Herausgegeben von* Anna von Sydow. 1ᵉʳ vol., Berlin, 1906 ; 2ᵉ vol., Berlin, 1907.

I

Ces sentiments, en effet, sont d'un autre âge, du moins dans la première partie de la correspondance. Guillaume de Humboldt a eu, dès son enfance, d'excellents précepteurs, mais sa direction intellectuelle lui a été donnée d'abord par des femmes. Les Humboldt étaient une famille de magistrats et de fonctionnaires, établie dans la Nouvelle-Marche, et anoblie, en 1738, par le roi Frédéric-Guillaume Ier. Alexandre-Georges, le père des deux frères qui ont illustré le nom, servit dans la guerre de Sept ans, et, après avoir pris sa retraite comme commandant, il fut attaché, en qualité de chambellan, à la cour de Frédéric II. C'était, dit-on, un aimable et élégant gentilhomme ; il épousa, en 1776, une veuve, Marie-Élisabeth de Colomb, de vieille souche huguenote, qui lui apporta la fortune de son premier mari, le baron de Holwède. Il devint ainsi possesseur d'une maison à Berlin et surtout du domaine de Tegel, « dans la plus belle situation des environs de Berlin : d'un côté, une vaste forêt ; de l'autre, des collines plantées, d'où la vue s'étendait sur un lac, entre-coupé de plusieurs îles ». Alexandre-Georges mourut en 1779, trop tôt pour s'occuper de l'éducation de ses fils : Guillaume avait dix ans, Alexandre en avait huit. La mère était de santé délicate. Elle appela d'abord dans sa maison le pédagogue Joachim Campe, pour lui confier l'instruction d'un fils qu'elle avait de son premier mariage, puis un jeune homme nommé Kunth, plus tard conseiller d'État, et que, malgré sa jeunesse, ses élèves trouvaient trop sérieux, enfin le philosophe Engel, meilleur écrivain que philosophe, moraliste pratique, homme du monde, et qui, comme éducateur, avait le grand mérite d'aimer et de faire aimer l'antiquité.

Ces trois hommes étaient imbus de la philosophie du temps. On était aux dernières années du règne de Frédéric II. Le rationalisme régnait à la cour et à la ville, à la cour avec une certaine morgue aristocratique et une nuance d'ironie dédaigneuse, à la ville avec une tendance à l'esprit bourgeois, sensé, prosaïque et plat. On était voltairien à la cour; hors de là, et surtout dans l'enseignement public, on se recommandait de Lessing, sans pouvoir toujours s'élever jusqu'à lui. On se défiait de tout élan de l'imagination, du merveilleux en poésie, du surnaturel en religion; on ne croyait qu'à la raison nue. Nicolaï parodiait le *Werther* de Gœthe; Engel développait, dans une suite de récits et de dialogues, sa *philosophie à l'usage du monde*, et le prédicateur Eberhard se rendait suspect aux autorités ecclésiastiques en publiant sa *Nouvelle Apologie de Socrate*.

Après avoir été pendant quelques années trop

raisonnable, on se jeta tout d'un coup dans l'excès
contraire : on devint sentimental. Ce fut surtout
l'œuvre des femmes, et en particulier de l'une des
plus distinguées d'entre elles, Henriette Herz, qui
tenait un des salons les plus recherchés de Berlin.
Henriette appartenait à la caste juive, qui n'était
pas encore complètement émancipée, mais qui
aspirait à l'être, et qui, en attendant, possédait la
richesse. Elle était fille d'un médecin d'origine
portugaise. D'après la tradition patriarcale des juifs,
le père avait une autorité absolue sur la famille ; il
disposait arbitrairement du sort de ses enfants, et
ceux-ci le savaient si bien, que l'idée d'une résis-
tance ne leur venait pas à l'esprit. Henriette fut
donc fiancée, à treize ans, sans être consultée, à un
collègue de son père, Markus Herz, beaucoup plus
âgé qu'elle, et elle fut mariée avec lui deux ans
après, en 1779. « Ce ne fut pas, dit-elle, un heureux
mariage, mais pourtant une situation heureuse. »
Son mari lui était indifférent, mais il lui apportait
la fortune. C'était, du reste, un homme distingué,
qui faisait des conférences philosophiques dans sa
maison et devint plus tard professeur à l'université.
Henriette demeura toujours fidèle à son devoir
d'épouse, et, devenue veuve en 1803, elle refusa de
se remarier. Elle passait pour la plus belle femme
de Berlin. Sa haute taille et son port majestueux la
faisaient comparer à la reine Louise. Sa petite tête
d'un ovale régulier et entourée de cheveux abon-

dants lui donnait l'air d'une statue grecque. Dans
le cercle de ses invités, on l'appelait la Muse tragique; pour le public, elle était simplement la belle
Herz. Elle parlait plusieurs langues, mais pour le
reste ses admirateurs ont exagéré l'étendue de son
savoir. Elle avait une lecture disparate, dont elle
profitait au hasard. Femme du monde avant tout,
elle brillait avec l'esprit des autres. Il lui arrivait
parfois de jeter dans la conversation un mot à effet,
on était d'abord étonné, puis on s'apercevait que
c'était une citation.

Henriette Herz, en dehors de ses heures de réception, et dans l'oisiveté de sa vie journalière, ne pouvait s'empêcher de rêver. Voulant donner un aliment
à sa fantaisie, elle fonda, presque aussitôt après son
mariage, une *Ligue de la vertu*, pour combattre
l'esprit bourgeois qu'elle voyait régner autour
d'elle, et la philosophie rationaliste dont elle n'avait
pas une connaissance bien précise, mais qui était
dans l'air et dont elle sentait vaguement l'influence.
C'était une sorte de franc-maçonnerie des femmes,
opposée au prosaïsme du sexe fort. Cependant les
hommes n'étaient pas exclus; on tâchait, au contraire, d'en attirer le plus grand nombre possible.
Les statuts furent rédigés, sous l'inspiration
d'Henriette, par Charles de Laroche, fils de l'amie
de jeunesse de Wieland, et qui avait hérité de
l'esprit sentimental de sa mère. La première règle
était de « lever entre soi toutes les barrières de la

convenance purement mondaine » ; la seconde, de
« goûter toutes les joies qui ne laissent pas de
regret dans l'âme ». Le but était, selon l'expression
de Guillaume de Humboldt, de « se rendre heureux
les uns les autres par l'amour (*die Beglückung durch
Liebe*) ». Ce code était assez élastique pour se prêter
aux interprétations les plus diverses ; mais l'honnêteté foncière des ligueurs était une garantie suffisante contre les abus. On se tutoyait : c'était la
règle. On faisait échange de cadeaux, de bagues, de
silhouettes. On se livrait surtout à des confidences
épistolaires, où l'on employait quelquefois l'écri-
ture hébraïque ou grecque. On s'analysait l'un
devant l'autre. La ligue devait être secrète, mais on
pense bien qu'elle ne le resta pas longtemps. Elle
s'étendit sur les régions voisines, et parfois les
néophytes étaient mis en correspondance entre eux
et échangeaient des lettres amoureuses, sans s'être
jamais vus : c'était un exercice de style sentimental,
auquel beaucoup d'hommes très graves et de
femmes très vertueuses se sont livrés dans leur
jeunesse.

Charles de Laroche était un ami de la famille de
Dacherœden, qui passait ordinairement l'hiver
à Erfurt, et l'été dans les domaines de Burg-
Œrner et d'Auleben. Le président Charles-Frédéric de Dacherœden avait perdu sa femme après
dix ans de mariage. Il lui restait un fils, esprit
médiocre, paraît-il, qui mourut chanoine à Naum-

bourg, et une fille, à laquelle il fit donner une
éducation soignée. Caroline de Dacherœden avait
une gouvernante française, Mme Dessault, qui
malheureusement n'eut pas le talent de gagner sa
confiance ; elle était d'autant plus sensible, dans
son isolement, aux nouvelles que Laroche lui
apportait de Berlin et du salon d'Henriette Herz.
Schiller dit, dans une lettre du mois de janvier 1790,
adressée à Mme de Beulwitz et à sa sœur Charlotte
de Lengefeld : « Je pense que vous êtes heureusement revenues d'Erfurt. Caroline mérite toute la
tendresse que vous avez pour elle ; c'est une âme
d'une infinie délicatesse, et un esprit riche et
pénétrant. » Mme de Beulwitz faisait de la propagande pour la ligue, dont elle se détacha plus tard,
et ses romans lui donnaient une certaine autorité.
Quant à Charlotte de Lengefeld, elle allait devenir
la femme de Schiller et passer, elle aussi, sous
d'autres influences, plus simples et plus saines, qui
régnaient à Weimar.

Un double intérêt attirait Guillaume de Humboldt vers la ligue. Elle lui offrait à la fois une
occasion d'épancher dans des conversations et des
correspondances le trop-plein de sa sensibilité
juvénile, et un champ d'exercice pour la faculté
d'observation et d'assimilation qui devenait dès
lors le trait dominant de son caractère. « Une
sorte de passion, écrivait-il plus tard à Charlotte
Diede, me poussait à rechercher l'intimité d'hommes

intéressants, à en voir beaucoup, à les voir de près, et à m'imprimer dans l'âme l'image de leur manière d'être. La connaissance était pour moi l'essentiel, et je la réduisais en idées générales. Je me faisais des classes d'hommes, je les comparais entre eux, je me retraçais leur physionomie : c'était pour moi une véritable étude. » Varnhagen remarque que déjà sa haute taille, son corps penché en avant, l'expression calme de sa figure, son œil scrutateur à fleur de tête, sa diction fine et incisive, dénotaient chez lui l'observateur. Son précepteur Kunth le présenta au salon d'Henriette Herz, et Charles de Laroche le mit en correspondance avec Caroline de Dachercœden.

Caroline lui écrit la première, avant même de le connaître, de Burg-Œrner, le 24 juillet 1788 : « Je ne peux pas, mon cher Guillaume, refuser à mon cœur la joie de t'écrire quelques lignes. Charles te les portera, et joindra sa prière à la mienne pour que tu viennes ici. Ne me dis pas non, mon frère. Songe que je vis dans un désert, où je m'abreuve de souvenirs et où je me nourris d'espérances. Charles te dira que je suis bonne, et que je porte dans mon sein un cœur chaud et aimant, qui demande à s'unir au tien par un lien sacré... » Humboldt répond par une pièce de vers médiocre, où il dit qu'il espère bientôt serrer sa sœur contre sa poitrine, et que le véritable amour est fait pour l'éternité. Guillaume de Humboldt, homme d'État remarquable, savant et critique distingué, a toujours été mauvais poète.

II

Les deux frères, Guillaume et Alexandre de Humboldt, après un semestre passé à l'université de Francfort-sur-l'Oder, étaient allés continuer leurs études à Gœttingue, accompagnés de leur précepteur Kunth. Dans la seconde quinzaine du mois d'août 1788, Guillaume fit sa première visite à Burg-Œrner. Le président de Dacherœden, qui était un ancien ami de son père, lui fit bon accueil. Caroline le reçut à bras ouverts, comme si elle l'avait connu depuis longtemps. De retour à Gœttingue, il trouva la lettre suivante :

« Après que tu fus parti, mon cher Guillaume, ce fut un vide terrible dans mon cœur, une telle anxiété, un tel sentiment d'abandon, que je fus obligée de quitter la société dans laquelle je me trouvais. Je sentais que j'avais besoin d'être seule, et que je me trahirais si je restais. Je me rendis machinalement au jardin, et je me trouvai bientôt, sans m'en douter, sous l'ombrage de l'allée de peupliers. Je me souvins alors que c'était là que j'avais entendu corner le postillon qui avait annoncé ton arrivée, et que de là sans doute je te verrais encore. Je m'appuyai contre un arbre, et mon cœur plein se soulagea par des larmes. Je restai perdue dans mes souvenirs et dans le trouble de mes sentiments, jusqu'au moment où le cornet du postillon me tira de mon rêve. Peu d'instants après, je te vis, ô mon cher Guillaume. Mais ton cheval avait pris le grand trot. Si tu avais pu savoir que je te suivais des yeux aussi loin que je pouvais... Mais non, il valait mieux que tu n'en susses rien, car cela t'aurait rendu trop triste.

« Il pleuvait à verse, et ce n'est qu'en rentrant que je m'aperçus que j'étais trempée. Becker (*le précepteur de son frère*) et mon père se moquèrent de moi, quand ils me virent arriver. Mais personne ne soupçonna pourquoi j'étais sortie; et pour mon cœur ce fut une douce consolation de t'avoir vu encore une fois. Appelle cela de l'enfantillage, ou comme tu voudras, mais il m'en est resté un apaisement au fond de moi-même. Maintenant, je ne retournerai plus jamais dans l'allée de peupliers sans me dire que c'est de là que je t'ai vu pour la dernière fois, et alors je compterai les heures, jusqu'au moment où je pourrai de nouveau te serrer contre ma poitrine. Ah! que l'on puisse s'aimer comme nous nous aimons, c'est le plus beau don du ciel!... »

Pendant que Caroline de Dacherœden se confessait ainsi à Guillaume de Humboldt, elle se livrait aux mêmes épanchements, personnels ou épistolaires, envers Charles de Laroche. Et aucun des deux jeunes gens n'avait le droit d'être jaloux de l'autre. Le 3 novembre, étant revenue à Erfurt, elle écrivait à Guillaume : « J'ai eu, depuis ma dernière lettre, des heures de joie et de tristesse infinies. Charles est venu me voir : ce seul mot te dit tout. Toute la félicité que j'espère trouver dans l'autre monde a été concentrée dans le sentiment avec lequel je l'ai serré dans mes bras... » Dans une autre lettre, elle disait : « Je ne puis penser qu'à toi et à Caroline (*Mme de Beulwitz*) et aux autres membres de la ligue. Quand je pense à l'un, je pense à tous. Vous vous confondez de telle sorte dans mon cœur, que souvent j'ai peine à còmprendre moi-même comment, avec des êtres distincts, je peux former un seul tout. » Guillaume, de son côté, était en correspondance avec Thérèse Forster, la fille du professeur Heyne, et il communiquait les lettres de Thérèse à Caroline. Toute la ligue aimait toute la ligue. Un tel amour, s'adressant à une société entière, et poursuivant un but idéal qu'on n'espérait atteindre complètement que dans l'autre monde, un tel amour collectif, malgré ses manifestations parfois bizarres, était réellement sans danger.

Tandis qu'à Erfurt et à Gœttingue on se nourrissait de métaphysique amoureuse, les journaux apportaient de France la nouvelle des préliminaires de la Révolution. Aussitôt Campe, l'ancien précep-

teur des frères Humboldt, s'apprête à partir,
pour assister en personne à « l'immolation du despotisme français », et Guillaume, moins ardent,
mais non moins intéressé, se joint à lui. A Aix-la-
Chapelle, ils apprennent la prise de la Bastille. A
Valenciennes, on leur met une cocarde tricolore,
et le 3 août ils entrent à Paris, où ils sont d'abord
témoins de l'enthousiasme causé par l'abolition
des privilèges. Ils assistent à plusieurs séances de
l'Assemblée nationale; ils réussissent même à se
mêler au groupe des députés chargés de porter au
palais de Versailles l'adresse au roi Louis XVI,
« Restaurateur de la liberté française ». Enfin, ils
ne manquent pas de faire un pèlerinage à la maison
et à la tombe de Rousseau, à Ermenonville. « Une
profonde douleur me saisit, raconte Campe, et
pourtant je ne fus jamais plus heureux. A chaque
pas que je faisais sur ce sol sacré, cette pensée
traversait mon âme comme un éclair : lui aussi a
marché ici; peut-être, à la place où mon pied se
pose, lui aussi a-t-il posé le sien, il y a quelques
années à peine. »

Nous n'avons malheureusement, sur les détails
du voyage et sur les impressions des voyageurs,
que la relation de Campe. La correspondance de
Guillaume de Humboldt ne contient qu'une seule
lettre datée de son premier séjour à Paris; elle est
adressée à Caroline de Beulwitz, et elle pourrait
aussi bien avoir été écrite de Gœttingue. Elle est

pleine de protestations d'inaltérable amitié, et elle se termine par ces mots : « Combien de temps resterai-je ici? Je ne sais. Campe ne reste que trois semaines, et si, dans l'intervalle, je ne trouve aucune connaissance intéressante à faire, je repartirai avec lui. Que faire dans ces sales rues de Paris et dans cet énorme tourbillon d'hommes? » Évidemment, Humboldt avait des impressions moins vives que son compagnon. Est-ce à dire qu'il ait moins profité du spectacle qu'il avait sous les yeux? Une longue lettre qu'il écrivit deux ans après à un ami, et que celui-ci rendit publique, sur la constitution nouvelle que la France venait de se donner, prouve le contraire. Il y développe cette idée, qu'une constitution, pour être viable, doit être un compromis entre le présent et le passé, et que la pire politique est celle qui prétend tout régler sur des principes abstraits. Humboldt pensait, comme Gœthe, que le mot de révolution avait une lettre de trop, la première.

Au retour, il se fiança avec Caroline de Dacheroeden, à l'insu de tout le monde, même de sa mère et de son frère Alexandre. Mais le mariage, pour toutes sortes de raisons, était reculé à une époque incertaine. La maison des Humboldt n'était rien moins qu'un séjour agréable. Alexandre date quelque temps ses lettres du « Palais de l'Ennui ». La mère n'avait qu'une qualité, et qui lui était très néces-

saire : l'économie. Elle avait à sa charge la famille
de son premier mari, dont une partie habitait même
chez elle, ce qui la mettait parfois de mauvaise
humeur. La première fois que Guillaume lui parla
de se marier, elle lui répondit qu'elle n'avait qu'à
donner son consentement, mais que c'était tout ce
qu'elle pouvait donner; elle n'ajouta pas un mot.
« Une autre mère, écrit-il à Caroline, aurait demandé
tout de suite : « Est-elle grande? Est-elle petite?
« A-t-elle des yeux noirs ou bleus? » Mais de tout
cela, rien. Je crois que si je ne lui avais pas dit ton
nom, elle ne s'en serait pas informée. » Il venait
d'être nommé référendaire à la cour d'appel de
Berlin, avec un traitement de 1 200 thalers : c'était
peu pour monter un ménage. Le président de
Dacherœden n'aimait que sa fille. Elle partie, il ne
voyait devant lui que la solitude, comme unique
perspective de sa vieillesse. Il était bien décidé à
se sacrifier, mais instinctivement il repoussait
l'idée d'un mariage comme importune. Quant à
Caroline, elle montra par toute sa conduite qu'elle
était digne de devenir la femme d'un diplomate.
« Lorsqu'il arrive une lettre de toi, écrit-elle un
jour à Guillaume, je dis toujours à papa, au dîner,
car nous ne nous voyons pas plus tôt : « Mon
« fiancé, ou votre futur gendre, ou *il mio sposo*, ou
« parfois les trois choses ensemble, se recommande
« à votre bon souvenir, » etc. Je fais cela à dessein,
pour ne pas laisser oublier à papa nos relations,

qu'il ne veut pas considérer *comme une affaire de conséquence* [1]. »

Elle négocie habilement pour que son père se mette en correspondance avec la mère de Guillaume, et même que, contrairement à l'usage, il prenne les devants. Elle suggère à Guillaume de prendre sa résidence à Magdebourg ou à Halberstadt, pour se rapprocher d'Erfurt. Enfin elle lui conseille d'entrer dans les idées de son père :

« Papa a désiré voir ta dernière lettre; je me suis fait prier, et j'ai fini par la chercher. Il l'a lue attentivement d'un bout à l'autre, a paru ému, et, après quelques moments de réflexion, il m'a dit qu'une affaire de cette importance demandait à être longuement délibérée, qu'en attendant je devais être persuadée et te donner aussi à toi l'assurance qu'il ferait son possible pour nous marier dans l'été de 1791, et que l'espoir de nous voir près de lui le ferait passer sur bien des choses. « Il est inouï, a-t-il ajouté, qu'un simple référen-« daire songe à se marier [2]; mais, d'un autre côté, il « est fâcheux de trop prolonger les fiançailles, quand « tout le monde en est instruit et peut en bavarder « à son aise. » Une question importante est celle des finances... Ma mère, a-t-il dit, lui a apporté 500 thalers : cela me fait penser que c'est la somme

---

1. Les derniers mots sont en français dans la lettre.
2. Il pensait, est-il dit d'ailleurs, qu'il fallait au moins y ajouter un titre, ne fût-ce que celui de conseiller de légation.

qu'il me destine, mais je trouverai moyen de le savoir... Papa m'a rappelée pour me dire que tu devais te présenter au roi, que tu pouvais le faire comme fils de son ancien ami, que cela te rehausserait aux yeux du grand chancelier. Je t'écris tout cela, mon cher Guillaume, pour que tu en parles dans tes lettres à mon père, afin qu'il voie que nous entrons dans ses idées et que nous sommes raisonnables. Rien n'indispose plus les hommes que de considérer comme petit ce qu'ils estiment grand : ils ne le pardonnent pas. »

Elle a même la malice de laisser croire qu'elle fait un mariage de raison. « Mme Dessault, écrit-elle à Humboldt, t'honore de sa haute protection ; elle dit aux gens qui viennent me féliciter de mon prochain mariage, « que c'est une affaire convenue, et que j'ai fait à tous égards un choix raisonnable et dans lequel il n'entre point de passion » (*en français*) : elle appuie si drôlement sur ces mots! J'ai une folle envie de rire, quand je vois Mme Dessault et ta mère et mon père lui-même croire « que nous nous marions par pure raison » (*en français*).

Et pourtant Mme Dessault ne se trompait qu'à demi. Ce que Caroline de Dacherœden et Guillaume de Humboldt éprouvaient l'un pour l'autre, ce n'était pas un entraînement passionné, ni surtout aveugle ; c'était un attachement à la fois très profond et très raisonné. Dressés selon les principes de la ligue, ils trouvaient leur bonheur à s'étudier l'un l'autre,

à se dire qu'ils étaient faits l'un pour l'autre, à se
confirmer sans cesse dans la similitude de leurs
goûts et de leurs habitudes, à se reposer dans
l'assurance de leur inaltérable sympathie. Humboldt, se confessant un jour à Mme de Beulwitz, lui
dit : « Je ne puis m'approcher de Caroline sans un
sentiment de vénération, que je n'éprouve, elle
exceptée, devant aucun être humain. Rien de passionné ne s'y mêle, aucun mouvement violent ; c'est
une émotion de l'âme, douce et toujours égale. »
La même note revient sans cesse dans leur correspondance.

III

Le propre de l'amour est d'exalter son objet.
Caroline de Dacherœden, à force de recevoir les
confidences de Guillaume de Humboldt, et de le
suivre dans les analyses morales où il se complai-
sait, n'avait pu manquer de s'apercevoir qu'elle
avait devant elle un homme supérieur, et de le
grandir encore dans son imagination. Ce qu'elle
avait vaguement senti dès leur première rencontre,
devenait de plus en plus chez elle une vision claire
et une conviction profonde. Guillaume se plaignait
des dossiers qui s'accumulaient sur sa table, qui
absorbaient ses journées et une partie de ses nuits.
Était-il donc fait pour une telle besogne, qu'un

autre accomplirait aussi bien et même mieux que lui? N'y avait-il pas un plus noble emploi de ses facultés? Peut-être les entretiens de Caroline avec Mme de Beulwitz, qui venait souvent à Erfurt, et avec Schiller, qui y venait quelquefois, la confirmaient-ils dans ces pensées. Au mois de novembre 1790, elle écrit à Guillaume :

« Je croyais encore l'hiver dernier que ton service te plaisait. Je me suis donc tue, car, avec toutes les fantaisies qui me traversent l'esprit, je sens bien que les mêmes choses peuvent se formuler autrement et mieux dans d'autres têtes. Mais, dans le courant de l'été, j'ai vu plus clair dans tes idées, et j'ai connu plus intimement ta nature. Permets donc que je te le dise franchement, tu n'es pas fait pour la fonction que tu exerces. Il y faut une certaine vanité, qui sera toujours loin de toi; il faut se croire plus utile qu'on ne l'est. Je ne nie pas qu'il n'y ait des cas où un homme est à sa vraie place et peut se créer un cercle d'activité vaste et salutaire; mais de tels hommes sont rares, et ce qui est plus rare encore, c'est de trouver un tel cercle d'activité dans les riantes années de la jeunesse. Tu es un être qui plane, qui plane dans les belles formes idéales. Il y a en toi une richesse d'idées et une originalité de vues qui te destinent à autre chose... »

Et, avec l'esprit pratique qui ne la quitte jamais au milieu de ses plus beaux élans d'imagination, elle songe aussitôt au moyen d'assurer à son futur époux l'existence idéale qu'elle rêve pour lui. On n'habitera pas Berlin, c'est bien entendu, ni même Magdebourg ou Halberstadt : la vie est trop chère dans les villes. Elle continue :

« Tu peux m'en croire, parce que je me connais : je n'ai point d'idées romanesques là-dessus. Mon système économique est très simple, et se rapproche beaucoup, je crois, du tien. Nous ne couperons jamais un liard en quatre, mais nos besoins, étant limités, seront faciles à satisfaire. L'idée de la richesse est chimérique en elle-même, car il faut bien que les besoins de l'imagination aient une limite, quelle qu'elle soit. Mais si nous avions des enfants? Je ne conçois pas encore que ces pauvres êtres puissent coûter tant d'argent. Dans les années où ils en coûteront, nous serons plus riches. Ce qui serait plus à considérer, c'est le mécontentement de papa. Il sera très mécontent, cela est certain, car il te voit déjà en idée président et peut-être ministre. Nous avons eu ces jours-ci un dîner horriblement sérieux. On m'avait mise à côté des convives les plus ennuyeux, parce que c'étaient les plus distingués. L'un d'eux me demanda si mon fiancé était mort, parce que je lui semblais si triste. Comme le vent d'ennui qui soufflait de toutes parts m'avait paralysé la langue, papa me reprocha mon silence après le dîner. « Tu auras « souvent de ces dîners, me dit-il, quand tu seras

« présidente. — Pas de si tôt, répondis-je. — Oh!
« reprit-il, avant trois ans Humboldt sera président. »
Tu vois, mon cher, la brillante carrière que t'ouvre
papa. Réfléchis bien à ce que tu veux faire. Ce que
tu fais maintenant ... laisse-moi dire ce que je
pense ... le bien que tu peux faire, d'autres le
feront aussi ; mais la haute sphère que tu peux te
créer, peu d'hommes sont capables d'y atteindre. »

C'étaient précisément ces hautes sphères dont le
président de Dacherœden se défiait. Son idéal était
de « servir l'État » et, en le servant, d'arriver aux
honneurs. Après une autre conversation que sa fille
a eue avec lui, elle écrit : « Papa s'est mis à gémir
sur l'université de Gœttingue, qui gâtait les jeunes
gens par trop de science, et les rendait impropres
aux affaires. Il me représenta aussi ce que diraient
les gens de Berlin en apprenant que tu renonçais
volontairement à une carrière brillante. Il faudra
que je me résigne à entendre ces considérations
pendant quelque temps. Au reste, papa était très
calme, il parlait sur un ton dolent. » Puis elle
ajoute, en français : « Et parce qu'il faut donner du
bonbon aux enfants traitables et doux, je lui en
donnais donc aussi, en lui faisant entrevoir que si
tu quittais le service, il me conserverait plus longtemps près de lui. »

Le mariage eut lieu le 29 juin 1791. Humboldt se
démit de ses fonctions de référendaire, et vint
habiter Erfurt. Il garda son titre honorifique de

conseiller de légation, qu'il avait sollicité précédemment sur les instances de son beau-père, et qui lui donnait encore un rang dans la société.

IV

La ville d'Erfurt était alors le siège d'un petit groupe littéraire, qui prenait son mot d'ordre à Weimar et à Iéna, c'est-à-dire auprès de Gœthe et de Schiller. C'était la résidence du coadjuteur de Dalberg, agissant au nom de l'archevêque de Mayence. Dalberg était un lettré et un homme de cour. Caroline de Dacherœden ne se lasse pas de louer la distinction de son esprit, l'affabilité de ses manières, sa bienveillance universelle. Il était rationaliste en philosophie, idéaliste en politique, nourri des écrits de Kant et de Rousseau. Son rêve était d'être le souverain d'un petit État, qu'il aurait réformé à sa guise, où il aurait fait fleurir l'agriculture et l'industrie, les lettres et les arts. Il aurait voulu être un père du peuple et un Mécène de la littérature. Il n'attendait que la mort de l'archevêque pour réaliser son idéal, car il espérait bien, comme il le dit un jour à Caroline, survivre à son vieux seigneur. Dalberg était l'homme de la bonne volonté à tous égards, mais sa bonne volonté n'était soutenue ni par la fermeté du caractère, ni par une

intelligence toujours perspicace. Son malheur fut
de vivre à une époque et dans un pays où le patriotisme était difficile. Il s'attacha plus tard à la fortune
de Napoléon, devint prince primat, président de la
Confédération du Rhin, perdit toute influence après
la chute de l'Empire, et mourut, évêque de Ratis-
bonne, en 1817.

Erfurt n'était qu'à quelques lieues de Weimar, et
les rapports étaient très fréquents entre les deux
villes. Dans l'entourage de Dalberg, on remarquait
beaucoup Caroline de Lengefeld, nature prime-sau-
tière, passionnée, mariée au chambellan de Beulwitz, qui ne comprenait rien à ses élans, et qu'on
appelait *Ursus*. Son cœur inquiet, ne sachant où se
prendre, allait de Schiller à Guillaume de Humboldt,
et de celui-ci à Dalberg. Sa passion pour Dalberg
paraît avoir été un moment très sérieuse, et Caroline
de Dacherœden aurait voulu amener entre eux une
explication; mais c'étaient deux caractères trop
différents pour s'entendre. « C'est une chose
étrange, écrit celle-ci, une chose presque incroyable,
et pourtant très vraie, que ces deux personnes
se voient journellement, sans pouvoir s'expliquer.
Dalberg m'a dit encore, il y a deux jours : « Pour-
« quoi votre amie est-elle si inégale, si agitée, parfois
« si triste? On croit la tenir, puis tout d'un coup le
« fil se déchire, et l'on cherche vainement à le
« renouer. » Elle fait les mêmes plaintes sur lui, et
vient pleurer auprès de moi. »

Caroline de Lengefeld finit par divorcer, et elle épousa Guillaume de Wolzogen, un ami de jeunesse de Schiller. Sa sœur cadette Charlotte, moins brillante qu'elle, mais d'humeur plus égale, venait de se marier avec Schiller, à qui elle donna la paix du foyer. Le cercle d'Erfurt s'animait parfois par la présence de Schiller et de Gœthe, le premier toujours plein d'abandon, le second aimable seulement quand il voulait l'être. « Gœthe, écrit un jour Caroline de Dacherœden, ne m'a presque pas quittée. Il met tant de cœur et d'esprit dans sa conversation! Mais sitôt qu'une troisième personne intervient, il ne dit plus que les choses les plus banales que l'on puisse imaginer. C'est triste, me disait Lili (*Caroline de Beulwilz*), de voir un homme comme Gœthe dans les moments où il n'est que supportable. »

Le premier écrit important de Humboldt, un *Essai de déterminer les limites de l'action que doit exercer l'État*, fut en partie le résultat de ses discussions avec Dalberg. Celui-ci était de l'école de Joseph II et en correspondance avec lui. Il croyait que la liberté se donne, que les réformes se décrètent, et que les hommes s'éclairent par un commandement; et, à ce point de vue, il approuvait les procédés des révolutionnaires français, jusqu'au jour où ils portèrent la main sur la tête sacrée du roi. Humboldt, au contraire, mettait comme épigraphe à son traité un mot du marquis de Mirabeau

sur « la fureur de gouverner, la plus funeste
maladie des gouvernements modernes ».

Le traité fut interdit par la censure prussienne,
mais il en parut trois extraits dans les *Monatshefte*
de Berlin, et un quatrième dans la *Thalie* de Schiller.
Humboldt, qui avait été témoin des abus de la bu-
reaucratie, veut que l'action de l'État se réduise à
un minimum d'intervention et presque à une abs-
tention. Son unique rôle est de garantir la liberté
des individus contre les ennemis du dedans et du
dehors. Des associations, libres aussi, doivent se
former dans son sein pour l'instruction de la jeunesse, pour l'avancement des sciences, pour l'encouragement des arts, pour l'exercice du culte.
Quant à l'individu, il n'a qu'à laisser fleurir et
fructifier les dons qu'il a reçus de la nature. Un
homme cultivé, bien formé de corps et d'esprit, est
utile à la société, déjà par l'exemple qu'il donne; il
le sera encore par la fonction qui lui sera assignée.
Ces idées formaient le fond de la philosophie de
Humboldt; elles étaient devenues la règle de sa
vie; elles lui étaient tellement présentes et familières, qu'il ý fait constamment allusion dans les
lettres qu'il adresse à sa fiancée :

« Même les heures de tristesse et d'ennui, lui écrit-
il après une longue séparation, ne sont pas perdues;
elles habituent notre esprit à se replier sur lui-
même, à se sonder et à s'examiner, à se donner une
culture toujours plus complète et plus étendue. La

culture personnelle est, en somme, tout ce qui nous importe. Si elle ne suffit pas à elle seule pour nous rendre heureux, elle est du moins la première condition du bonheur. Et si la marche du monde extérieur ne s'accorde pas avec nos vœux, il nous reste le souvenir des joies que nous avons éprouvées; il nous reste la conscience que chaque situation, heureuse ou malheureuse, a contribué à faire de nous ce que nous sommes; il nous reste enfin le pouvoir d'agir sur les circonstances dans lesquelles le sort nous engage, et d'en profiter pour notre bien et pour celui des autres. »

Les mêmes idées forment le thème favori d'une correspondance que Guillaume de Humboldt eut plus tard avec une autre femme, cette pauvre Charlotte Diede, qui se consolait de ses malheurs par la pensée qu'un homme illustre daignait s'occuper d'elle, lui apporter de temps en temps un mot d'encouragement et lui offrir une direction morale. Il semble même que Humboldt, à force de philosopher avec ses correspondantes et de se mettre à leur portée, ait à son tour subi leur influence, et se soit en quelque sorte modelé sur elles. « Il doit y avoir quelque chose de féminin dans ma nature, écrit-il un jour à Caroline de Dacheræden. On m'a déjà dit qu'on pouvait causer avec moi comme avec une femme, et Mme Forster m'a écrit qu'elle avait envie de m'appeler sa sœur. »

V

Au mois de février 1794, Guillaume et Caroline de Humboldt s'établirent à Iéna, où les attirait surtout leur intimité de plus en plus grande avec la famille de Schiller. Humboldt était aussi depuis deux ans en échange de lettres et de visites avec le philologue Wolf, professeur à l'université de Halle, dont il cherchait à s'approprier la méthode scientifique. On sait que pour Wolf la philologie classique n'était pas seulement une explication de textes, mais une science complète, formée de toutes les connaissances qui nous font entrer dans la vie des Grecs et des Romains. Une telle conception était bien faite pour séduire un esprit ouvert à toutes les curiosités, comme Humboldt. Ne fallait-il pas, pour constituer en toutes ses parties ce type de l'homme cultivé, de l'homme complet, qu'il rêvait, et qu'il aurait voulu réaliser en sa personne, ne fallait-il pas s'assimiler ce qu'on pouvait faire revivre du génie antique? Humboldt traduisait Pindare et Eschyle; Wolf éclairait la route devant lui, mais lui-même l'aidait sans doute par moments à tenir le flambeau. Ce fut Humboldt qui mit Wolf en rapport avec Gœthe. Il fut même directement utile à Gœthe pendant l'impression de *Hermann et Dorothée*; il se chargea de redresser, dans la mesure du possible, la versification boiteuse du poème.

« J'ai eu beaucoup à faire avec *Hermann*, écrit-il à sa femme; j'ai relu encore une fois la première partie, et j'ai encore proposé des changements à Gœthe. Il m'a bien donné plein pouvoir dans une lettre à l'éditeur Vieweg, mais, naturellement, je ne veux pas en user. En attendant, Vieweg m'honore comme un dieu, et ne fait que me consulter. L'impression n'est pas belle. Mais les honoraires? C'est un grand secret : ne le dis à personne, excepté à Schiller, pas même à sa femme, ni à Alexandre : mille thalers; cela fait douze gros pour chaque vers... Unger a pris mon *Agamemnon*; c'est lui qui imprime le mieux. Les honoraires sont minimes; je n'ai pas demandé davantage, l'éditeur m'ayant dit que sans cela il devrait se rattraper sur l'impression. »

Caroline écrit, quelques semaines après, à Humboldt, que la mort de sa mère avait appelé à Berlin : « Gœthe est venu me voir aujourd'hui; il t'envoie un cordial souvenir. Il a été charmant, et je suis, comme toujours, amoureuse de ses beaux yeux. Il te remercie mille fois pour *Hermann*. »

Aux nouvelles du jour que les deux époux se transmettent, se mêlent des observations morales, des analyses de sentiment, que Caroline touche le plus souvent d'un mot simple et délicat, et qui, chez Guillaume, s'allongent parfois en tirades et en dis-

sertations. Un jour Caroline, qui, en bonne mère et
en disciple de Rousseau, nourrit elle-même ses
enfants, écrit qu'elle a sevré le petit Théodore,
qu'elle en est toute triste, et qu'il lui semble maintenant qu'elle l'aime moins, parce qu'il a moins
besoin d'elle. Humboldt lui répond :

« Je ne puis partager entièrement ton sentiment.
Évidemment, qu'une mère nourrisse son enfant,
c'est une grande chose ; c'est un écoulement perpé-
tuel et vivant d'un être dans l'autre ; c'est déjà un
commencement d'éducation et de culture, qui
s'accomplit d'une manière mystérieuse et pourtant
très efficace. Je suis convaincu que, chez une mère
vulgaire et surtout chez une nourrice, l'influence
de l'allaitement est toute matérielle. Mais là où le
cœur, avec les plus belles émotions dont il soit
capable, s'associe à l'acte extérieur, là où le pur
souffle de l'amour anime et ennoblit le don bienfai-
sant, tout l'être de la petite créature doit s'en
ressentir. C'est un exemple de plus du privilège
qu'ont les âmes nobles et délicates de se communiquer à tout ce qui procède d'elles. Ce qui chez
d'autres reste insignifiant et stérile, devient fécond
et vivant chez elles. J'observe journellement chez
nos enfants l'empreinte visible de ce que j'aime infiniment en toi et de ce qui me rend infiniment
heureux. »

A la date de cette lettre, Mme de Humboldt avait
consciencieusement nourri ses trois aînés, Caroline

née en 1792, Guillaume en 1794, et Théodore en
1797. Au troisième, elle fut prise d'une fièvre per-
sistante, et les médecins conseillèrent un séjour
dans le Midi. On projeta un voyage en Italie. L'Italie,
c'était pour Mme de Humboldt la santé. Pour son
mari, c'était le complément nécessaire d'une éducation artistique chez un homme du Nord. La famille
s'achemina lentement par Dresde sur Vienne. Mais
la retraite des armées autrichiennes devant Bonaparte rendait les routes peu sûres; il fallut renoncer à l'Italie, et l'un se rabattit sur la France et
l'Espagne. Les deux frères Humboldt passèrent
ensemble à Paris l'été de 1798. Guillaume y resta
une année encore, demeurant soit à la ville, soit à la
campagne. Puis, au mois de septembre 1799, il
partit avec les siens pour l'Espagne.

« A Bayonne, écrit Mme de Humboldt à son père,
nous avons loué un coche attelé de six mulets :
c'est la façon ordinaire de voyager en Espagne. Il
faut avoir vu un tel véhicule pour se figurer tout ce
qu'on peut mettre dessus. Après que nous eûmes
chargé trois malles, dont deux très grandes, et deux
sacs et un matelas, le cocher nous demanda si
c'était tout. « Mais ce n'est rien », pensa-t-il. Nous
avons passé ainsi par Saint-Jean-de-Luz, Tolosa,
Burgos, Valladolid, Ségovie, Saint-Ildefonse, pour
arriver enfin à l'Escurial. Cette marche lente, avec
des mulets qui, tout fortement charpentés qu'ils
sont, se mettent rarement au trot, et qui, même sur

des chaussées bien entretenues, ne quittent pas leur allure ferme et cadencée, est assurément fort ennuyeuse. Ce qui est plus désagréable, ce sont les mauvaises auberges, moins mauvaises cependant qu'on ne le publie à l'étranger. Partout, même dans les petites localités où nous avons dû passer la nuit, nous avons trouvé des lits passables, et il nous en fallait toujours au moins cinq. Là où il n'y avait rien d'autre à manger, on nous offrait des œufs frais, des raisins et des melons, le tout exquis. La cuisine espagnole à l'huile me répugne, et, malgré ma grande philosophie à l'endroit du manger, je n'ai pu m'y faire ; car il faut que l'huile sente fort, pour qu'un Espagnol la trouve bonne. Heureusement, nous avons rencontré partout la meilleure volonté du monde et le plus grand désir de nous satisfaire. »

A l'Escurial, Mme de Humboldt regarde et décrit les tableaux des maîtres, et ses notes passent sous les yeux de Gœthe, qui déclare que jamais description ne lui a donné une idée aussi complète de l'œuvre originale. Quant à Guillaume de Humboldt, tout en étudiant la langue et la littérature espagnoles, il se crée des relations dans le monde diplomatique. Il est admis au baise-main royal.

« Le roi, écrit-il à son beau-père, prend place dans un grand salon, devant une table couverte d'un riche tapis de velours. La reine s'assied en face de lui. Derrière elle se tiennent les gardes et les chambellans ; derrière le roi, les ambassadeurs, au milieu desquels je me trouvais. Tout ce qui, dans le costume ordinaire d'un homme, est en métal, les boutons, les décorations, les agrafes du chapeau et du cordon, la garniture de l'épée, le pommeau de la canne, les boucles, tout cela est en diamant. La reine en porte tant sur la tête, qu'elle doit en être incommodée. Les portes s'ouvrent, et ceux qui veulent faire leur cour entrent et baisent avec une génuflexion la main au roi et à la reine. Il n'y avait cette fois que trois cents personnes, mais on en a compté déjà six cents et plus. La cérémonie terminée, le roi et la reine causent avec les ambassadeurs et les étrangers. On prétend même avoir entendu parfois dire à la reine (*en français*) : « A présent je m'en vais laver toutes ces cochon-« neries[1]. »

Au mois d'avril 1800, la famille est de retour à Paris. Mme de Humboldt continue ses études d'art. Elle attend avec impatience chaque envoi que le Premier Consul reçoit d'Italie. « Les travaux du Musée, écrit-elle à son père, avancent lentement, mais sans interruption. On a installé la Vénus du Capitole, l'Amazone, l'Apollon, le Laocoon et plusieurs autres œuvres. La plus belle madone de

---

1. Les lettres de Guillaume et de Caroline de Humboldt relatives à leur voyage en Espagne ont été publiées par leur fille Gabrielle. Voir *Gabriele von Bülow, Ein Lebensbild*, 12ᵉ édition, Berlin, 1907, p. 7 et 13.

Raphaël, celle du Palais Pitti, est heureusement
arrivée; c'est bien la plus belle figure de femme
qui ait jamais plané devant l'imagination d'un
artiste. On est presque effrayé de l'immense quantité d'œuvres d'art qui s'accumulent ici. Je n'approuve nullement les pillages des Français en Italie;
mais comme je n'y puis rien, j'en profite pour mon
compte. » Guillaume de Humboldt travaillait dans
les bibliothèques, poursuivant ses études de philologie comparée. En traversant deux fois le pays
basque, il avait été frappé par l'originalité de ce
petit coin de terre, qui, resserré entre deux grandes
nations, avait gardé ses vieilles traditions, ses
mœurs patriarcales, son langage. Il y retourna seul
au printemps de 1801, y passa plusieurs semaines
encore, parcourant les villes et les villages, se
mêlant aux divertissements populaires, visitant les
couvents, les fermes et les marchés, interrogeant
le savant et le paysan.

« Me voilà chez un vieux prêtre, écrit-il un jour
à sa femme. Il a soixante-dix-huit ans, et l'on ne
saurait imaginer un homme plus aimable; c'est un
heureux mélange de Français et de Basque. Il n'a
jamais été plus loin que Bayonne et Pau, et il
ignore le reste du monde. Le palais de son ancien
évêque, où il a demeuré quelques années comme
jeune prêtre, est pour lui le *non plus ultra* de la
grandeur. Il paraît très religieux, mais sans affectation et sans intolérance. Il fait souvent venir chez

lui une jolie fille, avec laquelle il chante des chansons basques. Hier soir, assis dans son fauteuil près de la cheminée, il m'a chanté des chansons à boire, et il paraissait heureux au fond de son âme de se replonger ainsi dans les souvenirs de sa jeunesse. Il s'est informé de toi et des enfants, demandant le nom et l'âge de chacun, et regrettant que vous ne soyez pas tous ici. Il m'a montré comme il y aurait de la place pour tous dans la maison, et comme les enfants s'amuseraient à cueillir des cerises dans le jardin. La maison est isolée, comme celles de tous les villages basques. Il ne peut pas m'apprendre grand'chose, d'abord parce qu'il n'a plus beaucoup de mémoire et qu'il saute toujours d'un sujet à un autre, ensuite parce qu'il a les plus singulières fantaisies étymologiques. Cependant je resterai encore deux jours chez lui, parce que lui et le pays me plaisent, et parce qu'il faut du temps pour tirer de lui les renseignements qu'il peut donner. »

Vers la fin de l'été, toute la famille reprenait le chemin de l'Allemagne, Mme de Humboldt avec une santé toujours chancelante, Guillaume avec une quantité de notes et de documents, qu'il utilisa plus tard pour ses ouvrages scientifiques.

VI

Ce voyage en Italie auquel Guillaume de Humboldt avait dû renoncer quelques années auparavant, il put le faire enfin à son retour de France, et dans les conditions les plus favorables. Il fut nommé, en 1802, ministre résident de la Prusse auprès du gouvernement pontifical, et il conserva ses fonctions jusqu'en 1808, l'année où Napoléon mit la main sur les États du pape et où Rome devint une ville impériale. Il eut, pendant tout ce temps, tout protestant qu'il était, les relations les plus agréables avec les cardinaux; mais il n'eut guère à régler que des affaires privées, auxquelles du reste il s'appliquait avec sa conscience habituelle. Rome et la Prusse pliaient sous le même joug, et ne pouvaient se prêter que l'appui de leur sympathie mutuelle. Le résident, nommé un peu plus tard ministre plénipotentiaire, avait donc tout loisir pour se livrer à ses études personnelles. Le salon de Mme de Humboldt devint le rendez-vous des artistes, des savants et des étrangers de distinction; des écrivains comme Bonstetten, Mme de Staël, Paul-Louis Courier s'y rencontraient avec le peintre Schick, les sculpteurs Tieck, Rauch, Thorwaldsen. Guillaume de Humboldt reprenait son *Pindare* et terminait son *Agamemnon*. La ville

elle-même produisit d'abord sur lui une impression
de grandeur, qu'il a consignée dans une lettre à
Gœthe[1] :

« Rome est le lieu où se résume toute l'histoire
de l'antiquité. Tout ce que nous fait pressentir la
lecture des anciens poètes, l'étude des anciennes
constitutions, nous croyons le voir ici de nos yeux.
De même qu'Homère est unique parmi les poètes,
de même Rome ne peut se comparer à aucune autre
ville, la campagne de Rome à aucun autre pays. Il
est vrai que ce que nous voyons en elle appartient
moins aux objets qu'à l'image ennoblie que nous
nous en faisons, en vertu d'une illusion inévitable
qui transforme à nos yeux le passé. »

Il veut que ce passé soit respecté dans ses
moindres restes; il a la superstition des ruines.

« Je frémis, continue-t-il, toutes les fois qu'on
tire au jour un débris à moitié enfoui dans le sol :
c'est peut-être un profit pour la science, mais
une perte pour l'imagination. Il n'y aurait, à mon
sens, que deux choses aussi funestes : ce serait
de cultiver la *Campagna di Roma* et de faire de
Rome une ville policée, où personne ne porterait
un couteau. S'il vient jamais un pape qui ait ces
idées de réforme (ce que les soixante-douze cardinaux sauront bien empêcher, je l'espère), alors
je m'en irai. Si jamais Rome cessait d'être une

1. Reproduite dans l'opuscule de Gœthe sur Winckelmann,
avec la dénomination de Lettre d'un ami.

divine anarchie, et la campagne de Rome un
désert céleste, il n'y aurait plus de place pour
les ombres dont une seule a plus de prix que
toute la génération actuelle. »

Gœthe était moins absolu dans son culte pour
l'antiquité, et cependant Niebuhr le blâmait déjà
de faire de toute une nation et de tout un pays un
pur objet de contemplation égoïste.

La Rome moderne, la Rome de Pie VII, n'était
pas heureuse, et aurait bien mérité qu'on s'occupât
d'elle. Les impôts étaient écrasants, toutes les den-
rées étaient chères, une partie de la population
vivait de mendicité et de vol. En été, la malaria
faisait des ravages. Elle entra dans la maison des
Humboldt. L'aîné des fils, Guillaume, dont les deux
époux ne cessent de vanter l'intelligence et la
beauté, meurt en 1803, après cinq jours de maladie.
Le plus jeune, Théodore, prend une fièvre maligne,
qui le tient tout l'hiver. Il faut, pour le sauver, un
changement de climat, et, au retour du printemps,
la mère part avec lui et la fille aînée pour l'Allemagne. Elle met un mois pour aller de Rome à
Erfurt, et se félicite de la rapidité du voyage : partout elle a devancé la poste, si bien que les lettres
de son mari n'ont pu la joindre. Lorsqu'elle a
touché le sol de l'Allemagne, elle envoie une caisse
de jouets aux deux filles qu'elle a laissées à Rome.
« Ces jouets, écrit-elle, feront surtout plaisir à ma
petite Adélaïde, et cette pensée me les a fait acheter

avec une joie vraiment enfantine; mais il faut qu'en revanche Adélaïde me fasse le plaisir de ne pas tout jeter par terre. »

A Weimar, elle rencontre Mme de Staël, et le malheur crée un lien de sympathie entre les deux femmes. A peine arrivée, elle écrit :

« Tu as sans doute appris la mort de Necker. La pauvre Staël a reçu la nouvelle de sa maladie à Berlin par une estafette, et elle est partie aussitôt. A Weimar, elle a su que son père était mort. Sa vue m'a fait à la fois du bien et du mal. L'aspect d'une douleur profonde et vraie a quelque chose de saisissant, mais il a aussi, je dirais presque quelque chose de calmant, lorsqu'on porte soi-même une telle douleur dans son âme. Mme de Staël se reproche maintenant d'être partie, quoiqu'en route elle ait deux fois écrit à son père qu'elle rentrerait s'il se sentait le moins du monde souffrant. Mais il se trouvait mieux que jamais, et il l'a priée de bien profiter et de bien jouir de son voyage. Il n'a été malade que trois jours. Ç'à été pour sa fille un déchirement. Elle n'a fait que me répéter que ses rapports avec son père étaient tout différents des rapports ordinaires entre parents et enfants, que rien au monde ne lui était plus cher... Elle a pris Guillaume Schlegel comme précepteur de ses deux fils, et elle paraît ravie de la manière dont il s'est comporté dans les dernières circonstances, non moins que de son intelligence. En général, elle est contente de l'Allemagne. Mais la Française reparaît lorsqu'elle parle de son exil. « L'irritation « que cette injustice m'a fait éprouver, disait-elle, « me donna le désir de voyager pour établir ma « réputation dans d'autres pays. »

La correspondance de Guillaume de Humboldt avec Mme de Staël dura peu. « Je suis toujours gêné pour lui écrire, dit-il dans une lettre à sa femme, et je n'en éprouve aucune satisfaction. Quoique nous soyons très amis, un abîme nous sépare. Je l'ai souvent senti, et je dois avouer qu'elle a été ordinairement plus aimable avec moi que je ne l'ai été avec elle. Sa soif de gloire et de bruit, qui t'a frappée aussi, m'est antipathique ; elle n'a aucun calme dans l'esprit... » Mme de Staël s'entendait mieux avec Alexandre de Humboldt, nature moins contemplative, et qui, lui aussi, ne dédaignait pas de faire du bruit autour de son nom.

Il était convenu que Mme de Humboldt, après avoir revu ses parents et ses amis en Allemagne, passerait l'été à Paris. Elle devait y être accompagnée par le médecin allemand qui avait soigné ses enfants à Rome ; elle avait aussi à y régler des affaires d'intérêts. Elle part de Weimar le 1er juin 1804. A Metz, elle s'aperçoit d'abord, à la physionomie des gens et à leurs manières aimables, qu'elle est en terre française. A Paris, elle retrouve les souvenirs de son premier séjour ; mais ces souvenirs,

depuis la mort de son fils aîné, ont leur tristesse.
« La sainte figure de mon cher Guillaume marche
toujours à mes côtés. Je ne puis entrer au Jardin
des Tuileries sans me rappeler comme il s'arrachait
cent fois de ma main pour courir dans les allées,
semblable à un poulain en liberté. » Ne va-t-elle
pas jusqu'à chercher les traits de son enfant sur les
marbres du Louvre? « Regarde le Faune de Praxi-
tèle, comme il s'appuie sur son bras droit. Ce sont
tout à fait les formes arrondies de Guillaume, son
air aimable et doux. La partie inférieure du visage
est autre, mais la partie supérieure est d'une ressemblance frappante, tellement que je me fâche
contre les longues oreilles que porte la statue. »

Alexandre de Humboldt arrive à Paris au mois
d'août, pour faire connaître les résultats de son
voyage en Amérique. « Il a très bonne mine, dit sa
belle-sœur, n'est pas *cuivré* du tout, comme il l'a
écrit, et a beaucoup engraissé. Ses manières, sa
physionomie, ses gestes, sa tournure, rien n'est
changé; il me semble l'avoir quitté avant-hier.
Toutes les contrées de l'Europe tournent dans sa
tête: il voudrait être à la fois en Espagne, à Berlin,
à Rome, et ici. » Ailleurs elle écrit : « Alexandre
continue de produire le plus grand effet; il dîne
rarement chez moi; tout le monde veut l'avoir... Il
dépense beaucoup pour sa garde-robe. Il s'est fait
faire jusqu'ici pour 1 200 francs d'habillements, et
on lui apporte aujourd'hui un habit de cour en

velours brodé, qui coûte au moins 800 francs : tout cela pour le couronnement. Il n'a pas encore vu l'Empereur, mais je crois qu'il le verra bientôt. »

Alexandre fait des lectures à l'Institut, et, dans un billet joint à une lettre de sa belle-sœur, il dit : « Je travaille beaucoup, et avec succès. Ma gloire est plus grande que jamais. C'est une sorte d'enthousiasme. C'est comme une roue de moulin qui tourne dans la tête de mes auditeurs, quand je leur parle en une seule séance et dans le plus grand détail de choses astronomiques, chimiques, botaniques et astrologiques. Tous les membres de l'Institut ont revu mes dessins et mes collections, et il n'y a qu'une voix pour dire que chaque partie est traitée à fond, comme si je ne m'étais occupé que de celle-là. Ce sont justement Berthollet et Laplace, autrefois mes adversaires, qui sont les plus enthousiastes. Berthollet s'est écrié ces jours-ci : « Cet « homme est toute une académie. » Tu vois que la race poméranienne est glorifiée en toi et en moi, car on se souvient aussi beaucoup de toi. »

Guillaume de Humboldt fut peu touché du souvenir que lui donnait le monde scientifique à Paris. Sa femme lui annonça, le 21 octobre, la mort d'une fille qu'elle avait eue au mois de juillet. Dès lors elle ne pensa plus qu'à retourner en Italie. Mais l'hiver approchait; les moyens de transport étaient rares. Le départ fut différé jusqu'au 25 décembre. On passa le mont Cenis en traîneau,

non sans danger. La fièvre jaune sévissait en Tos-
cane, et les voyageurs étaient tenus en quarantaine à la frontière. Il fallut prendre un détour par
Ancône. Mme de Humboldt rentra dans Rome,
avec les deux enfants qu'elle avait emmenés à
Paris, le 29 janvier 1805.

Ici s'arrête le second volume de la correspondance. Avec l'année 1808 et le retour de Guillaume
de Humboldt à Berlin commence une nouvelle
période dans sa carrière; c'est la date de son entrée
dans la vie active. Il fut d'abord chargé de la direction de l'Instruction publique et des Cultes dans le
ministère Altenstein-Dohna; puis il fut nommé
ambassadeur en Autriche, et il assista à toutes les
conférences qui amenèrent finalement les traités de
Vienne. Les devoirs que ces diverses fonctions lui
imposaient eurent pour premier résultat de le faire
revenir de son individualisme égoïste; il comprit
que la culture personnelle n'était pas la seule fin de
l'homme. Il avait pensé autrefois que le meilleur
gouvernement était celui qui gouverne le moins :
appelé aux affaires, il gouverna beaucoup, et il est
juste d'ajouter qu'il gouverna bien. Il avait soutenu
que la création et la direction des écoles ne devait
appartenir qu'à des associations privées, et ce fut
lui qui fit de l'enseignement public une institution
d'État; la fondation de l'université de Berlin est en
grande partie son œuvre. Bref, il subit l'influence
des circonstances, qui changent les hommes. Rendu

à la vie privée, en 1819, par la politique réactionnaire de la Sainte-Alliance, il passa ses dernières
années dans la méditation et l'étude. Il fit remanier
l'ancien rendez-vous de chasse de Tegel, auquel
l'architecte Schinkel ajouta un corps de bâtiment
dans le style néo-grec; la façade était percée de
deux rangées de fenêtres d'un dessin élégant et
simple, terminées à droite et à gauche par des
niches où étaient placés des marbres antiques; à
l'intérieur étaient distribuées les œuvres d'art que
Humboldt avait rapportées d'Italie. « Rarement,
dit sa fille, un homme a su imprimer aussi complètement à sa demeure le cachet de sa personnalité;
tout l'ensemble donnait une impression d'harmonie
et de clarté. »

Il perdit sa femme en 1829, et il lui éleva, dans
le parc du château, un monument surmonté d'une
colonne dorique, portant sur son chapiteau une
statue de l'Espérance. Il voulut être enterré sous la
même pierre. Une de ses dernières paroles fut :
« Tout en moi est calme, clair et recueilli. » Il était
persuadé qu'il serait uni, dans une existence supérieure, avec tous ceux qu'il avait aimés. « L'amour,
disait-il, tient de si près à l'infini, que si quelque
chose peut franchir le seuil de la mort, c'est lui. »
Il mourut dans cette assurance, le 8 avril 1835[1].

---

1. Le troisième volume, qui a paru en 190?, ne contient que
deux années de la vie de Guillaume de Humboldt, du mois
d'octobre 1808 au mois d'octobre 1810. Mme de Humboldt est

restée à Rome, toujours ravie de la beauté du ciel et de la terre,
qui défie, dit-elle, toute description. Elle acquiert des œuvres
d'art, qu'elle destine à la villa de Tegel ou au musée de Berlin.
Guillaume est retourné en Allemagne pour régler des affaires
de famille ; il est encore en route, quand on lui offre un emploi
dans le ministère. Il voudrait conserver, à un titre quelconque,
son ambassade, qui lui laissait de si beaux loisirs. « Ma vie,
écrit-il, doit rester ce qu'elle a été : contemplation et réflexion. »
Il hésite entre ce qu'il doit à son pays et ce qu'il croit se
devoir à lui-même. Sa femme l'encourage aux nobles résolutions ; elle lui rapporte un mot de Mme de Staël : « Je conçois
que M. de Humboldt regrette l'Italie, mais tous les honnêtes
gens se doivent à ce pauvre pays de Prusse. » La Prusse,
en effet, était réduite à un tel degré d'abaissement et
d'impuissance, qu'elle avait besoin du dévouement de tous ses
enfants. La cour était retirée à Kœnigsberg. Humboldt met
cinq jours pour y arriver de Berlin ; les routes sont affreuses,
la campagne est dévastée. Kœnigsberg lui fait l'effet d'une triste
capitale. « Elle est bâtie sur des collines, mais elle n'a que cela
de commun avec Rome. Quand on doit sortir en costume, c'est
un véritable embarras. Les voitures sont si crasseuses, qu'on
s'étudie pour s'y asseoir le moins possible ; on se ramasse, on
plane, pour ainsi dire. Les pavés sont horribles ; on est si bien
cahoté, qu'on se croit revenu au temps où les ressorts n'étaient
pas inventés ; on est encore heureux de ne pas verser, et une
telle promenade coûte deux ou trois thalers. » Guillaume de
Humboldt entre au Conseil privé ; il quitte à regret la direction
de l'Instruction publique et des Cultes pour l'ambassade de
Vienne. « Je m'étais fait, écrit-il le 28 juillet 1810, un plan
général, qui embrassait tout, depuis la plus humble école jusqu'à l'université, et dont tous les détails s'engrenaient l'un dans
l'autre. Toutes les parties de ce plan m'étaient familières ;
toutes, les plus grandes comme les plus petites, m'intéressaient
et me préoccupaient également ; je ne me laissais rebuter par
aucune difficulté ; tout le monde avait confiance en moi : il est
étrange qu'on ne m'ait pas laissé où j'étais. » Ce fut le nouveau
chancelier, le prince de Hardenberg, qui le fit rentrer, presque
malgré lui, dans la diplomatie. Humboldt, très ferme dans ses
principes et très exclusif dans son attachement pour la Prusse,
n'avait pas la souplesse d'un diplomate, et il ne joua qu'un rôle
effacé dans les conférences qui suivirent. Son vrai titre de gloire
resta le relèvement de l'instruction publique, et la diplomatie
ne fut guère pour lui qu'un champ d'expérience. Mme de Hum-

boldt vint le rejoindre à Vienne, et la correspondance s'arrêta
pour quelque temps.

Le quatrième volume, qui porte la date de 1910, reprend les
événements à l'année 1813, et nous mène d'abord au congrès de
Prague, qui interrompit pour quelques semaines la campagne de
Saxe. Metternich est ici le personnage principal ; il ménage Napoléon, jusqu'au jour où il croit l'Autriche prête à recommencer
la guerre ; il cherche à neutraliser l'influence prépondérante
que la Russie exerce dans le camp des alliés ; enfin il s'efforce
de brider le patriotisme exclusif de Guillaume de Humboldt,
qui ne demanderait pas mieux que de débrouiller le conflit
européen au profit de la Prusse. Metternich va jusqu'à inter-
cepter les lettres où Humboldt rend compte des négociations à
sa femme. On échange des notes, on rédige des protocoles, et,
au fond, personne ne croit à la paix. Humboldt est parmi les
partisans les plus décidés de la guerre, et après que la bataille
de Leipzig lui a donné raison, il s'applaudit des résolutions
qu'il a fait prendre. Pendant que le jeu des armes suspend le
travail de la diplomatie, il reprend son Homère et son Plu-
tarque, et il se remet à sa traduction de l'*Agamemnon* d'Eschyle.
Parfois il se reproche ses distractions, pour ne pas dire son
dilettantisme. « Je considère cette traduction, écrit-il à Mme de
Humboldt le 22 octobre 1813, comme le terme de nos occupations d'autrefois, alors que nous menions une vie solitaire,
simple et idéale, presque sans contact avec le monde extérieur.
Je m'étonne parfois du peu de part que je prenais alors aux
événements, qui pourtant avaient aussi leur importance. Je ne
m'approuve pas tout à fait, mais je ne vivais alors qu'en toi et
pour les choses qui nous charmaient personnellement. J'ai pu
tout ce temps-ci et particulièrement à Teplitz m'occuper sérieusement d'*Agamemnon*, et je continuerai, pour qu'il puisse enfin
paraître. Ce sera au moins un ouvrage de moi qui restera et
qui gardera sa valeur ; et c'est pour moi une manière de m'intéresser indirectement aux événements actuels. La matière
n'est-elle pas toujours la même, la grande destinée du monde,
provoquée par certaines individualités humaines et réagissant
à son tour sur elles ? Et la forme est celle de la beauté et de la
symétrie, une légitimité qui n'est déterminée que par elle-
même, une sorte de musique sévère qui accompagne le tout
et dont on se sent environné. Si nous avions échoué dans
notre entreprise, je me serais reproché, en faisant imprimer
un livre en ce moment, de m'occuper de choses accessoires.
Mais comme ce que mon devoir m'a dicté a été heureux,

et que les suites l'ont été encore plus, mes scrupules s'évanouissent. »

Pendant que les armées alliées se rapprochent de Paris, il compose des sonnets, qui ne sont pas des *sonnets cuirassés* comme ceux de Rückert, et il continue de limer les vers d'*Agamemnon*. Il constate que le sentiment dominant de la population française est un immense désir de paix. Ses observations, comme on doit s'y attendre, ne sont pas toujours bienveillantes, et ses renseignements ne sont pas toujours puisés aux meilleures sources. Il prête une oreille trop complaisante aux commérages qu'il recueille le long de sa route. On lui dit un jour que Napoléon a des moments de folie, qu'il s'adonne à la boisson, et il a l'air de le croire. En général, tout ce que Humboldt dit de Napoléon porte trop la marque d'une haine personnelle, et, naturellement, Mme de Humboldt le confirme dans ce sentiment. La série des lettres contenues dans ce volume s'arrête à la veille de Waterloo. Humboldt est mécontent des résultats du congrès de Vienne. Il va sans dire que la dernière campagne n'a pas diminué son animosité contre la France, dont il voudrait voir reculer les limites le plus loin possible derrière le Rhin; mais il trouve aussi qu'on a fait la part trop belle aux petits États de l'Allemagne. Il se plaint de ce que la Prusse n'ait pas retiré de la paix des avantages proportionnés à l'énergie qu'elle a déployée pendant la guerre. En un mot, il estime que la diplomatie, une fois de plus, a gâté ce que l'épée avait glorieusement accompli.

LE THÉÂTRE DE LA HOFBURG
A VIENNE

Un des critiques les plus distingués de l'Autriche, M. Rudolph Lothar, a consacré une monographie intéressante au principal théâtre de Vienne [1]. Il en a expliqué les fortunes diverses, tantôt par certains traits du caractère autrichien, tantôt par les influences du dedans ou du dehors, ou par le mouvement général de la littérature européenne. Le Théâtre de la Hofburg est à Vienne ce que la Comédie-Française est à Paris; mais M. Lothar nous prémunit aussitôt contre les conséquences erronées que l'on pourrait tirer de cette ressemblance tout extérieure. C'est, en effet, sur le type de la Comédie-Française qu'a été créé le Théâtre de la Hofburg; mais combien les circonstances dans lesquelles les deux institutions se sont développées étaient différentes!

M. Lothar appelle l'empire autrichien, avec une expression caractéristique, une terre de passage. C'est par là que les empereurs d'Allemagne ont

---

1. *Das Wiener Burgtheater*, Leipzig et Berlin, 1903.

passé pour entreprendre leurs courses aventureuses
et inutiles en Italie. C'est là que les mercenaires
italiens, espagnols, néerlandais se sont donné
rendez-vous pendant la guerre de Trente ans et
encore pendant les guerres suivantes; et chacun y
a laissé quelque chose, et non ce qu'il avait de
meilleur, de son origine. La noblesse autrichienne
était un mélange d'éléments allemands, hongrois,
slaves, espagnols, italiens, même français; et un
théâtre ne pouvait être pour elle qu'un lieu de
divertissement, sans caractère national. Le français
et l'espagnol étaient les deux langues qui se par-
laient à la cour.

Un lieu de divertissement, un accompagnement
nécessaire de la vie de cour, tel devait être, en effet,
le théâtre nouveau dans l'esprit de sa fondatrice.
Cette fondatrice fut Marie-Thérèse, la personne du
monde la moins amie du théâtre en général; elle
partageait, à cet égard, les idées de son confesseur,
un janséniste. Le directeur s'appelait, de son titre
complet, « entrepreneur des opéras de cour, séré-
nades, comédies, oratorios et saints sépulcres ».
Une salle de bal, attenante au château, fut disposée
pour ces divertissements sacrés et profanes en 1741,
et l'impératrice y assista, l'année suivante, à la
représentation d'un opéra italien sur le sujet de
Hamlet. En 1748, on y appela quelques acteurs de
la troupe de Neuber, qui jouait à Leipzig. Ils débu-
tèrent par une traduction allemande du *Comte*

d'Essex de Thomas Corneille. Le succès fut très grand ; les pièces françaises originales vinrent à la suite des traductions, et le Théâtre de la Hofburg s'appela même pendant quelque temps « Théâtre français près de la cour ».

Mais Marie-Thérèse avait l'œil sur son théâtre. La protection qu'elle lui accordait n'était pas un effet de sa bienveillance, et le personnel qui le composait n'était pas haut placé dans son estime. Le comte Kaunitz ayant un jour manifesté l'intention de s'occuper de la direction, de concert avec un de ses amis, elle lui écrivait, dans une lettre française dont nous conservons le tour et l'orthographe : « *Je ne voudrois pas que vous soyez à la tête des spectacles. Un honet homme d'ici je voudrois avoir, qui pourroit me rassurer sur cette mauvaise engence, mais jamais que cela passe sous votre nom ou celui de Staremberg ; vos noms sont trop respectables et chers pour les confondre avec ce qu'il y a de plus vil dans la monarchie.* » Elle mit tous les théâtres de la capitale sous la surveillance d'un directeur général, qui fut d'abord le comte Esterhazy. On ne jouait pas pendant le carême, l'avent, l'octave du saint sacrement, ni aux jours anniversaires de la mort d'un membre de la famille impériale. Enfin, les comédies, en particulier, devaient être soumises à une révision sévère ; toute « parole équivoque » devait en être bannie. Ce fut le commencement de cette institution qui a fleuri en Autriche plus que partout ailleurs, sous le nom de censure.

La censure, dans d'autres contrées, a été une gêne; en Autriche, elle fut un fléau. Que de choses lui donnait-on à garder! le bon goût, les mœurs publiques, le bon renom du pays à l'étranger, la gloire du souverain. Le censeur Sonnenfels disait, en 1770, dans un mémoire adressé à l'empereur Joseph II : « La censure a un rôle plus étendu qu'on ne l'a cru jusqu'ici. Elle doit songer à l'éducation de la nation, non seulement au point de vue du goût, mais encore au point de vue des mœurs et des relations sociales. Elle doit s'inquiéter de l'opinion des étrangers, qui jugent volontiers des mœurs d'une nation d'après son théâtre. La manière dont s'exerce la censure n'est même pas indifférente à la gloire des monarques, soit qu'ils encouragent de bons ouvrages, soit qu'ils tolèrent des productions immorales, qui, si je puis ainsi dire, abrutissent (*abbrutieren*) leurs sujets. »

Ces principes sont développés dans un autre mémoire, dont l'auteur est Franz Karl Hœgelin, le successeur de Sonnenfels. Le mémoire de Hœgelin est un document peut-être unique en son genre, un modèle de perspicacité vigilante, où aucune porte n'est laissée ouverte à aucun abus. En voici les dispositions principales :

« En thèse générale, le théâtre doit être une école de bon goût et de bonnes mœurs.

« La censure, dans l'examen d'une pièce, doit considérer trois choses : le sujet, la morale et le dialogue.

« La morale d'une pièce est l'enseignement qu'on en peut tirer. Par exemple, le roi Lear dépose sa couronne entre les mains de deux de ses filles, qui le repoussent ensuite et le laissent végéter dans la misère, jusqu'au jour où sa troisième fille Cordélie le prend en pitié. La morale est qu'un souverain ne doit jamais abdiquer son pouvoir de son vivant, de peur d'être payé d'ingratitude par son successeur.

« Le sujet d'une pièce peut être immoral dans son ensemble ou en partie; en partie, lorsqu'un seul rôle est de nature à choquer les spectateurs, comme celui de la maîtresse du prince dans *l'Intrigue et l'Amour* de Schiller; une telle pièce ne peut être représentée que si le rôle choquant est supprimé.

« On ne tolérera pas de mariages irréguliers. La censure veillera aussi à ce que jamais deux amoureux ne quittent seuls le théâtre.

« Aucune pièce ayant pour objet la tolérance chrétienne, ou visant à l'égalité des différents cultes, ne pourra être admise. Il en sera de même de toute pièce impliquant un blâme contre l'extension de la foi chrétienne par les armes ou la persécution.

« Dans un pays monarchique, il doit être interdit de produire sur un théâtre le renversement des institutions monarchiques, ou de laisser croire, par un exemple quelconque, que le gouvernement démocratique puisse être préférable au gouvernement monarchique. On ne montrera pas, par exemple, la révolte des cantons suisses contre les baillis, ou celle des Pays-Bas contre le gouvernement espagnol.

« Des exécutions de souverains, des sujets comme la mort de Charles Ier, de Marie Stuart, de Louis XVI, sont absolument interdits.

« Toute expression biblique sera bannie du théâtre. On ne dira pas : vieux comme Mathusalem, sage comme Salomon, mais : vieux comme Nestor, sage comme Solon. On évitera le mot *saint*, le mot *péché*.

« De même, *liberté*, *égalité*, sont des mots avec lesquels il est dangereux de plaisanter[1]. »

Que de précautions à prendre et que d'intérêts à sauvegarder! Il y fallait du temps, et les auteurs s'en ressentaient. Non seulement les passages suspects étaient supprimés ou mutilés, le dialogue ridiculement travesti, mais les pièces les plus inoffensives étaient retenues des mois, des années, dans les cartons. Les censeurs étaient ordinairement les meilleurs hommes du monde; ils devenaient cruels par métier, et, ce qui pouvait leur servir d'excuse, ils étaient placés eux-mêmes sous

---

1. Ce document, qui date de 1795, a d'abord été publié par Carl Glossy, dans l'Annuaire de la *Grillparzer-Gesellschaft*, en 1897.

une surveillance étroite. Voici ce que Grillparzer, qui est considéré aujourd'hui comme le poète national de l'Autriche, raconte dans son Autobiographie, et la mésaventure dont il se plaint lui arriva dans un temps où il était déjà connu par des chefs-d'œuvre :

« Je me trouvai un jour à côté d'un conseiller, membre de la commission de censure, qui m'a toujours montré beaucoup d'attachement. Il me demanda d'abord ce que tout le monde me demandait alors à Vienne, pourquoi je ne publiais presque plus rien. Je lui répondis que, comme employé à la censure, il devait savoir cela mieux que personne. —Vous voilà bien, messieurs les auteurs ! s'écria-t-il. Vous vous imaginez toujours que la censure est conjurée contre vous. Quand votre *Ottokar*, par exemple, a été retenu deux ans, vous croyez sans doute que quelque ennemi acharné en a empêché la représentation. Eh bien ! le coupable, c'était moi, et Dieu sait que je ne suis pas votre ennemi. — Mais, Monsieur le conseiller, répliquai-je, qu'avez-vous donc trouvé de dangereux dans la pièce ? — Oh ! rien ; mais, me disais-je, on ne peut pas savoir. »

Le résultat le plus fâcheux de la censure fut d'isoler l'Autriche pendant un demi-siècle du mouvement littéraire qui s'accomplissait dans le nord et dans l'ouest de l'Allemagne. Qu'elle ait fait la sourde oreille aux revendications tumultueuses de la période qui est marquée par le *Gœtz de Berli-*

chingen de Gœthe et *les Brigands* de Schiller, cela
se comprend. Mais même la littérature classique de
Weimar ne put que difficilement prendre pied à
Vienne. Le *Don Carlos* ne fut joué qu'en 1809, grâce
à l'occupation française, qui avait momentanément
suspendu la censure. *Wallenstein* et *Marie Stuart*
suivirent en 1814, *Nathan le Sage* en 1819, *Guillaume Tell* seulement en 1827. Un administrateur
intelligent et habile, Schreyvogel, l'ami de Grillparzer, avait contribué à élargir enfin et à affranchir
le répertoire. Mais il n'était que secrétaire, et il
n'avait que le public de son côté. Il dut se retirer
en 1831, ayant dit un jour au directeur, un grand
seigneur orgueilleux et borné : « Excellence, vous
ne comprenez pas cela ! »

Ce n'est qu'au milieu du siècle, après 1848, que
le théâtre autrichien entra décidément dans le mouvement de la littérature allemande et même de la
littérature européenne. La censure sortait encore
ses griffes de temps en temps, pour montrer que la
bête n'était pas morte. C'est ainsi qu'en 1867 une
comédie de Bauernfeld, dont la scène était à la cour
de Hanovre, ne put être jouée, parce que le roi
dépossédé George V occupait une villa dans un
faubourg de Vienne. Un drame sur Mme Roland
fut interdit, « parce que l'événement était *trop récent*,
et que le nom de Marie-Antoinette était prononcé
dans quelques passages ». Mais, en général, les
censeurs évitaient de se rendre trop impopulaires.

Le répertoire s'étendit dans des directions différentes, selon les préférences du public et selon le
goût des administrateurs. Au temps de Schreyvogel, les Espagnols avaient dominé. Laube, qui
dirigea le théâtre de 1850 à 1867, amena les écrivains de la Jeune Allemagne et les Français
modernes. Dingelstedt institua le règne de Shakespeare; les représentations qu'il donna, à partir
de 1875, du cycle des drames historiques depuis
Richard II jusqu'à *Richard III*, marquent une date
dans l'histoire de la dramaturgie allemande.
En 1884, le *Faust* complet fut donné en trois
soirées. Enfin, après 1890, ce fut le tour d'Ibsen,
de Gerhart Hauptmann, de Sudermann, de Ros-
tand. Le directeur qui entra en fonction en 1898,
Paul Schlenther, l'ancien critique théâtral de la
Gazette de Voss, l'auteur d'une bonne biographie de
Hauptmann, s'efforça de tenir la balance égale entre
les anciens et les modernes, entre le vieux fonds
classique, allemand ou étranger, et la jeune littérature, naturaliste, impressionniste ou néo-roman-
tique. Lui-même s'est fait connaître au public
parisien par le drame humoristique et satirique
d'*Arlequin Roi*, qui a été représenté à l'Odéon.

Le répertoire d'un théâtre allemand n'a jamais la
même unité que celui d'un théâtre français. Les
pièces qui se jouent aujourd'hui à la Hofburg
peuvent se partager en plusieurs groupes. Ce sont
d'abord celles qu'on pourrait appeler nationales au

premier chef, c'est-à-dire autrichiennes : les tragé-
dies de Grillparzer, les comédies de Bauernfeld, les
drames d'Anzengruber; ensuite les ouvrages consacrés des classiques allemands, Schiller, Gœthe,
Lessing, Kleist. On peut mettre à leur suite, ou à
leur tête, Shakespeare qui, grâce à d'excellentes
traductions, est devenu un Allemand. Viennent
enfin les étrangers, Français, Espagnols, Norvé-
giens, et les nouveaux, qui veulent avoir leur tour.
Jusqu'à quel point la porte doit-elle être ouverte
aux nouveaux? C'est la question à l'ordre du jour.
M. Lothar estime que le premier devoir d'un
théâtre subventionné est de conserver et de rame-
ner fréquemment devant le public les chefs-d'œuvre
de la littérature nationale. Il veut que la Hofburg
soit « un musée » : c'est une enseigne un peu grave
pour un théâtre.

LE MARTYRE D'UN POÈTE

NICOLAS LENAU ET SOPHIE LŒWENTHAL

Iʟ semble que la partie autrichienne de la littérature allemande ait surtout attiré, dans ces derniers temps, l'attention de la critique française : car la littérature allemande a encore ses provinces, et le même esprit ne règne pas en Prusse et en Autriche, en Souabe et sur les bords du Rhin. L'Autriche a donné à l'Allemagne deux grands poètes, le poète dramatique Grillparzer et le poète lyrique Lenau. M. Ehrhard a écrit sur Grillparzer un beau livre, qui a été traduit en allemand. Lenau a été l'objet de deux thèses de doctorat, celles de M. Roustan et de M. Reynaud, l'une plus biographique, l'autre plus philosophique, l'une et l'autre très étudiées et très approfondies en leur genre. Précédemment, André Theuriet s'était occupé de Lenau; il avait même accompagné son étude d'élégantes traductions en prose et en vers. Aussi l'objet des pages suivantes n'est pas de revenir sur ce qui a été dit du génie poétique de Lenau, mais seulement de jeter quelque lumière sur un des derniers épisodes de sa vie, ses relations avec Sophie

Lœwenthal, qui furent sinon la cause, ou l'une des causes, du moins le prélude de sa folie[1].

Une partie des Lettres à Sophie avait déjà été insérée dans la copieuse et un peu confuse biographie de Lenau, faite par son beau-frère Antoine Schurz, et publiée en 1858. Plus tard, en 1891, le poète médecin Frankl retira des papiers de Sophie une série de billets que Lenau adressait à son amie après une visite ou une promenade, ou le matin au réveil, ou la nuit aux heures d'insomnie, ou encore en voyage, des billets qu'il lui remettait selon l'occasion, et auxquels elle répondait de même. C'est une sorte de conversation à distance, à laquelle il ne manque que les réponses, un journal intime dans lequel le poète déverse, avec une entière sincérité, toute sa passion et toute son amertume. Mais les deux publications, même celle de Frankl, offraient des lacunes. Le professeur Édouard Castle a donné enfin un texte complet des confidences de Lenau; il y a joint des extraits d'un journal que Sophie rédigea pendant deux années de sa jeunesse. Nous avons, de plus, l'unique ouvrage de Sophie Lœwenthal, son roman, qui

1. *Lenau und die Familie Löwenthal, Briefe und Gespräche, Gedichte und Entwürfe, mit Bewilligung des Freiherrn Arthur von Löwenthal; Ausgabe, Einleitung und Anmerkungen von Prof. Dr. Eduard Castle; Leipzig, 1906. — Mesalliirt, Erzählung aus dem Nachlass von Sophie Löwenthal-Kleyle, mit Bewilligung des Freiherrn Arthur von Löwenthal herausgegeben von Prof. Dr. Eduard Castle; Leipzig, 1906.*

jusqu'ici était resté inédit, et qui donne la mesure de son goût littéraire. Nous savons donc, sur son esprit et son caractère, et sur ses relations avec Lenau, tout ce que nous saurons jamais; mais ce que nous savons suffit pour nous faire voir ce qui se passait dans l'âme du pauvre poète, pendant ces années de martyre où sombra son intelligence.

I

Au mois d'octobre 1833, Lenau revenait à Vienne, où il avait fait une partie de ses études. Jusque-là, selon sa propre expression, c'était « le démon de l'inconstance » qui avait déterminé sa carrière. Né à Csatad, en terre hongroise; mais de parents allemands, il avait vécu tour à tour à Pesth, à Tokay, à Vienne, à Presbourg, selon les besoins de sa famille, qui était pauvre; et il s'était occupé sucessivement de philosophie, de droit, de médecine, même d'agronomie, sans fixer son esprit sur aucune étude spéciale. Puis il s'était affilié à la petite école poétique de Souabe, dont le siège principal était à Stuttgart; il avait trouvé là une revue, le *Morgenblatt*, et un éditeur, Cotta. Après un voyage en Amérique, où il avait laissé ses dernières illusions et même une partie de sa fortune, il s'était encore une fois arrêté à Stuttgart, où l'attachaient désormais de vives admirations et de chaudes amitiés. Enfin, toujours poussé par le même démon, il revenait à Vienne, son autre patrie littéraire, précédé cette fois d'une réputation qui s'étendait peu à peu sur toutes les régions de l'Allemagne.

Lenau avait trente et un ans. Il venait de publier son premier volume de poésies chez Cotta. Il s'occupait de la composition de *Faust*; il entrait dans sa période de maturité féconde. Frankl, un des hommes qui l'ont le mieux connu, trace de lui le portrait suivant : « Lenau était petit et trapu; il avait la démarche lente, presque paresseuse, et la tête penchée en avant, comme s'il eût cherché quelque chose par terre. Tous ses traits avaient un air de noblesse. Le front était pâle, large et haut, encadré de cheveux bruns, peu abondants, collés aux tempes. Dans les moments d'émotion, on pouvait voir une veine irritée courir de haut en bas sur ce front. Ses grands yeux bruns, sous l'empire de la passion, brillaient d'un feu sombre, puis, soudain apaisés, s'arrêtaient mollement sur celui avec lequel il s'entretenait de questions sérieuses concernant l'art et la vie. La bouche, largement fendue, plutôt sensuelle que noble, était ombragée d'une moustache; il fallait que le menton fût toujours « lisse comme du velours ». Le nez, qui tombait droit sur la bouche, était d'un beau dessin. Le vêtement était toujours simple et correct. Lenau n'éprouvait pas le besoin de parler, comme

c'est souvent le cas chez les gens d'esprit capables
de donner à leurs idées un tour artistique. Mais
lorsqu'il était entraîné par un sujet qui le passion-
nait, il pouvait parler longuement, non sans
énoncer de grandes pensées. La voix était alors
lente et claire, les images frappantes, le tour
original et incisif. Il aimait à faire des pauses,
quand il développait une idée, et des bouffées de
fumée s'échappaient de ses lèvres, avant qu'il
reprît son discours. Alors il accompagnait ses
paroles d'un singulier mouvement des sourcils, qui
se relevaient et se contractaient, et il roulait des
yeux, comme s'il voulait, par cette mimique,
souligner l'importance de ce qu'il disait. Il parlait
un pur allemand, sans accent hongrois ni dialecte
autrichien [1]. »

Ce portrait, quoique tracé par une main amie et
par une main de poète, s'embellirait encore si
l'on interrogeait les femmes qui ont connu Lenau
à Stuttgart. « Le cœur me battait, dit l'une d'elles,
comme dans l'attente des joies de la veille de Noël,
lorsque j'entrai dans le salon où devait paraître
Lenau. La maîtresse de maison me mena au-devant
de lui, et je levai timidement les yeux sur cette
belle tête, sur ce visage expressif. » Elle parle
ensuite de « ce front noble, presque royal », que
sillonnent les rides de la pensée et de la passion,

---

1. *Zur Biographie Nikolaus Lenau's*, Vienne, 1885, p. 8.

de ces yeux « dont elle a senti le regard jusqu'au fond de l'âme », de ce qu'il y a dans tout l'être à la fois de doux et de puissant[1]. Schwab assurait que ses propres poésies lui plaisaient mieux quand elles étaient récitées par Lenau. Justinus Kerner et Karl Mayer le consultaient et lui soumettaient leurs œuvres. Seul Uhland, l'écrivain le plus distingué de l'école, esprit ferme, lucide et pondéré, se tenait un peu à l'écart ; tout en reconnaissant le génie de Lenau, il était choqué de ses airs fantasques et des soubresauts de son humeur capricieuse.

Le rendez-vous ordinaire du monde littéraire était la maison Hartmann-Reinbeck. Le conseiller Hartmann était un personnage considérable dans la ville ; il joignait la distinction de l'homme de cour à la bonhomie proverbiale du Souabe ; il garda jusque dans l'extrême vieillesse la lucidité de son esprit et l'affabilité de ses manières. Il avait reçu la visite de Gœthe, de Jean-Paul, de Schelling, de Tieck. L'aînée de ses quatre filles, Émilie, avait épousé Georges de Reinbeck, un veuf qui avait près de trente ans de plus qu'elle. Reinbeck était originaire de Berlin ; il avait d'abord enseigné l'allemand et l'anglais à l'École supérieure et au Corps des pages de Saint-Pétersbourg, et, à son retour de Russie, il avait été nommé professeur au

---

1. Emma Niendorf, *Lenau in Schwaben*, Leipzig, 1857, p. 27.

gymnase de Stuttgart; il dirigeait le *Morgenblatt*
avec le poète Haug. Ce qu'on remarquait le plus en
lui, c'était la correction inaltérable de sa tenue, qui
le rendait presque ridicule. Il avait de grandes
ambitions littéraires, et il a rempli des volumes
avec ses drames, ses nouvelles, ses récits de voyage,
qu'on ne lisait déjà pas beaucoup de son temps, et
qu'on ne lit plus aujourd'hui. Sa femme, en qui
revivait la simplicité paternelle, lui était supérieure, quoiqu'elle n'ait jamais écrit que des
lettres. « Tous ces gens, écrivait Lenau à son
beau-frère Schurz, vivent ensemble dans une même
maison, qu'ils ont bâtie pour eux, et l'on ne
saurait imaginer quelque chose de plus aimable et
de plus intime que cette vie commune. »

Émilie de Reinbeck était la plus sage de toutes
ces femmes empressées autour du poète, que
l'on savait tourmenté d'inquiétudes chimériques
et de maux réels. Elle était aussi la plus cultivée: elle avait du talent pour la peinture; elle
partageait les promenades de Lenau, et souvent
ils considéraient ensemble le même paysage, que
chacun reproduisait à sa manière, l'un avec la
plume, l'autre avec le pinceau. Émilie n'avait pas
d'enfants; elle avait huit ans de plus que Lenau, et
elle lui voua une amitié qu'elle compare elle-même
à l'amour d'une mère. « Tu sais, écrit-elle à Emma
Niendorf, que c'est devenu un besoin pour mon
pauvre cœur de consacrer à notre ami tout l'amour

et toute la sollicitude que j'aurais voués à un enfant, si le ciel ne m'avait refusé ce bonheur. » Et ailleurs : « Dieu sait que sa santé physique et morale me tient à cœur, à tel point que je la lui assurerais volontiers par le sacrifice de ma vie[1]. » Elle disait vrai. Ce sera Émilie de Reinbeck qui, plus tard, au détriment de sa propre santé et même au péril de sa vie, gardera le poète malade dans sa maison, jusqu'au jour où ses soins seront devenus impuissants.

II

Lenau, pendant les séjours plus ou moins longs qu'il faisait à Vienne, ne pouvait manquer d'être un hôte assidu du *Café d'Argent*, où se rencontrait tout ce qui avait un nom dans les lettres et dans les arts. Là, dit Frankl, se faisaient et se défaisaient les réputations; les débutants se mettaient sous l'œil des maîtres; les œuvres manuscrites recevaient leur passeport pour l'imprimeur. On causait poésie, peinture et musique; on se plaignait de la censure; on parlait même politique à voix basse. Deux salles étaient réservées aux habitués; ils trouvèrent un jour l'installation mesquine et voulurent se transporter ailleurs; le garçon leur

---

1. *Lenau in Schwaben*, p. 159 et 50.

fit observer qu'ils ne pouvaient quitter un lieu où ils avaient journellement la perspective d'une couronne de laurier : cette enseigne décorait, en effet, une boutique en face. Aux écrivains de profession se mêlaient des dilettantes, des grands seigneurs qui s'autorisaient de leur commerce avec les poètes pour faire eux-mêmes de la prose médiocre ou de mauvais vers, des fonctionnaires qui, selon l'expression de Platen, passaient leur matinée dans une chancellerie et le soir allaient faire un tour sur l'Hélicon. C'est probablement au Café d'Argent que Lenau se lia d'amitié avec Max Lœwenthal, qui l'introduisit auprès de sa femme, « l'irrésistible » Sophie.

Le père de Sophie, François-Joachim Kleyle, un Badois, après avoir terminé ses études juridiques à Vienne, s'était fait attacher à la maison de l'archiduc Charles, l'adversaire parfois heureux de Napoléon. Il était même entré si bien dans la confiance de l'archiduc, que celui-ci lui dictait ses Souvenirs militaires. Il fut nommé conseiller aulique et enfin élevé à la dignité héréditaire de chevalier. Sans avoir une fortune considérable, il tenait son rang dans l'aristocratie viennoise, toujours friande de fêtes et de divertissements. Il eut trois fils et cinq filles. On dit qu'il réunissait plusieurs fois par semaine ses filles pour leur faire des conférences sur l'histoire et les sciences naturelles. En même temps, la mère, personne toute pratique et

très économe, les dressait aux soins du ménage.
Sophie raconte dans son Journal que, dans un
dîner, ce fut elle qui alla chercher le vin à la cave,
prépara le café et se leva plusieurs fois de table
pour assurer le service. En été, la famille se transportait à Penzing, aux environs de Vienne, où
Kleyle avait une maison de campagne.

Dans le salon de sa mère, c'était Sophie qui
attirait d'abord l'attention. Elle était plus gracieuse
que belle. Elle avait la taille bien prise, des traits
un peu lourds, des cheveux bruns qu'elle arran-
geait en bandeaux, des yeux bleus, vifs et intel-
ligents. Elle parlait bien le français, ce qui était
l'ordinaire dans le grand monde viennois, et, ce qui
était moins commun, elle écrivait bien l'allemand.
Elle avait complété son instruction par des lectures; elle avait du goût pour la poésie et la
musique, et elle peignait des fleurs. Elle se mêlait
volontiers aux conversations des hommes, et abor-
dait alors les sujets les plus sérieux, sans affectation
comme sans fausse honte. Elle aimait à recevoir
des hommages, tout en sachant, avec une certaine
grâce ironique, tenir les adorateurs à distance.
Sensée avant tout, et même un peu raisonneuse,
elle n'était pas incapable d'un mouvement passionné ou d'un élan d'enthousiasme, mais elle
reprenait vite son empire sur elle-même. Elle eut,
dans sa jeunesse, ce qu'on a appelé une passion, ce
qui fut plutôt une amourette, à en juger par la

manière dont elle en parle dans son Journal. Ce qu'on sait maintenant de ce court épisode de sa vie, jette même un singulier jour sur son caractère.

Sophie avait quinze ans lorsqu'elle s'enflamma pour Louis Kœchel, précepteur des enfants du comte Grunne, qui était aide de camp de l'archiduc Charles. Kœchel était un homme instruit et un esprit original, botaniste distingué, en même temps que grand connaisseur en musique. Il avait donné à plusieurs reprises des marques d'attention à Sophie, et elle s'y était montrée sensible. Un jour, après une soirée passée au théâtre, elle écrit : « J'étais persuadée que Kœchel viendrait dans notre loge, et il vint en effet à la fin de la première pièce, une comédie insignifiante. Il était si gai, si aimable, qu'il m'en resta une impression agréable pour toute la soirée. A la sortie, comme nous regagnions notre voiture, il marcha à côté de moi et fut si animé que je lui demandai ce qui lui était arrivé d'heureux. « Que peut-il m'arriver de plus « heureux, dit-il, que d'avoir passé une soirée en « votre société? » Ma mère m'appela : il s'inclina, avec une telle expression de joie sur sa figure, que je restai quelques instants à le regarder avant de pouvoir lui répondre. »

Elle a cependant des doutes qui la tourmentent. Est-ce bien à elle, ou n'est-ce pas plutôt à sa sœur aînée que vont les préférences de Kœchel? « Si j'étais seulement sûre qu'il m'aime, que je lui suis

chère! Il est vrai qu'il m'a quelquefois serré la
main, qu'il m'a lancé des regards passionnés, mais
il ne s'est jamais expliqué. O ciel! donne-moi un
signe qu'il m'aime, que je puis espérer; sinon,
fais-moi savoir le contraire, et je me détacherai
coûte que coûte, j'entrerai en lutte avec mon
cœur, et dans cette lutte je triompherai, je sens
que j'en ai la force. »

Ce qu'elle craint le plus, c'est d'être méconnue,
ou négligée, ou même quittée. Kœchel, dans une
lettre intime qui est communiquée à Sophie, l'appelle un jour, d'un mot français, « la jolie maligne »,
un mot qui pouvait être un compliment, et dans
lequel elle voit une injure. « Me prend-il pour une
poupée, écrit-elle, pour un jouet, l'amusement d'un
instant?... Malheur à la pauvre femme qui a pu
s'attacher à un bonhomme de neige comme lui,
qui a pu croire qu'un convive de pierre au festin
de la vie pouvait éprouver un sentiment humain!
Ainsi, moi aussi je me suis laissé prendre? C'est
délicieux! Mais grâces soient rendues au Créateur,
qui a donné à la plus faible de ses créatures une
force pour se délivrer! L'orgueil féminin, c'est
l'aile qui me portera désormais. Les natures molles
succombent, désespèrent, aiment éternellement et
infiniment, et deviennent un objet de risée. Je
veux être payée de retour, être aimée, ou du moins
estimée. S'il ne peut m'aimer, il faudra qu'il m'estime. Oh! comme cela bouillonne en moi! Patience,

ma fille, il faut dormir là-dessus, réfléchir, et prendre ensuite une résolution avec un esprit tranquille. » Elle prit le parti de s'ouvrir à sa mère, qui lui représenta que Kœchel était un parfait ami, mais « qu'elle était trop belle pour lui et qu'elle méritait mieux ».

Dans ses moments d'anxiété, où elle doutait de son ami, où elle s'effarouchait dans son « orgueil féminin », elle avait des accès de pessimisme, qui la disposaient par avance à goûter la poésie de Lenau. « J'ai quinze ans, écrit-elle au mois de mai 1826. J'ai de bons et nobles parents, des frères et sœurs que j'aime et dont je suis aimée, et un ami qui m'est cher. Je mène une vie fort agréable; mon temps est partagé entre le travail et le repos, entre les soins du ménage et le culte des arts. Dieu m'a donné un esprit capable de penser, un cœur sensible à ce qui est beau et bon. Je jouis sans trouble du pur et magnifique spectacle de la nature. Je respire l'air vivifiant de la campagne, et j'ai pour demeure la plus gentille cellule de l'univers. J'ai pour compagne une sœur qui est comme un autre moi-même. Je n'ai aucun gros péché sur la conscience. Et pourtant je me sens souvent très malheureuse. D'où cela vient-il? Je ne sais. Je pourrais rester des heures entières, le regard fixé devant moi, indifférente à tout ce qui se passe autour de moi, et pleurer. Alors j'aspire au tombeau; je me dis qu'il doit être doux de dormir sous

la froide terre, et il me prend envie de descendre
tout de suite dans ma chambrette obscure, loin de
tout l'éclat qui brille sous le ciel. »

Après la confidence que Sophie a faite à sa mère,
les notes de son Journal deviennent plus rares.
Kœchel se tient à distance. Il est probable que la
conseillère lui a parlé ou lui a fait parler. Mais
Sophie attribue sa réserve à l'indifférence, à la
froideur. Ne l'a-t-elle pas déjà comparé à un bonhomme de neige? « Kœchel est un homme excellent, cultivé, spirituel, mais il manque de cœur.
Il peut être là toute une soirée sans s'approcher
de moi, sans me parler. Je suis certainement, de
toutes les personnes présentes, la dernière avec
laquelle il se montre aimable. Quand nous sommes
seuls, il est tout amour. Il suffit de la présence
d'une tierce personne pour qu'il soit tout de glace.
On dirait qu'il a honte de moi, qu'il craint de
laisser voir aux gens ce qu'il est pour moi. Est-ce
bien? Cela peut-il me faire plaisir? » Cela pourrait
lui faire plaisir, si elle tenait uniquement à être
aimée, comme elle ne cesse de le prétendre. Mais
elle s'aveugle sur elle-même; elle confond les
besoins de son cœur avec les satisfactions de sa
vanité. Si elle pouvait regarder au fond de son
âme, elle verrait se dénouer insensiblement des
liens qui lui pèsent par moments sans qu'elle s'en
aperçoive.

Elle recule cependant devant le pas décisif. « So

quitter est une triste chose. Je cherche dans tous
les recoins de mon cœur mon esprit léger, ma philosophie : c'est en vain. Je dispute contre ma raison,
qui m'abandonne honteusement : tout est inutile.
J'ai éprouvé toute ma vie une horreur indicible,
une crainte de mort devant ce mot : se séparer, se
dire adieu. » La crainte de l'adieu définitif, alors
même qu'intérieurement on s'est déjà quitté,
devient chez elle un trait de caractère, et nous
expliquera le long tourment qu'elle infligera plus
tard à Lenau, et dont elle ne pourra s'empêcher de
ressentir le contre-coup.

Elle écrit enfin à Kœchel une lettre qu'elle-même
qualifie de très dure : « Puisque vous me le deman-
dez, et que moi-même je le trouve nécessaire, je
vous répéterai mot pour mot, aussi bien que je
pourrai, ce qu'a dit mon père. Si ces paroles vous
chagrinent, comme je n'en doute nullement, si
elles vous paraissent dures, peut-être même
étranges, songez que je ne fais qu'écrire ce que le
plus doux, le plus sage, le plus juste des pères a
dit à sa fille qu'il aime, dans une heure du plus
intime abandon. » Elle énumère ensuite les griefs
de son père contre Kœchel et contre elle-même. Ils
ont agi comme deux étourdis, mais Kœchel est le
plus coupable. Qu'a-t-il à offrir à la femme qu'il
épousera ? A-t-il jamais rien fait pour se créer une
situation dans le monde ? Il est intelligent et
capable ; il n'a donc pas à s'inquiéter pour lui-

même. Mais quand on vit au jour le jour, quand on
attend tout du hasard, on a tort d'attirer dans sa
vie une autre personne et de « troubler la paix
d'une famille honorable pour une amourette vulgaire ».

Deux ans après, au mois de mai 1829, Sophie
Kleyle épousa Max Lœwenthal. Elle allait avoir
dix-neuf ans, Max en avait trente. Elle l'avait
d'abord refusé, mais elle finit par l'accepter sur
les instances de ses parents; elle n'avait point de
dot. Max Lœwenthal devait faire bientôt une brillante carrière administrative; il devint conseiller
ministériel et directeur général des Postes et Télé-
graphes. Pour le moment, il rêvait la gloire poétique. Il avait fait jouer, dès 1822, sur le théâtre
de Prague, une comédie imitée de l'anglais; puis il
avait publié, en plusieurs séries, ses impressions de
voyage en France, en Angleterre, en Allemagne,
en Italie et en Suisse; il avait écrit un drame intitulé *les Calédoniens*, dans le goût d'Ossian; enfin
il recueillait ses poésies lyriques, éparses dans
les revues, pour les faire paraître en volume. Plus
tard d'autres ouvrages, lyriques ou dramatiques,
devaient encore sortir de sa plume. Lœwenthal
était un de ces amateurs qui allaient, au Café
d'Argent, respirer l'air des poètes; au reste, un
galant homme, très bien vu dans la société viennoise. Pourquoi Sophie le refusa-t-elle d'abord?
On a pensé que c'était un dernier sacrifice qu'elle

faisait au souvenir de Kœchel. Peut-être ne faut-il chercher la cause de son refus que dans certaines idées romanesques qu'elle s'était faites sur le mariage. Dans un cahier où elle prenait des extraits de ses lectures, quelquefois en les commentant et en les expliquant, on lit : « Le mariage, une situation faite pour la vie, qui ne changera jamais, au milieu des changements incessants de la nature humaine et des choses; la nécessité de vivre dans le même lieu avec un autre; l'obligation de mettre au monde des enfants... Les jeunes filles doivent avoir plus de répugnance pour le mariage que les hommes. » Et elle ajoute : « C'est précisément ce qu'il y a de lamentable, que des natures nobles soient obligées de donner leur cœur à des hommes médiocres, parce qu'aucun autre n'est là. »

En pareil cas, l'autre arrive toujours.

III

Les premières impressions de Lenau, lorsqu'il fut introduit dans la famille Kleyle-Lœwenthal, ne furent pas de tout point favorables. Le 20 septembre 1834, il écrit à Émilie de Reinbeck : « Mercredi prochain, je suis invité à Penzing, où il me sera donné de voir en plein jour la fameuse *Irrésistible*. Naguère ce bonheur ne m'était échu qu'à la lumière douteuse du soir. Mme la conseillère, la mère de l'Irrésistible, est une femme d'humeur gaie. Le ton de toute la famille est celui de gens assez cultivés, mais, à ce qui me semble, portés de préférence vers la jouissance légère et mondaine. La femme de Lœwenthal me paraît en somme le membre le plus intéressant de cette très nombreuse maisonnée. Je crois que je me tiendrai à l'écart[1]. » Deux jours après, il écrit à son beau-frère Schurz : « Mercredi j'ai dîné à Penzing chez Max. Lui et sa femme me sont très dévoués. Des gens excellents, distingués. Le dimanche d'après, j'ai fait avec eux une promenade à Nussdorf. Beau clair de lune; navigation sur le Danube; gai souper sur le balcon; rentrée à minuit. Cela n'était pas mal. Mais, mon chère frère, l'hypocondrie pousse en moi des racines de plus en plus profondes. Rien n'y fait. Je sens en moi comme une déchirure qui s'élargit sans cesse. »

Il continue cependant ses visites; il ne parle plus de « se tenir à l'écart »; il trouve même dans les soirées musicales de Penzing un apaisement pour son cœur inquiet : « J'ai passé quelques soirées agréables chez Lœwenthal et Kleyle, écrit-il à Émilie le 21 octobre. Un certain Mikschik a joué des morceaux de Beethoven avec une profondeur et une énergie rares. Je suis bien vu dans la mai-

---

1. Schlossar, *Nikolaus Lenaus Briefe an Emilie von Reinbeck und deren Gatten Georg von Reinbeck*, Stuttgart, 1896.

son, et les membres de cette nombreuse famille paraissent plus aimables à mesure qu'on les connaît davantage. Quant à l'*irrésistibilité*, il n'y a pas de danger. »

Il parle trop de l'Irrésistible pour ne pas sentir déjà l'effet de sa puissance. Au mois de mai 1835, il s'établit à Hutteldorf, tout près de Penzing, pour terminer le *Faust*. Ses visites deviennent plus fréquentes, et il va sans dire que Sophie en est l'attrait principal. Enfin, après avoir passé l'hiver à Stuttgart, où le retenait l'impression de son poème, il revient en Autriche, et cette fois il demeure à Penzing même. Aux yeux de Sophie, il est surtout, à ce moment-là, un esprit supérieur, un maître en poésie, et même en musique et en peinture, car il lui a donné des leçons de guitare, et il lui a fait, dans une lettre, une dissertation en forme sur la peinture de fleurs. Elle consentirait même à le voir toujours ainsi; elle lui prêche la modération, le renoncement; elle lui rappelle la différence de leur âge, quoique Lenau fût plus jeune que Loewenthal. « Mes traits vieillissants te gênent, dit-il dans un des premiers billets. Tu ne veux pas te l'avouer à toi-même, mais c'est ainsi. Tu y reviens à chaque occasion. Mon esprit n'est pas capable de te fermer les yeux sur mon corps. C'est actuellement, comme je te l'ai dit, mon dernier rayon de soleil. Après cela, mon cœur aura sonné le couvre-feu. Ce n'est pas délicat de ta part de me faire sentir constamment avec quelle générosité tu consens à oublier mon âge. Je suis plus vieux que mes années [1]. Les passions ont rongé ma vie, et ma dernière passion plus que les autres. Mais ce n'est pas toi qui devrais m'en faire souvenir. Tu m'as fait rentrer en moi-même, et je ne sais si mon cœur osera encore s'ouvrir à toi avec la même confiance. Je t'aimerai éternellement, mais j'enfermerai mon amour dans ma *solitude automnale.* »

Il faut croire que Sophie a changé d'attitude et qu'elle a pris à tâche de ménager la sensibilité ombrageuse du poëte, car les billets suivants sont pleins d'un abandon sans réserve. Lenau, toujours poussé d'un lieu à un autre, est allé passer les mois chauds dans les Alpes autrichiennes. Il a commencé le *Savonarole*, sans que le travail avance beaucoup. La mélancolie, cette compagne fidèle de sa vie, ne l'a pas quitté. « Voici bientôt venir l'heure de notre promenade habituelle. Pense à moi, quand tu arriveras près de notre banc. Je voudrais un jour avoir cette planche pour mon cercueil. O chère Sophie ! Il est sept heures, et l'obscurité se fait dans cette hutte alpestre. J'aurai ici de longues nuits. Que n'es-tu là ! Je suis très triste. » Et quelques jours après : « Je ne pourrai plus rester longtemps ici. Quoique le séjour soit aussi tranquille, aussi poétique que je puis le désirer, il vient une heure,

---

1. Lenau avait trente-quatre ans.

vers le soir, où rien ne me satisfait plus, où je ne demande qu'à être auprès de toi. Quand je me promène dans ces belles régions montagneuses, et que je me perds dans leur aspect, ma pensée se reporte brusquement vers toi, et je me dis : « Que serait-ce de vivre ici avec toi ! »

Au mois d'août, il est de retour à Vienne. Va-t-il y trouver le bonheur? Il y trouve bien Sophie, qui lui tend la main comme autrefois; mais à côté de Sophie il y a Max, qui est son ami et qu'il ne veut pas trahir, et les parents, à qui sa conduite semble parfois étrange. Alors son imagination s'exalte. Plus il se sent à l'étroit dans la réalité, plus il s'élance d'un bond hardi dans le rêve. L'amour n'est-il donc fait que pour ce monde? est-il même fait réellement pour ce monde? « Tu as raison, écrit-il en janvier 1837, notre amour est un pacte pour l'éternité. Aussi longtemps que mon cœur ne sera pas desséché, ne sera pas mort, je t'aimerai; et aussi longtemps que mon esprit ne sera pas éteint, je garderai ton souvenir. Le dernier effort de ma sensibilité, le dernier crépuscule de ma pensée ira vers toi, ô mon unique et incompréhensible amour! Si les hommes savaient comme nous sommes heureux dans notre amour, ils n'auraient pas le courage de nous gêner. Un tel bonheur leur apparaîtrait comme un visiteur étranger sur la terre : loin de le troubler, ils le traiteraient avec un respect religieux. Mais leur intelligence est fermée, et l'étrange

visiteur n'est pour eux qu'un aventurier bizarre.
Qu'ils gardent leur manière de voir, qui ne dépend
pas d'eux; et nous garderons notre bonheur, qui ne
dépend pas de nous non plus. Nous sommes saisis
par le courant : il faut que nous suivions, il faut. »
Et plus loin : « L'amour n'est pas fait seulement
pour la propagation de l'espèce, mais aussi et surtout pour la vie éternelle des individus. Puisque
l'un nous a été refusé, attachons-nous d'autant
plus fermement à l'autre. Tournons vers l'intérieur
toute la puissance de notre amour; trouvons en
nous-mêmes la plénitude du bonheur, et convenons
fidèlement du signe qui nous fera reconnaître un
jour l'un à l'autre et qui nous aidera à nous
retrouver. Je veux bien modérer un peu les éclats
de ma passion; je ne puis la dominer tout à fait. Je
navigue sur la haute mer, où l'on ne peut jeter
l'ancre. » Et encore : « Cette journée m'a appris
une fois de plus ce que tu es pour moi. Pourquoi
quelqu'un est-il venu troubler notre soirée? Ce malheureux trouble-fête aura beau toute sa vie
dépenser toute son amabilité pour moi, il ne pourra
jamais me rendre ce qu'il m'a dérobé aujourd'hui.
Crois-tu que je ne m'inquiète pas de voir glisser le
temps qui nous est donné? Je voudrais retenir
chaque instant et le caresser et le supplier de ne
pas passer aussi rapidement sur notre bonheur.
Mais le temps est une chose froide et sans âme.
Autrement il s'arrêterait, fixé dans un ravissement

de joie. Mais il fuit. Tu te couches, tu éteins ta
lumière, et tu fermes tes yeux, qui, une heure auparavant, se reposaient sur moi avec tendresse. Et
pourquoi si vite ? Il faut que l'éternité soit belle au
delà de toute expression ; autrement, il ne vaudrait
pas la peine de courir au-devant d'elle, loin de nos
courtes joies, comme celle d'aujourd'hui. Pour le
moment, je ne puis me représenter le ciel autrement
que comme un séjour où tout ce qui est ici incer-
tain et fugitif deviendra sûr et durable. »

L'âme tendre et molle de Lenau se transforme
sous la secousse amoureuse qu'il éprouve. Une
religion nouvelle se greffe sur son amour. Le scep-
tique devient un croyant ; le pessimiste a des visions
de bonheur. Tout ce qui végète et souffre doit un
jour s'épanouir dans la joie : autrement l'amour
éternel serait un leurre. « J'ai trouvé auprès de toi
plus de garanties d'une vie éternelle que dans
toutes les observations que j'ai pu faire sur le
monde. Lorsque, dans une heure fortunée, je
croyais avoir atteint le point culminant de l'amour
et n'avoir plus qu'à mourir, puisque rien de plus
beau ne pouvait suivre, je me faisais illusion à
moi-même : chaque fois il venait encore une heure
plus belle, où mon amour pour toi s'élevait encore.
Ces abîmes de la vie, toujours nouveaux, toujours
plus profonds, me garantissent sa durée éternelle. »
Ces abîmes l'attirent ; il y plonge sans cesse des
regards éblouis ; il a, même en présence de Sophie,

des extases muettes. « Tu m'as souvent demandé :
« A quoi penses-tu maintenant? » Et précisément,
dans les moments où j'étais le plus heureux, je ne
pensais à rien du tout, mais j'étais absorbé dans
mon amour, comme on s'absorbe en Dieu dans la
prière. L'amour n'a point de paroles, parce qu'il
est supérieur à toute pensée... O Sophie, il faut
que tu m'aimes comme ton meilleur ouvrage. Mes
joies et mes espérances, qui étaient mortes, se sont
relevées en s'appuyant sur toi ; elles ont pris une
vie nouvelle et plus belle. Tu es ma consolation, le
foyer où je me réchauffe. Tu es ma révélation ; je te
dois ma réconciliation avec ce monde-ci et ma paix
dans l'autre. » Sa religion, déclare-t-il, est devenue
inséparable de son amour. Il ne peut penser à
Sophie sans penser à Dieu.

Il croit maintenant à un Dieu personnel. « Il est
impossible que les forces rigides et insensibles de
la nature produisent un être tel que toi. Tu es
l'œuvre de prédilection d'un dieu personnel et
aimant. » Il se sent uni avec Dieu dans un même
amour pour l'humanité : c'est le dernier degré de
cette élévation mystique. « Je me suis réveillé
cette nuit avec de délicieuses pensées pour toi. La
volonté de Dieu sur nous m'est apparue tout d'un
coup, claire comme le soleil. Notre amour n'est
qu'une partie de son propre amour. » Et il ajoute
mystérieusement : « Je t'expliquerai cela un jour. »
Cette métaphysique de l'amour avait d'autant

plus besoin d'explication, qu'elle était d'un emploi
difficile dans la vie. Lenau répète à satiété qu'il
n'en veut qu'à l'âme de Sophie. Mais il n'avait pu
s'empêcher de remarquer que cette âme brillait
dans de beaux yeux, qu'elle mettait la grâce du
sourire sur la bouche, et qu'elle répandait un
charme sur tous les traits. Sa part dans la personne
de Sophie était assurément la plus belle, mais pourquoi n'était-ce qu'une part? « Ce serait pécher
contre ton âme que de ne pouvoir me passer de ton
corps, et pourtant ton corps est si beau et si plein
d'âme en toutes ses parties, que je ne puis m'empêcher de penser que ton âme me serait plus intimement unie si ton corps m'appartenait aussi. » Cette
idée le hante au milieu de ses plus pures effusions
mystiques; elle trouble ses nuits. La sensualité est
la pente dangereuse du mysticisme. « Je viens
d'avoir encore une nuit agitée. Je me suis réveillé
en sursaut, avec la sensation que je t'avais tout
près de moi; je croyais te tenir dans mes bras, et je
restai longtemps sans savoir où j'étais, sans savoir
que j'étais seul. »

A de certains moments, il se rend bien compte
de ce qui se passe en lui et du mensonge perpé-
tuel dans lequel il vit. Il compare un jour Sophie
à George Sand, il la trouve même plus grande que
George Sand. On ne peut s'empêcher de le comparer lui-même, dans le dédale de sa fièvre amoureuse, à Alfred de Musset. Ils voulurent l'un et

l'autre faire entrer la poésie dans la vie ; ils furent brisés l'un et l'autre. « Mon sort, dit Lenau, est de ne pas tenir séparées la sphère de la poésie et la sphère de la vie réelle, mais de les laisser s'entrecroiser et se confondre. Étant habitué, dans la poésie, à m'abandonner aux élans de mon imagination, j'en use de même avec la vie, et il arrive que, dans des moments d'oubli, cette faculté que j'ai trop cultivée s'emporte, dévaste tout, détruit elle-même ses plus belles créations. Je suis, en général, un mauvais économe ; j'ai aussi, dans l'économie de mes facultés intellectuelles, trop peu d'ordre et de mesure. Tu as raison de dire : « Il n'y « a rien à faire avec ces poètes. » Je suis un mélancolique ; la boussole de mon âme retourne toujours, dans ses oscillations, vers la douleur de la vie. Je crois que la religion et l'amour ne peuvent me servir qu'à transfigurer cette douleur. »

Il est sans cesse ballotté entre la joie de ce qu'il a obtenu, l'attente fiévreuse de ce qu'il désire encore, et le regret de ce qu'il craint de n'obtenir jamais. « C'est ainsi que l'amour me pousse d'une furie à l'autre, des enivrements de la joie aux abattements du désespoir. Pourquoi? C'est qu'à peine arrivé au but de la volupté suprême, si longtemps et si ardemment désirée, il me faut retourner en arrière. Mon désir, n'étant jamais satisfait, s'égare et s'exaspère, et se tourne en désespoir. Ma tendresse pour toi est si profonde, que je ne veux pas t'enfoncer dans le cœur l'épine du repentir, et mon amour, éternellement en lutte avec lui-même, éternellement occupé à se diminuer et à se tourmenter, se déchire lui-même et devient une souffrance dont, en de mauvais moments, je souhaite d'être délivré à jamais. Voilà l'histoire de mon cœur. »

On a voulu savoir jusqu'à quel point Sophie avait résisté, ou cédé, aux ardeurs pressantes du poète. Frankl rapporte que Lenau déclara solennellement au théologien Martensen, en 1836, que ses relations avec Sophie Lœwenthal étaient absolument pures. Ce qui était vrai en 1836, le fut-il encore les années suivantes? Frankl n'hésite pas à appeler l'amour de Lenau pour Sophie « un amour idéal ». Mais ce qui rend son témoignage suspect, c'est qu'il a cru devoir supprimer, dans son édition, un assez grand nombre de passages qui pouvaient donner lieu à une interprétation contraire, et que le professeur Castle a rétablis. On est déjà un peu étonné de lire, à la date du 21 novembre 1837 : « Je suis comme toi. Que puis-je écrire? Après une telle tempête de joie, agiter de faibles paroles, que serait-ce? Mais conserve ce feuillet, afin que, dans une heure à venir, dans une heure lointaine, il te rappelle une heure passée, qui fut belle. Elle est passée. Ce fut une apparition divine. Mon cœur en tremble encore. Mon amour pour toi est inexprimable. N'oublie pas cette heure. Elle compense mille fois tout ce que nous avons souffert. Si tu n'as pu être entièrément à moi, j'ai cependant obtenu de toi plus que mes plus beaux rêves ne me laissaient espérer. Que tu es riche! Que ne peux-tu pas donner, puisque tu conserves encore autant! » Mais, en tournant quelques feuillets, on trouve le billet suivant : « Ma main tremble et mon cœur bat, au souvenir de tes derniers baisers. J'ai baisé ton lit, pendant que tu étais partie, et j'aurais voulu rester là, agenouillé. Le lieu où tu dors a quelque chose de si douloureusement doux; c'est comme le tombeau de nos nuits, de nos chères nuits à jamais passées. O Sophie, ce que nous nous permettons, nos baisers s'évanouiront aussi; mais cependant nous les avons eus, et ils se sont imprimés dans nos âmes pour toujours[1]... » C'est après ces rares moments que le pauvre poète regrettait avec plus d'amertume de devoir « porter son bonheur sous le manteau », quand il aurait voulu l'étaler à la claire lumière du soleil.

1. Ce billet manque dans l'édition de Frankl; il en est de même des passages suivants : « *Wenn ich an deinem Herzen liege, möchte ich manchmal übermütig werden und das Schicksal herausfordern* (3 décembre 1836); *Als ich gestern von dir schied, blieb meine Seele dir am Halse hangen und küsste dich fort und fort* (mars 1837?); *Mir liegt noch dein Kuss auf den Lippen* (11 juin 1837); *Du musst mich noch recht oft küssen und sagen : Lieber Niembsch!* (15 juin 1837); *In deinen Küssen ist alle Frische des ewigen Morgens* (8 février 1838); *Gute Nacht, du Heissverlangte! Nun, noch nicht gute Nacht. Wache noch und lass dich tausendmal von mir küssen. Meine Gedanken brennen mir das Herz durch. Du hast mich, du hast mich* (7 mai 1841); *Ich bringe dir ein volles Herz mit, und du musst mich oft küssen, o! — Sophie! ich kann nicht schlafen heute nacht — o komm, komm; ich lösche das Licht aus — komm — mein Weib!*

Il essaya plusieurs fois de s'affranchir. Sophie ne lui venait pas en aide. Elle le calmait, aussi longtemps qu'elle le tenait sous son empire; elle le retenait, dès qu'il faisait mine de s'éloigner. Elle jouait avec l'amour, comme elle avait fait au temps de sa jeunesse, sans penser que cette fois-ci le jeu était plus dangereux. Le 24 juin 1839, Lenau eut l'occasion d'entendre, dans une soirée, la célèbre cantatrice Caroline Unger, qui donnait alors des représentations à Vienne. Rossini la définissait ainsi : « Ardeur du sud, énergie du nord, poitrine de bronze, voix d'argent, talent d'or. » Quel effet ne devait-elle pas produire sur l'âme vibrante de Lenau! Il fut emporté dans un délire d'enthousiasme. Dès le lendemain il écrivit à Sophie, qui était aux eaux d'Ischl : « Un sang tragique roule dans les veines de cette femme. Elle a déchaîné *un orage chantant de passion* sur mon cœur. Je reconnus aussitôt qu'une tempête me saisissait; je luttai, je me défendis contre la puissance de ses accents, ne voulant pas paraître tellement ému devant des étrangers. Ce fut en vain : j'étais bouleversé et ne pouvais me contenir. Je fus pris

mein ganzes Weib! (14 mai 1841); *O jener letzte Kuss beim Abschied unter deiner Dachtüre am frühen Morgen, ich fühl' ihn noch* (15 mai 1841); *Ich küsse dich durch und durch, ich nehme dich zu mir für diese Nacht, komm, legen wir uns nieder, komm, du Aller- süsseste* (19 mai 1841); *Ich liege an deinem Herzen, ich brenne auf deinen Lippen, mein Atem fliegt, es zittert mein ganzes Mark vor wollüstiger Sehnsucht, o du mein Weib* (8 juin 1841); etc.

alors, quand elle eut fini, d'une sorte de colère
contre cette femme qui m'avait subjugué, et je me
retirai dans l'embrasure d'une fenêtre. Mais elle
me suivit, et me montra avec modestie sa main qui
tremblait : elle-même avait frémi dans la tempête.
Cela me fit oublier mon ressentiment, car je vis,
ce que j'aurais dû penser d'abord, que quelque
chose de plus fort qu'elle et moi avait traversé son
cœur et le mien. »

Le voilà encore une fois en lutte avec « quelque
chose de plus fort que lui »; il ne résistera pas.
Cinq jours après, il entend la prima donna dans
le *Bélisaire* de Donizetti. « C'est une femme mer-
veilleuse. écrit-il. Jamais, depuis que j'ai descendu
ma mère dans la tombe, je n'ai tant sangloté. Ce
n'était pas son rôle qu'elle chantait, c'était tout
le destin tragique de l'humanité qui éclatait dans
ses cris de désespoir. Une douleur sans nom me
saisit. J'en tremble encore. » Il ne pouvait manquer de la complimenter. Elle, de son côté, lui
assura que l'effet qu'elle avait produit sur lui était
son plus beau triomphe. Les jours suivants, il
va la voir après le théâtre, il dîne chez elle, et il
trouve que la grande artiste est en même temps
une femme distinguée. « Elle est très aimable en
société, écrit-il à Sophie, et elle a des attentions
particulières pour moi : il faudra que tu la con-
naisses. »

Mais Sophie ne tenait pas à la connaître. A la

première lettre de Lenau, elle avait répondu qu'elle
était malade. Puis elle lui avait demandé de venir à
Ischl. Elle sentait que des hommages réciproques
entre un poète et une cantatrice n'en resteraient
pas là. Elle voyait se dresser encore une fois
devant elle ce mot qui l'effrayait déjà dans sa jeunesse
et lui inspirait « une indicible horreur » : l'adieu.
Déjà, en effet, Lenau lui avait écrit qu'un projet de
mariage était en train, que Caroline avait même
fait les premières avances, qu'elle voulait le guérir
— elle aussi, après tant d'autres femmes ! — de ses
humeurs noires, lui rendre la paix, le réconcilier
avec la vie; que c'était maintenant à elle, Sophie,
de montrer « de l'humanité », de ne pas entraver le
bonheur de deux êtres, et peut-être le sien propre.
Sophie engagea Lenau à remettre le mariage au
temps où Caroline serait libérée de ses engagements avec le théâtre, — pouvait-il, en effet, être
le mari d'une comédienne? — ensuite à vérifier sa
propre situation financière, car il ne voudrait pas
sans doute vivre aux dépens de sa femme. C'était
gagner du temps. Dans l'intervalle, on fouilla dans
la vie de la diva; on glosa même sur son âge. « Elle
avoue trente-cinq ans, est-il dit dans les *Notices* de
Max Lœwenthal; des gens bien informés lui en
donnent trente-huit, d'autres même quarante. »
Caroline disait vrai : elle n'avait que trente-cinq ans,
étant née en 1805. Lenau se détacha peu à peu, ou
se laissa détacher. Frankl raconte que, le 14 juil-

let 1840, il se précipita, sans se faire annoncer, dans l'appartement de Caroline, et lui redemanda, avec des gestes forcenés, ses lettres, qu'elle lui remit aussitôt, et qu'ensuite il redescendit l'escalier en dansant et en se félicitant du succès de son inutile stratagème. L'année suivante, Caroline Unger épousa le littérateur François Sabatier, le traducteur du *Faust* de Gœthe; elle se retira du théâtre, et passa ses dernières années dans sa villa près de Florence, où elle mourut en 1877.

Les contemporains de Lenau rapportent qu'il simula plusieurs fois la folie : c'était un fâcheux symptôme, et qui ne manquait pas d'alarmer ses amis. Il se plaignait de maux de tête et d'insomnies; il avait de brusques changements d'humeur, des explosions de joie, suivies de lassitudes muettes; une marche prolongée lui coûtait. C'est en cet état qu'il essaya de saisir une dernière fois le bonheur qui lui avait toujours échappé. Au mois de juin 1844, il avait accompagné les Reinbeck aux eaux de Bade. Or, un jour, il se trouva placé par hasard, à table d'hôte, à côté de deux dames venant de Francfort : c'étaient Marie Behrends et sa tante. On lia conversation, et trois semaines après Lenau et Marie étaient fiancés. Marie avait trente-deux ans et demi; elle appartenait à une famille distinguée; son père, qui était mort l'année précédente, avait été sénateur et syndic de la ville. Sur son caractère, il n'y a qu'une voix; elle était sérieuse, intelligente, capable de dévouement. Le sentiment qui la déterminait, c'était à la fois l'admiration pour le poète et une tendresse compatissante pour l'homme, qui semblait malheureux; elle aussi voulait « le guérir[1] ». Quant à Lenau, l'espérance lui rendait la santé. « Une paix joyeuse, que je ne croyais plus rencontrer ici-bas, s'est répandue sur ma vie, » écrivait-il à Émilie de Reinbeck. Il avait hâté les fiançailles, pensant que Sophie s'inclinerait devant le fait accompli. Lorsqu'à son retour il entra chez elle, il fut reçu avec ces mots : « Est-ce vrai ce que les journaux annoncent? — Oui, répondit-il; cependant, si vous le désirez, le mariage n'aura pas lieu; mais je me tuerai ensuite. » Il revint à Stuttgart, fort ébranlé; ses amis de Vienne lui avaient représenté que ses ressources n'étaient peut-être pas suffisantes pour fonder un ménage; un traité qu'il venait de conclure avec le libraire Cotta n'était pas aussi avantageux qu'il aurait dû l'être. Ses lettres à Marie respiraient toujours la même tendresse. Mais les lettres de Sophie ne cessaient de le suivre; elles l'agitaient, le tourmentaient, et il finit par demander à ses hôtes de Stuttgart de ne plus les lui remettre. Voici ce que raconte Émilie de Reinbeck : « Il me chargea d'écrire à *cette femme* et de l'engager à garder ses missives pour elle, aussi longtemps qu'il

---

1. Voir une courte notice de Marie Behrends sur ses fiançailles, avec les lettres que Lenau lui adressa, dans la *Deutsche Rundschau* de décembre 1883.

serait malade. Il avait, disait-il, une peur terrible de ses lettres et une grande répugnance pour ses déclarations passionnées. Elle avait été dévoyée, ajoutait-il, par la lecture habituelle des romans français, qui lui avaient perverti l'imagination. Elle entendait le posséder à elle seule, et ne permettre à personne de tenir la moindre place dans son cœur. Elle ne faisait que critiquer tous ses amis à lui. Je devais insister auprès d'elle, l'engager à se ressaisir et à reporter son amour sur ses enfants. »

On sait le reste. Le 23 septembre, une paralysie faciale se déclare. Les jours suivants, l'état s'aggrave. Le malade ne dort plus, déraisonne, parle de voyager, fait des plans d'avenir. Dans la nuit du 12 au 13 octobre, il brûle les lettres de Sophie, celles d'Émilie de Reinbeck et d'autres papiers. Le 19, il se précipite sur Émilie, menace de l'étrangler, puis se jette à ses pieds et implore son pardon. Trois jours après, le fou étant devenu dangereux, on l'interne au château de Winnenthal. En 1847, comme on le trouve incurable, il est transporté à l'asile d'Oberdœbling, près de Vienne, où il attend huit années encore que la mort le délivre. Sophie vient tous les quinze jours à l'asile; on lui entr'ouvre alors la cellule où est assis, muet et courbé, son ancien ami qui ne la reconnaît plus.

IV

Sophie Lœwenthal, au temps de ses relations avec Lenau, avait déjà ses trois enfants, deux fils et une fille. L'aîné des fils, Ernest, fut tué à la bataille de Sadowa. Il combattait comme officier dans l'aile droite autrichienne, qui fut prise en flanc par la seconde armée prussienne. Zoé Lœwenthal épousa, en 1852, le baron de Sacken, et mourut dix ans après, âgée de quarante ans. Le plus jeune des enfants de Sophie, Arthur, est mort le 14 décembre 1905, après avoir mis ses papiers à la disposition du professeur Castle, qui en a tiré les deux publications qui font l'objet de cette étude. « Ce livre, est-il dit dans la préface du plus important des deux volumes, ce livre lui appartient, non seulement parce que son nom est inscrit sur le titre, mais parce que chaque page est marquée de la droiture de son caractère, parce qu'il n'a pas voulu que des réticences craintives ou des arrière-pensées pusillanimes nuisent à la manifestation de la vérité. »

Max Lœwenthal, l'époux de Sophie, n'a pas conquis la renommée littéraire qu'il ambitionnait. Ses ouvrages lyriques, épiques, dramatiques sont aujourd'hui oubliés, même son drame sur Charles XII, qu'il avait pourtant réussi à faire jouer sur le théâtre de la Hofburg. Mais ses services administratifs ont été récompensés par le titre de baron, qu'il a légué à ses descendants. Il est mort en 1872.

Sophie, plus sage que son mari, a écrit un seul roman, et, après l'avoir écrit, elle l'a mis dans ses archives, où sans doute il dormirait encore, sans le souvenir de Lenau, qui continue de planer sur l'auteur et le protège contre l'oubli.

Ce roman, intitulé *Mésallié*, est dirigé contre l'esprit de caste, plus puissant, paraît-il, en Autriche que partout ailleurs. On est mésallié non seulement lorsque, appartenant à la classe noble, on se marie dans la bourgeoisie, mais encore lorsqu'on épouse quelques quartiers de noblesse de moins que les siens. On est placé à un certain échelon social; en descendre, fût-ce pour les intérêts les plus sacrés, c'est déshonorer ses ancêtres et se dégrader soi-même, c'est imprimer une tache sur son blason. Et la qualification de mésalliance ne s'applique pas seulement à celui de deux conjoints qui descend, mais encore à celui qui s'élève ou semble s'élever. Deux sangs différents ne doivent pas se mélanger; le mélange ne pourrait que les corrompre l'un et l'autre. Une jeune femme se dit mésalliée, parce qu'elle délaisse sa condition bourgeoise en épousant un comte. Une autre dit : « Je suis mésalliée; la mère de mon mari était une demoiselle d'origine commune, sa grand'mère n'a pas de nom, tandis que de mon côté on pourrait

remonter jusqu'au douzième degré sans trouver
une tache. » Elle oublie que son père, le prince
Rœdern, a épousé une bourgeoise. Le prince
Rœdern a pour sa femme tous les égards d'un
parfait gentilhomme, mais il a besoin de toute sa
ténacité et de toute l'autorité de son propre caractère pour la faire agréer dans le monde où il l'a
introduite. Ce qui ajoute à l'effet du récit, c'est
que tous les membres de cette famille Rœdern sont
essentiellement et foncièrement bons, sans que la
bonté de leur nature ait pu détruire en eux la force
du préjugé; le père lui-même paraît par moments
chanceler dans ses principes. Rœdern a deux filles;
toute leur diplomatie consiste à empêcher leur
frère de suivre l'exemple du père en épousant leur
cousine, la bourgeoise Ria, que pourtant elles
aiment comme une sœur.

Telles sont les données primitives du roman;
elles sont intéressantes et caractéristiques; elles
pouvaient prêter à d'heureux développements, si
l'auteur avait voulu se contenter d'une intrigue
naturelle, simple et serrée. Mais elle perd de vue à
chaque instant son point de départ, et s'égare dans
des épisodes romanesques. Adalbert Rœdern, le
fils du prince, rencontre dans le parc du château,
à la nuit tombante, un inconnu qu'il prend pour un
rival; il le frappe du lourd pommeau de sa canne,
et lui fait au front une profonde blessure, qui le
rend fou; il s'ensuit une séance en cour d'assises, où

Ria sauve son cousin par une série de ruses dignes d'un juge d'instruction. Un banquier dispose de son héritage par un acte écrit de sa main ; après sa mort, on cherche en vain l'acte parmi ses papiers ; on finit par le trouver en rouvrant le cercueil, dans une petite cassette qu'une servante avait déposée sur la poitrine du défunt. Il est probable que l'auteur, si elle avait dû publier son roman, en aurait élagué ou redressé certains détails. Tel qu'il nous est donné aujourd'hui, il dénote de l'observation et contient des traits de mœurs intéressants ; mais le plan en est fort décousu.

Sophie Lœwenthal est morte à Vienne le 9 mai 1889, dans sa soixante-dix-neuvième année. Elle a occupé la dernière partie de sa vie à élever les enfants de sa fille Zoé, à soutenir une salle d'asile à Traunkirchen, enfin et surtout à recueillir et à conserver tous les souvenirs de son poète, à suivre les publications qui se faisaient sur lui, et auxquelles elle collaborait parfois, soit par les renseignements qu'elle pouvait fournir, soit par la communication de pièces inédites. A l'heure actuelle, une édition complète des œuvres de Lenau, avec les variantes des premières éditions, les essais de jeunesse et la correspondance est encore à faire. Quand elle se fera, Sophie Lœwenthal y aura contribué pour une bonne part : ce sera son excuse, si elle en a besoin, auprès de la postérité.

« L'IMMORTELLE BIEN-AIMÉE »
DE BEETHOVEN

Il y a dans la Correspondance de Beethoven une lettre d'amour, l'une des plus émues et des plus émouvantes qui aient jamais été écrites. Elle a été découverte par ses amis, le jour de sa mort, dans un tiroir secret, où sans doute elle dormait depuis des années; elle se trouve aujourd'hui à la Bibliothèque royale de Berlin.

« 6 juillet, le matin.

« Mon ange, mon tout, mon moi! Aujourd'hui, quelques mots seulement et avec un crayon, le tien. Ce n'est que demain que je serai fixé sur mon appartement. Quelle misérable perte de temps pour de pareilles choses! -

« Pourquoi ce profond chagrin, quand la nécessité parle? Notre amour peut-il subsister autrement que par le sacrifice et le renoncement? Tu ne peux être toute à moi et moi tout à toi : qu'y pouvons-nous faire? Ah Dieu! Tranquillise-toi par la contemplation de la nature, et résigne-toi à ce qui doit être! L'amour exige tout, et il en a bien le droit : il en est ainsi de moi pour toi, de toi pour moi. Seulement tu oublies trop facilement qu'il faut que je vive pour moi et pour toi. Si nous étions tout à fait unis, nous n'éprouverions ces tourments ni l'un ni l'autre.

« Mon voyage a été affreux. Je ne suis arrivé ici qu'hier à quatre heures du matin. Comme on manquait de chevaux, la poste a pris une autre route, mais quel affreux chemin! A l'avant-dernier relais, on m'avertit de ne pas voyager la nuit, on me fit craindre la traversée d'une forêt, mais cela ne fit que me tenter, et j'eus tort: la voiture se brisa dans cet horrible chemin; cela ne pouvait manquer; un simple chemin vicinal, une vraie fondrière! Sans les postillons que j'avais, je serais resté en route. Esterhazi, qui suivait le chemin habituel avec huit chevaux, eut le même sort que moi avec quatre. J'eus cependant, à part moi, un sentiment de satisfaction, comme toujours, quand j'ai triomphé d'une difficulté.

« Maintenant, vite, laissons les choses extérieures pour revenir à nous. Nous nous verrons bientôt. Aujourd'hui, du reste, je ne puis te faire part des remarques que j'ai faites sur ma vie, pendant ces quelques jours. Si nos cœurs battaient toujours l'un contre l'autre, je ne ferais sans doute point de telles remarques. Mon cœur est plein de tout ce que j'ai à te dire. Ah! il y a des moments où je trouve que le langage n'est rien. Chasse tes ennuis, reste mon fidèle, mon unique trésor, mon tout, comme je suis tout pour toi! Quant au reste, les dieux y pourvoiront, ils sauront bien ce qui nous est destiné.

« Ton fidèle Louis. »

« Lundi soir, le 6 juillet.

« Tu souffres, ô mon être adoré! — J'apprends seulement maintenant que les lettres doivent être mises à la poste de grand matin, le lundi ou le jeudi, les seuls jours où il y ait un courrier d'ici à K. — Tu souffres. Ah! Là où je suis, tu es avec moi! Tous deux nous ferons en sorte que je puisse vivre avec toi. Sans toi, quelle existence! Etre poursuivi en tous lieux par la bonté des hommes, que je ne crois ni ne veux mériter! L'humilité de l'homme devant l'homme m'est pénible. Et quand je

me considère dans l'ensemble de l'univers, que suis-je
et qu'est celui qu'on nomme le plus grand? Et cependant
c'est en cela que réside ce qu'il y a de divin dans
l'homme.

« Je pleure quand je pense que tu n'auras pas avant
samedi de mes nouvelles. Quel que soit ton amour pour
moi, je t'aime plus encore. Cependant ne me cache
jamais rien. Bonne nuit! Comme baigneur, il faut que
j'aille me coucher. Ah! si près... si loin! Notre amour
n'est-il pas bâti dans le ciel et aussi solide que le firma-
ment?

« Salut matinal, le 7 juillet.

« Dès mon réveil mes pensées vont vers toi, mon
immortelle bien-aimée! Je suis tantôt joyeux, tantôt
triste, interrogeant le destin, pour savoir s'il veut nous
exaucer. Je ne puis vivre qu'entièrement uni à toi, ou
tout à fait séparé de toi. Aussi j'ai résolu de m'en aller
par le monde, jusqu'au jour où je pourrai voler dans
tes bras, où ton foyer sera le mien, où mon cœur pourra
s'élever dans le royaume des Esprits, enveloppé de ton
amour. Oui, il faut, hélas! qu'il en soit ainsi. Tu te rési-
gneras d'autant plus facilement que tu connais ma fidélité. Jamais une autre ne possédera mon cœur, jamais,
jamais! Ah! pourquoi faut-il se séparer de ce qu'on
aime? Et, pourtant la vie que je mène actuellement à
Vienne est une vie misérable. Ton amour m'a rendu à la
fois le plus heureux et le plus malheureux des hommes.
A mon âge, j'aurais besoin d'une vie calme et paisible :
puis-je l'avoir dans nos relations actuelles?

« Mon ange, j'apprends à l'instant que la poste part
tous les jours; il faut donc que je termine, pour que tu
reçoives ma lettre sans retard. Sois calme! Ce n'est qu'en
considérant notre situation avec calme que nous pouvons atteindre notre but, qui est de vivre ensemble.
Sois calme! aime-moi! Aujourd'hui, hier, comme mes
larmes coulaient en pensant à toi, toi, toi, ma vie, mon

tout! Adieu! ne cesse pas de m'aimer! ne méconnais jamais le cœur fidèle de

« Ton cher L.

« Éternellement à toi! Éternellement à moi! Éternellement à nous! »

Cette lettre, écrite au crayon, en trois parties datées du jour et du mois, sans indication d'année, et sans adresse, a-t-elle été envoyée, et, dans ce cas, comment est-elle revenue à Beethoven? Ou, ce qui est plus probable, n'est-elle pas sortie de ses mains, et n'était-ce qu'une confidence indirecte que, dans un moment d'angoisse, il se faisait de son amour? une sonate en prose? Quand et où la lettre a-t-elle été écrite? Enfin à qui était-elle destinée? C'est sur ce dernier point surtout qu'on voudrait être éclairé. Pour Thayer, l'auteur d'une volumineuse biographie de Beethoven, « l'immortelle bien-aimée » est la comtesse Thérèse Brunsvik, la sœur d'un des plus fidèles amis de Beethoven et la meilleure de ses élèves[1]. Selon Kalischer, qui a publié plus récemment une édition soi-disant « critique » de la Correspondance, ce serait la comtesse Giuletta Guicciardi, qui fut également l'élève de Beethoven à Vienne, et qui épousa, en 1803, le comte Gallenberg, auteur de ballets et régisseur du Grand-Théâtre de Naples. La question a été longtemps

1. M. Jean Chantavoine (*Beethoven*) et M. Romain Rolland (*Vie de Beethoven*) se sont rangés à l'opinion de Thayer.

discutée, et avec une âpreté qui nous étonne parfois chez les critiques allemands. Mais voici Thérèse elle-même qui entre en scène, qui nous parle de sa jeunesse, de ses relations de famille, de ses voyages, des derniers événements de sa vie, et quoiqu'elle soit très discrète dans ses confidences, certains renseignements que contiennent ses Mémoires semblent venir à l'appui de l'opinion de Thayer [1].

La famille Brunsvik (selon l'orthographe adoptée par elle) faisait remonter son origine jusqu'à ce remuant et intrépide Henri Le Lion, qui a tenu quelque temps dans sa main le duché de Brunswick, la Saxe et la Bavière, et qui a été tour à tour l'allié et l'adversaire de Frédéric Barberousse. Henri, au retour d'un pèlerinage en Terre sainte, avait laissé en Hongrie, disait-on, un de ses fils, qui était devenu la souche de la famille. Antoine II, le père de Thérèse, était conseiller de gouvernement à Presbourg. C'était un esprit libéral, admirateur de l'Angleterre et des institutions anglaises. « Il suivait avec un intérêt passionné, raconte Thérèse, les événements de la guerre d'Amérique. La mort nous l'enleva, hélas! dans la fleur de l'âge, en 1792. Je fus élevée avec les noms de Washington et de Franklin. Pendant la maladie de mon père, je lui lisais l'*Odyssée* dans une traduction française;

---

1. *Beethovens Unsterbliche Geliebte. Das Geheimnis der Gräfin Brunsvik und ihre Memoiren. Von* La Mara. Leipzig, 1909.

j'avais huit ans. Une direction sérieuse, un besoin d'approfondir les choses étaient dès lors imprimés à mon esprit. Mon père aima fidèlement pendant trois ans, contre la volonté de son père à lui, une demoiselle de Seeberg, belle et spirituelle, mais pauvre, qui plus tard gouverna mon éducation avec une main de fer. Enfin l'heure sonna pour eux, quand le grand roi Marie-Thérèse intima cet ordre à son féal Antoine Ier : « Écoutez, mon cher Brunsvik, « il faut que votre fils épouse la Seeberg. » Quelques jours après, ils furent fiancés. »

Thérèse, qui tenait son nom de sa marraine Marie-Thérèse, était l'aînée des enfants d'Antoine II, et elle assure que son père eut toujours pour elle une préférence marquée; elle était née le 27 juillet 1775. Son frère François naquit deux ans après; puis elle eut encore deux sœurs, Joséphine en 1779, et Caroline en 1782. Thérèse n'avait que trois ans quand son père lui donna un précepteur. « C'était un brave homme, dit-elle, mais un esprit borné. Il avait été enfant de chœur à Stammersdorf, et il avait les connaissances d'un maître d'école; il jouait du piano. Mon père aimait passionnément la musique, et la petite fille de trois ans fut placée devant le piano. Elle fit de tels progrès, qu'à six ans elle exécuta devant la noblesse de Buda-Pesth un concerto de Rosetti avec accompagnement d'orchestre. L'instant où l'on me fit monter sur l'estrade est encore présent à ma mémoire. Je jouai ma partie sans émotion. J'apprenais avec plaisir, et je me souviens que plus tard je rendais souvent à mon maître les devoirs qu'il me donnait, en lui disant que c'était trop facile. Malheureusement, ces dispositions furent négligées quand nous eûmes le malheur de perdre notre bien-aimé père. Ma mère n'était occupée que de nos vastes cultures, où tout était encore à faire. Les Turcs, qui avaient occupé pendant un siècle et demi Buda-Pesth et les alentours, avaient tout mis à ras de terre. Quand mon grand-père prit possession de Martonwasar, il ne trouva presque que des marais, une seule maison et quelques abris pour les pâtres, un seul arbre sur une étendue de huit mille arpents. » Ce fut seulement François, excellent agronome, qui mit réellement la propriété en exploitation, et qui la planta si bien « qu'on pouvait s'y promener à l'ombre ».

La mère restait souvent des journées entières à cheval, à travers champs, et pendant ce temps les enfants pouvaient « poétiser » à leur aise. « Cette bonne mère, dit Thérèse, nous tenait fort serré; elle disait : « Comme j'ai été une pauvre fille, « et que je n'ai rien apporté aux Brunsvik, je veux « du moins économiser pour eux. » Elle était donc très économe. Cependant je mettais de côté un denier après l'autre, pour pouvoir élever à mon père un monument que je regarderais de temps en temps. J'avais un petit jardin dans le grand; j'y fis construire un tertre, surmonté d'une pyramide

en marbre rouge, avec cette inscription : *Au meilleur des pères, sa fille Thérèse*. Depuis, on a tout
laissé tomber en ruine. Je me tenais là des heures
entières, livrée à mes rêveries. A seize ans, je me
consacrai très solennellement, au même endroit,
« prêtresse de la vérité », et je pris la résolution de
ne point me marier. »

Peut-être fut-elle confirmée dans sa résolution
par l'expérience que ses deux sœurs firent du
mariage. Au mois de mai 1799, toute la famille se
rendit à Vienne pour un séjour de quelques
semaines. On arriva vers cinq heures du soir, et,
pour employer le reste de la journée, on alla visiter
une collection artistique alors célèbre, la collection
Muller. Le propriétaire, un homme d'une cinquan-
taine d'années, était le comte Deym, qui avait dû
quitter son titre de noblesse à la suite d'un duel. Il
fut frappé de la beauté de Joséphine, la seconde
des trois sœurs ; il la demanda en mariage ; elle
hésita, pleura ; la mère lui représenta qu'elle ferait
le bonheur de toute la famille : « Tu feras ce que je
n'ai pu faire. » Elle consentit. Après le mariage,
on apprit que Deym-Muller était couvert de dettes ;
la mère, de son côté, refusa de payer la dot ; le
comte, qui s'était fait réintégrer dans son titre,
mourut cinq ans après ; Joséphine, restée veuve avec
quatre enfants, épousa en secondes noces le baron
russe Christophe Stackelberg, qui ne la rendit pas
plus heureuse, et qui finit par retourner en Russie

sans elle. Quant à Caroline, la plus jeune des trois
sœurs, on la maria, en 1805, avec le comte transyl-
vanien Émeric Téléky, et elle passa sa vie dans
un manoir solitaire aux environs de Clausenbourg,
qu'un voyage de dix jours séparait de Vienne.

Thérèse Brunsvik, outre la modicité de sa dot,
avait encore une autre garantie contre un mariage
malheureux. Elle était moins belle que ses sœurs;
elle avait une épaule plus haute que l'autre, et
elle était de santé délicate. Mais elle avait une intelligence vive, des goûts distingués, le sentiment des
arts; elle dessinait bien, et elle était musicienne
accomplie. C'est pendant ce même séjour à Vienne,
« ces dix-huit jours remarquables », comme elle
s'exprime, qu'elle fut d'abord mise en rapport avec
Beethoven. «Ma mère, raconte-t-elle, voulait procurer
à ses deux filles Thérèse et Joséphine l'inestimable
enseignement du maître. Adalbert Rossi, un camarade d'école de mon frère, assurait que Beethoven
ne se rendrait pas à une simple invitation, mais que
si leurs Excellences voulaient bien grimper les trois
escaliers tournants qui menaient chez lui, place
Saint-Pierre, il répondait du succès. Et nous voilà
parties. Ma sonate pour piano, violon et violoncelle
sous le bras, comme une petite fille qui va à l'école,
nous entrons. L'immortel, le cher Van Beethoven
fut bien aimable, et aussi poli qu'il pouvait l'être.
Après quelques phrases de part et d'autre, il me fit
asseoir à son piano désaccordé, et je me mis tout de

suite à jouer très bravement, en chantant l'accompagnement du violon et du violoncelle. Il en fut tellement ravi, qu'il promit de venir chaque jour à l'hôtel de l'Archiduc Charles, alors le Griffon d'or. Il vint ponctuellement, mais au lieu de rester une heure, il resta de midi à quatre ou cinq heures, et ne se lassa pas de me faire baisser et plier les doigts, qu'on m'avait habituée à tenir droits et raides. Le grand homme a dû être satisfait, car, pendant seize jours, il ne manqua pas une seule fois. Nous oubliions la faim ; ma bonne mère jeûnait avec nous ; mais les gens de l'hôtel étaient très fâchés, car on n'avait pas encore pris l'habitude de dîner à cinq heures du soir. »

A partir de ce moment, Beethoven reste l'ami de la maison. Dans les années suivantes, on continue de faire de la musique, à Vienne, à Presbourg, à Martonwasar, et Thérèse fournit sa part, soit comme pianiste, soit comme cantatrice, avec sa belle voix d'alto. Le 11 mai 1807, Beethoven écrit à François Brunsvik, qui est en Hongrie, et qu'il appelle son cher frère, pour lui demander les trois quatuors dédiés au comte Rasoumowsky, et à la fin de sa lettre il ajoute : « Embrasse pour moi ta sœur Thérèse. » Au mois de juillet de la même année, nous apprennent les Mémoires, la famille quitta Martonwasar pour se rendre à Carlsbad en Bohême, où Thérèse devait prendre les eaux. Tout porte à croire que la lettre « à l'immortelle bien-aimée » a été écrite au commencement de ce mois; car on a remarqué que c'est justement en 1807 que le 6 juillet tombe sur un lundi [1]. Beethoven venait de quitter Thérèse, et retournait sans doute à une ville d'eaux voisine, qui devait le guérir de sa surdité. Mais quel est l'endroit précis où la lettre a été écrite? Il faut bien poser la question, puisqu'elle occupe encore la critique, et qu'elle touche à un assez long passage, où Beethoven parle des inconvénients et même des dangers de la route qu'il a suivie. Mme La Mara, se fondant sur une tradition orale qu'elle a recueillie, suppose qu'au mois de juillet 1807 la famille Brunsvik se trouvait dans son manoir héréditaire de Korompa, situé au nord de Presbourg, dans la région sauvage que dominent les dernières ramifications des Carpathes. Quant à Beethoven, il aurait demeuré à quelque distance de là, dans la vallée de la Waag, dont les eaux étaient réputées souveraines pour les maux d'oreilles, « si près, et cependant si loin », à cause du manque de communications. Ainsi s'expliquerait aussi la mystérieuse lettre K., l'arrêt de la poste. Malheureusement, le château de Korompa n'est pas mentionné une seule fois dans les Mémoires, tandis que Thérèse parle souvent de Martonwasar; elle dit même que la famille passait là ordinairement

---

1. Si la lettre a été écrite à cette date, elle ne pouvait s'adresser à la comtesse Gallenberg, qui avait quitté Vienne depuis quatre ans.

huit mois de l'année. Quant aux mauvais chemins, la Hongrie des environs de Bude n'avait rien à envier au comitat de Presbourg.

Quel que soit le lieu d'où elle est partie, et qu'elle ait été envoyée ou non, la lettre du mois de juillet 1807 dénote une passion ardente et partagée. Pourquoi n'y a-t-il eu ni fiançailles, ni mariage? Beethoven n'avait pas de fortune. Thérèse en avait peu. De plus, le préjugé nobiliaire, plus puissant en Autriche que partout ailleurs, les séparait. Thérèse était de santé délicate, et elle avait devant elle l'exemple de ses deux sœurs. Peut-être aussi Beethoven se redisait-il encore ce qu'il dit déjà dans une lettre à son ami Wegeler, du 6 novembre 1801 : « Le mariage pourrait me rendre heureux, mais je ne peux pas me marier; il faut que je me démène encore vaillamment, et, sans mes mauvaises oreilles, j'aurais déjà parcouru la moitié de la terre. » Il est possible, après tout, que l'amour de Beethoven pour Thérèse n'ait été qu'une des nombreuses amertumes dont se composait sa vie, et qu'il ensevelissait au plus profond de son âme.

Thérèse resta fidèle au vœu qu'elle avait fait dans sa jeunesse de ne pas se marier. Parlant de l'année 1814, elle écrit :

« En ce temps-là, le baron C. P. venait souvent à Martonwasar. Il était l'ami de mon frère, et il voulait apprendre de lui et de ses gens les méthodes d'exploitation rurale. Nous jouions ensemble aux échecs, et, un jour, dans un élan de passion, il voulut m'embrasser. Depuis ce moment, il renouvela souvent sa demande, et il attendit deux ans mon consentement; mais je lui répondais toujours que je n'avais pas encore pris le temps de réfléchir.

« Je restais froide; une ancienne passion avait dévoré mon cœur. Joséphine avait besoin de moi, ses enfants m'aimaient, je les aimais : comment aurais-je pu m'arracher à ce cercle magique? Un jour, en 1819, après la grande famine, nous nous rencontrâmes dans la rue. J'étais en voiture, il me fit signe, je fis arrêter; il s'approcha et me dit avec une certaine insistance : « Avez-vous réfléchi, chère « Thérèse? c'est la dernière fois que je vous le « demande. Si vous ne vous décidez pas, je pars « pour Dresde, d'où je ramène ma fiancée. » Je lui fis en souriant la même réponse qu'autrefois : j'avais la tète et le cœur pleins de la misère générale : « Je « n'ai vraiment pas encore eu le temps, mon cher « Charles. » Et nous nous séparâmes. »

A partir de la cinquantième année, son activité changea. Jusque-là, elle appartenait à l'art. Un mot la peint admirablement dans la première période de sa vie : « Nous naissons et nous mourons avec le sentiment du beau; l'esthétique est notre seconde nature. » Elle dit, dans un autre passage, que, de 1820 à 1830, « elle perdit les meilleurs de ses parents et de ses amis ». Beethoven mourut en 1827. Elle se voua désormais à des œuvres philanthropiques; elle espérait conjurer, disait-elle, par l'éducation de l'enfance, la décadence de sa patrie; elle fonda des crèches, des écoles populaires, des instituts pour former des maîtres, à Bude, à Presbourg, à Vienne; elle fit même des voyages d'étude et de propagande en Allemage. Elle mourut à Pesth le 23 septembre 1861, fort découragée. « La vieille Europe, dit-elle dans une de ses dernières pages, est toute branlante et ne peut plus se tenir. Je ne vois partout que déchéance et ruine. Je suis moi-même une ruine; je ne peux plus ni vouloir ni agir. Des oreilles sourdes et des cœurs sourds m'ont donné la conduite à travers la vie. »

Dans ses heures de loisir, elle écrivait ses Mémoires, simplement et sans apprêt; elle les commença en 1846, les reprit en 1852, et la fin paraît être de 1855. Elle ne dit pas tout, et, en la lisant, on voudrait souvent en savoir davantage; mais ce qu'elle veut bien nous confier suffit pour nous la faire connaître. Jusqu'ici Thérèse Brunsvik n'a été qu'un nom dans la biographie de Beethoven, et nul souvenir précis ne s'attachait à elle; grâce à ses Mémoires, elle est devenue une personne, que nous pouvons nous représenter, que nous voyons vivre et agir sous nos yeux[1].

---

1. La physionomie de Thérèse Brunsvik s'accusera d'une manière encore plus précise, quand les lettres d'elle, que possède sa petite-nièce Mme de Gérando-Téléky, seront mises au jour.

LA FAMILLE MENDELSSOHN

LA famille Mendelssohn compte plusieurs générations qui ont marqué à des degrés divers
dans le développement de la vie nationale en Allemagne. Certains de ses représentants, qui nous sont
plus spécialement connus, se distinguent par quelques-uns des meilleurs traits du caractère juif, une
intelligence ouverte et éclairée, une volonté tenace
et endurante, un optimisme calme et résigné, qui
accepte les amertumes du présent en attendant les
revanches de l'avenir, enfin des vertus domestiques
qui ont traversé les siècles et qui se sont fortifiées
dans l'adversité. Ce qui a été conservé de leur correspondance offre encore un intérêt plus général.
On peut suivre chez eux, d'âge en âge, les trans-
formations qui se sont opérées au sein de la tribu
juive, depuis ses jours d'humiliation et, pour ainsi
dire, d'exil, jusqu'à l'époque de son assimilation
et de sa fusion dans la société moderne [1].

1. *Die Familie Mendelssohn, 1729-1847. Nach Briefen und Tage-
büchern. Von* S. Hensel. 15ᵉ édition. Berlin, 1908.

I

On sait quelle était, au temps de Moïse Mendelssohn, c'est-à-dire dans la seconde moitié du
XVIIIe siècle, la condition des juifs dans le royaume
de Prusse. Le séjour de certaines villes leur était
interdit. Là où ils étaient tolérés, leur nombre était
limité, et ils étaient assujettis à une taxe spéciale,
sans préjudice de l'impôt régulier. Certaines con-
traintes qu'on leur imposait étaient encore plus
ridicules que tyranniques. A Berlin, ils ne pouvaient occuper un coin de rue, sans doute pour que
leur présence fût moins apparente. Sous Frédéric-
Guillaume Ier, ils étaient tenus d'acheter, à des
prix qu'on leur fixait, les produits de la chasse
royale. Le nombre des mariages juifs était stricte-
ment déterminé. Un édit de Frédéric II obligeait
les nouveaux mariés à se pourvoir en ameublement
et en vaisselle dans la manufacture qu'il venait de
fonder, et c'était le directeur qui choisissait pour
eux. C'est ainsi que Moïse Mendelssohn pouvait
montrer dans son appartement vingt singes en
porcelaine, qu'il avait dû acquérir à beaux deniers
comptants. Au reste, en Prusse comme partout
ailleurs, les juifs étaient exclus des corporations
de métiers, et il ne leur restait, pour gagner leur
vie, que le colportage et l'usure. Parmi les hautes

études, ils étaient réduits à la médecine, la seule faculté qui ne conduisait pas à une fonction publique.

Victimes de l'intolérance et parqués dans leur isolement, ils devenaient exclusifs et intolérants à leur tour. Ils s'enfermaient dans la lecture et le commentaire de leurs livres saints; ils avaient un langage particulier, mélange barbare d'hébreu et d'allemand; on les reconnaissait à leur accent, lors même que leur physionomie et leur vêtement, leur manière de porter la barbe et les cheveux ne les auraient pas signalés à l'attention. S'étudier à parler et à écrire correctement la langue de tout le monde, vouloir se mettre au courant de la littérature nationale, était considéré par les juifs orthodoxes comme une trahison et presque comme une apostasie.

C'est pourtant dans de telles circonstances que l'Allemagne eut, au xviii° siècle, un écrivain de pure race juive et qui demeura fidèle à ses attaches juives. Moïse Mendelssohn était le fils d'un pauvre instituteur de Dessau. Comme son père ne pouvait pas lui apprendre grand'chose, il se mit à l'école du rabbin de l'endroit, et celui-ci ayant été appelé à Berlin, il le suivit. C'était en 1743; il avait quatorze ans; il était petit et contrefait, d'apparence chétive et de santé délicate. Il disait plus tard de lui-même, en plaisantant, qu'il ressemblait à deux grands hommes de l'antiquité : il était bossu comme

Ésope, et il bégayait comme Démosthène. Mais, à la différence de Démosthène, il ne se débarrassa jamais de son bégaiement. Seuls deux beaux yeux noirs animaient sa craintive physionomie. Un de ses coreligionnaires lui donna l'hospitalité dans une mansarde, et pendant plusieurs années il vécut de misère. Mais il s'était dit que, comme l'autre Moïse, il délivrerait son peuple de la servitude d'Égypte et lui ouvrirait le chemin de la Terre promise. La servitude, c'était la vie à part, dans l'abjection et le mépris; la Terre promise, c'était simplement le droit commun.

Il se plaint quelque part des difficultés qu'il rencontra d'abord dans les études historiques. Pour comprendre l'histoire, il faut, dit-il, être citoyen d'un État. On peut se faire citoyen du monde par un effort de l'esprit, par un élan de générosité; mais c'est par la petite patrie qu'on apprend à aimer la grande. Or le juif n'était qu'un ilote sur la terre qui aurait dû être sa patrie. Mendelssohn pensa que le premier pas dans l'affranchissement devait être de parler la langue de tout le monde. Il se mit à apprendre l'allemand, comme on apprend une langue morte. Il traduisit le *Discours* de Rousseau *sur l'origine de l'inégalité parmi les hommes*; il étudia les moralistes anglais, les philosophes grecs et latins. Lessing, à qui il fut présenté comme joueur d'échecs, fit imprimer, à son insu, dit-on, ses *Dialogues philosophiques*, et, en lui demandant sa collaboration, lui inspira confiance en lui-même. Ils furent bientôt grands amis, et il est probable que Lessing pensa souvent à Mendelssohn, lorsqu'il traça le caractère de Nathan le Sage, le marchand philosophe, l'apôtre de la religion universelle, telle qu'on la concevait en Allemagne au XVIII° siècle.

En 1750, Mendelssohn entra comme précepteur dans la maison d'un fabricant de soieries de Berlin, nommé Bernard. Il y resta plus tard comme secrétaire, et enfin il fut intéressé à la fabrique. Sa journée se partagea dès lors entre le négoce, qui lui donnait du pain, et la littérature, qui devait bientôt lui donner de la gloire. Il se levait à cinq heures du matin, lisait et écrivait jusqu'à neuf heures. De neuf à trois heures, il était à son bureau ou à la fabrique. La soirée était consacrée à la promenade où à la société de quelques amis. En 1763, il épousa Fromette Gugenheim, la fille d'un négociant de Hambourg. C'était le père qui l'avait choisi pour la noblesse de son caractère; mais la jeune fille, en le voyant, avait manifesté quelque hésitation, que Mendelssohn sut vaincre spirituellement, si l'on en croit le récit de Berthold Auerbach. Prévoyant un refus, il demanda à faire ses adieux à Fromette; et comme il mit la conversation sur la question du mariage, elle lui dit : « Vous croyez donc réellement que les mariages sont écrits dans le ciel? — J'en suis certain, répondit-il, et il m'est même arrivé une aventure singulière. Chaque fois qu'un enfant vient au monde, il est dit là-haut qu'un tel sera pour une telle. Or, le jour de ma naissance, il fut décidé que ma femme serait bossue. Alors je suppliai le Seigneur que la bosse me fût donnée à moi, et que ma femme fût belle. » Sur quoi, continue le narrateur, Fromette lui sauta au cou et déclara qu'elle l'épouserait.

Mendelssohn n'avait pas de domicile légal, n'étant pas né en territoire prussien. Il hésita longtemps à solliciter comme une faveur ce qu'il considérait comme le droit de tout citoyen paisible. Enfin ses amis le décidèrent à adresser à Frédéric II une supplique, que le marquis d'Argens apostilla en ces termes : « Un philosophe mauvais catholique supplie un philosophe mauvais protestant de donner le privilège à un philosophe mauvais juif. Il y a trop de philosophie dans tout ceci pour que la raison ne soit pas du côté de la demande. » Frédéric II accorda le privilège pour Mendelssohn et pour sa femme, mais il le refusa pour leurs enfants; et lorsqu'en 1771 Mendelssohn fut élu membre de l'Académie des sciences, le roi philosophe annula l'élection. Si le préjugé était assis sur le trône, dans la personne d'un souverain qui se prétendait l'homme le plus éclairé de son royaume, quel esprit pouvait régner dans le monde des fonctionnaires, dans la bourgeoisie, dans le peuple? Mendelssohn écrit un jour à un de ses amis : « Quelquefois, le soir, je m'aven-

ture dans les rues avec ma femme et mes enfants.
« Père, dit alors un de ces innocents, pourquoi ce
« garçon crie-t-il sur nous? Pourquoi nous jette-t-on
« des pierres? Pourquoi nous suit-on en disant: Juifs!
« Juifs! C'est donc une honte d'être juif? » Mendelssohn finit par louer un jardin hors de la ville, où il
emmenait ses enfants, et où quelques amis venaient
le retrouver.

A l'époque où Frédéric II lui fermait les portes
de l'Académie, la réputation de Mendelssohn avait
déjà franchi les limites de la Prusse. Le *Phédon*,
qui parut en 1767, et qui est resté son principal
titre de gloire, était lu dans toute l'Allemagne et
même à l'étranger. C'était une traduction ou plutôt
un développement du dialogue de Platon sur l'im-
mortalité de l'âme, où aux arguments que pouvait
fournir la philosophie grecque s'ajoutaient les
lumières de la civilisation moderne. Il arrivait
même au traducteur de se substituer involontairement à son modèle. Par exemple, est-ce à Socrate
ou à Mendelssohn que s'appliquent ces mots de
l'introduction : « Il avait à vaincre les préjugés de
sa propre éducation, à éclairer l'ignorance de ses
auditeurs, à combattre les sophistes, à se défendre
contre la méchanceté, l'envie, la calomnie et les
insultes de ses adversaires, à supporter la pauvreté,
à lutter contre les pouvoirs publics, et, ce qui était
le plus difficile, à dissiper les sombres terreurs
de la superstition. D'un autre côté, il lui fallait

ménager les scrupules de ses concitoyens, éviter de scandaliser les esprits faibles, ne pas compromettre la bonne influence que la religion, même la plus absurde, exerce sur les mœurs des simples. Toutes ces difficultés, il les surmonta avec la sagesse d'un vrai philosophe, avec la patience d'un saint, avec la vertu désintéressée d'un philanthrope, avec la résolution d'un héros, enfin avec le sacrifice de tous les biens et de tous les plaisirs de la terre... Tout en se considérant comme citoyen du monde, il ne manquait à aucun de ses devoirs envers sa patrie. »

Parmi les hommes qu'attirait la réputation de Mendelssohn, se trouvait le prédicateur zurichois, le physionomiste Gaspard Lavater, propagandiste naïf et souvent indiscret, qui se croyait appelé à parfaire l'œuvre de Jésus-Christ sur la terre. Il avait connu Mendelssohn dans un voyage à Berlin. En 1770, il lui dédia sa traduction des *Preuves du Christianisme* de Bonnet, et, dans la dédicace, il l'invitait solennellement ou à réfuter l'argumentation de Bonnet, ou, « s'il en reconnaissait la justesse, à faire ce que la prudence, l'amour de la vérité et l'honnêteté lui commandaient, ce que Socrate aurait fait, s'il avait pu lire l'écrit et s'il l'avait trouvé irréfutable »; en d'autres termes, il l'engageait à se faire chrétien. Mendelssohn répondit, avec beaucoup de dignité, qu'en pareil cas ce n'était pas la prudence, mais sa conscience qu'il avait l'habitude

de consulter, qu'il n'avait pas attendu jusqu'à ce jour
pour réfléchir sur sa croyance, que son expérience
lui avait prouvé que toute religion contenait dans
son pur métal un alliage humain, qu'il avait trouvé
dans la sienne le repos de l'âme et un stimulant à
la vertu, et qu'enfin le judaïsme, quoi qu'on pût lui
reprocher, avait du moins le mérite de n'inquiéter
personne, de ne faire aucune propagande, et de
ne demander que la tolérance pour lui-même [1].
Quant aux *preuves* de Bonnet, il lui semblait
qu'elles pouvaient s'appliquer à toutes les religions, mais qu'elles n'avaient toute leur force que
pour celui qui était convaincu d'avance.

Lavater comprit qu'il avait cédé à un entraînement irréfléchi; il se rendit de bonne grâce, exprima
publiquement ses regrets à Mendelssohn, et avoua
même que sa démarche avait été désapprouvée par
tous ceux de ses amis à qui il en avait parlé, sans
en excepter Bonnet. Mendelssohn, dans un dernier
mot, déclara la discussion close, en ajoutant que
son estime et son amitié pour Lavater n'en avaient
nullement souffert. « Pourquoi, dit-il à la fin,
pourquoi mettre le public dans la confidence de
nos désaccords? Il ne convient ni à M. Lavater ni à
moi d'offrir au monde frivole un divertissement,
aux faibles un sujet de scandale, aux contempteurs

---

1. « Vous savez, disait un passage de la lettre, que, d'après
les lois de votre pays, il serait interdit à votre ami circoncis de
vous rendre votre visite à Zurich. »

du vrai et du bien l'occasion d'un méchant plaisir.
Les vérités que nous admettons d'un commun
accord ne sont pas encore tellement répandues,
que nous n'ayons pas à craindre de nuire à la
bonne cause en faisant connaître publiquement
les points qui nous séparent. Qu'il ferait bon de
vivre, si tous les hommes voulaient reconnaître
et mettre en pratique les saintes vérités qui sont
le patrimoine commun des meilleurs parmi les
chrétiens et des meilleurs parmi les juifs! Puissent
venir bientôt les jours dont il est dit « qu'aucun
homme n'aura besoin d'enseigner son ami et de
lui dire : « Reconnais le Seigneur! » car tous le
connaîtront, grands et petits. »

Un avantage du judaïsme, c'est, selon Mendelssohn, de n'être pas une église dans le sens catholique ou protestant, et de n'avoir point de dogme.
Le judaïsme n'est pas une croyance, mais une loi ;
il commande l'action morale, sans tyranniser la
conscience. Il ne prétend pas non plus être la religion universelle, et s'il a jamais eu cette préten-
tion, l'expérience des siècles la lui a fait abandonner. La religion est un fait contingent dans la
vie des peuples, aussi bien que le gouvernement.
« On demande souvent quelle est la meilleure
forme de gouvernement, et l'on répond diverse-
ment, et toujours avec une apparence de vérité. On
pourrait demander tout aussi bien quelle est la
nourriture la plus salutaire pour l'homme : cela

dépend du tempérament, du climat, de l'âge, du sexe, de toute la manière de vivre. Il en est de même de la question « politico-philosophique ». Telles sont les idées qui forment le fond d'un des derniers ouvrages de Mendelssohn, intitulé *Jérusalem ou du Pouvoir religieux et du Judaïsme*, où il traite des rapports de la religion avec l'État et avec les individus. Souvent il se borne à indiquer discrètement ce que la prudence ou le simple respect des opinions d'autrui lui interdisaient de proclamer trop haut; mais il ressort de tout l'ensemble de son raisonnement que, dans l'état actuel du monde civilisé, la diversité des religions se tolérant l'une l'autre lui paraît un fait nécessaire. Quant au judaïsme, il pense que son influence dépendra de son adaptation à la culture moderne. Que le juif renonce d'abord à son « jargon », qu'il lise même la Bible en allemand : ce sera un premier pas qui l'amènera peu à peu à comprendre et à goûter les grands écrivains de l'Allemagne.

Mendelssohn commença par traduire le Pentateuque, et il fit imprimer sa traduction en caractères hébreux, pour en faciliter l'introduction dans les écoles juives et dans les synagogues. Mais tout le parti orthodoxe se leva contre lui. Des rabbins, particulièrement celui de Hambourg et celui de Furth en Franconie, lancèrent l'anathème non seulement contre l'auteur, mais contre tous ceux qui liraient l'ouvrage. Mendelssohn ne se laissa pas arrêter par une opposition qu'il avait prévue. « Si ma traduction, dit-il dans une lettre, avait été adoptée sans réplique par tous les juifs, ce serait une preuve qu'elle est superflue; mais elle est d'autant plus nécessaire, qu'elle déplaît à nos prétendus sages. Je l'avais destinée d'abord aux simples fidèles, mais je m'aperçois aujourd'hui que les rabbins en ont encore plus besoin, et si Dieu me prête vie, je continuerai par les prophètes et les historiens. » La mort l'empêcha de parfaire son œuvre; il donna encore les Psaumes, et mourut deux ans après, le 4 janvier 1786. Sa mort fut hâtée, dit-on, par sa querelle avec le mystique Jacobi, qui, sur la foi d'une conversation privée, avait accusé Lessing de spinozisme : un mot qui, à cette époque, était presque synonyme d'athéisme.

Au fond, Mendelssohn était déiste ; il croyait fermement au gouvernement du monde par un dieu personnel. Ayant perdu, peu de temps après son mariage, une fille toute jeune, il écrivait à son ami Abbt : « La mort a frappé à ma porte; elle m'a ravi une enfant qui n'a vécu que onze mois innocents, mais qui a été heureuse de les vivre, et qui a donné les plus belles espérances pendant son passage sur la terre. Mon ami, ces onze mois n'ont pas été perdus pour elle. Son esprit a fait, dans ce court intervalle, des progrès tout à fait étonnants. D'un petit animal qui pleure et qui dort, elle a fait sortir le germe d'une créature raisonnable. Comme une herbe printanière pousse sa pointe frêle à travers le sol dur, on voyait poindre en elle les premières passions. Elle montrait de la pitié, de la haine, de l'amour, de l'admiration ; elle comprenait le langage de l'homme parlant ; elle rendait ses propres pensées intelligibles aux autres. De tout cela, ne reste-t-il aucune trace dans la nature entière? Vous rirez de ma simplicité, et vous reconnaîtrez dans ce raisonnement la faiblesse d'un homme qui cherche une consolation et qui ne la trouve que dans son imagination. C'est possible, mais je ne puis croire, quant à moi, que Dieu ait mis l'homme sur la terre comme il a mis l'écume sur les flots. »

II

Moïse Mendelssohn laissait trois fils et trois filles. Deux des filles furent mal mariées. Moïse Mendelssohn, tout libre de préjugés qu'il était, n'avait pu s'affranchir de la coutume orientale qui attribuait au père une autorité absolue sur ses enfants. Dans les mariages juifs, la femme était rarement consultée; on la donnait; ce n'était pas elle qui choisissait ou qui exprimait seulement une préférence. Dorothée, l'aînée des enfants Mendelssohn, après avoir reçu une instruction solide de la bouche de son père, fit son éducation mondaine chez ses

coreligionnaires Rahel et Henriette Herz, dont les
salons furent pendant une vingtaine d'années le
rendez-vous des savants, des écrivains et des artistes,
et même des hommes politiques; elle puisa là le
goût des choses de l'esprit, et elle fut appréciée
pour sa gaîté, sa belle humeur et une certaine
malice inoffensive. On la maria, encore jeune, à
Simon Veit, un négociant fort capable, mais dont
l'intelligence n'allait pas plus loin que son négoce.
Elle se lassa bientôt de son mari, se prit d'admiration pour Frédéric Schlegel, l'épousa après avoir
fait rompre son premier mariage, et demeura dès
lors son humble servante; elle se fit d'abord protestante pour lui plaire, et passa ensuite au catho-
licisme avec lui; elle devint même un des bas-
bleus du romantisme et s'exerça en prose et en
vers, quoiqu'elle ne se rendît jamais complètement
maîtresse de la langue et restât toujours « en état
de guerre avec les datifs et les accusatifs ». Récha,
la sœur cadette de Dorothée, suivit son exemple;
ayant été mariée à un nommé Meyer, chargé
d'affaires de la cour de Copenhague, elle se sépara
de lui, dirigea pendant quelques années un pen-
sionnat à Altona, et finit par revenir au sein de sa
famille à Berlin.

Ce fut peut-être la crainte d'une mésaventure
pareille, d'une de ces unions où ni le cœur ni l'esprit ne trouvaient leur compte, qui arrêta la plus
jeune et non la moins distinguée des trois sœurs.

Henriette Mendelssohn resta fille, et entra comme institutrice dans la maison Fould à Paris. Elle occupait un petit pavillon derrière l'hôtel de la rue Richer, au fond d'un jardin, lieu paisible et presque champêtre, qui devint bientôt le centre d'un petit groupe littéraire et artistique, formé en partie d'Allemands, mais auquel se mêlaient aussi des célébrités parisiennes. Là se rencontraient Mme de Staël, Benjamin Constant, Spontini, les frères Schlegel, les frères Humboldt. Varnhagen, un des habitués du salon d'Henriette Mendelssohn, trace d'elle le portrait suivant : « Elle était sans beauté, un peu contrefaite, mais on se sentait attiré vers elle par une certaine douceur tranquille et aisée, qui inspirait confiance. Elle avait une intelligence vive et pénétrante, une grande variété de connaissances, un jugement sûr, des manières distinguées et un tact exquis. Elle était versée dans la littérature allemande, française, anglaise, même italienne, et elle parlait également bien l'allemand, le français et l'anglais. Avec de telles qualités, elle ne pouvait manquer de voir autour d'elle une société d'élite, qu'elle ne cherchait qu'à restreindre, pour ne pas manquer aux devoirs de sa fonction. » Le général Sébastiani, l'ayant vue dans le salon de Mme Fould et chez elle, lui confia l'éducation de sa fille Fanny, la future duchesse de Praslin, assassinée par son mari en 1847. Elle se vit entourée d'un luxe mondain, dont elle fut d'abord flattée, dans l'hôtel du général, situé au faubourg Saint-Honoré, tout près de l'Élysée; mais elle dut subir aussi un genre de société qui n'était pas dans ses goûts. « Je souffre pour la bonne cause, écrit-elle un jour. Si, dans les trois pouvoirs publics dont se compose la monarchie représentative, il y a beaucoup de gaillards pareils (*viele solcher Käuze*), cela est vraiment fâcheux, et je préférerais pour ma part un despotisme turc. Nous n'entendons parler que de ce qu'on appelle politique, et nous ne voyons qu'un certain nombre de représentants du peuple, qui sont de vrais représentants de l'ennui. Quand je les entends bavarder à tort et à travers, je plains ma pauvre Fanny de devoir passer les années de sa fleur au milieu de tels entretiens, et je ne puis m'empêcher de sourire de la vanité de ces messieurs, qui ne voient jamais dans le miroir du temps que leur propre image. »

Le général Sébastiani et sa famille passaient ordinairement l'été à Viry, aux environs de Paris. Ils avaient là pour voisin le maréchal Davout. Henriette Mendelssohn eut ainsi l'occasion de connaître le terrible maréchal, dont elle avait entendu parler dans sa jeunesse, et qui, en 1813, avait tenu la ville de Hambourg sous sa main de fer. Elle se le représentait comme un ogre, et elle fut étonnée de ne trouver en lui qu'un mari débonnaire et un père indulgent. « Il faut que je vous raconte un fait extraordinaire, écrit-elle à sa famille. Cet affreux Davout, la terreur du Nord, l'auteur de tant de maux, n'a aucune volonté dans sa maison. Il n'ose pas donner un ordre au moindre de ses domestiques, sans l'assentiment de sa maréchale, qui exerce chez lui le haut commandement d'une manière aussi impérieuse qu'il le faisait autrefois dans les pays conquis. Presque tous sont allemands. Ses filles apprennent l'allemand avec beaucoup d'application, et il me demande toujours avec instance de lui dire si elles parlent bien. La carrière politique de cet homme m'est inexplicable, quand je le vois au milieu de ses enfants. Il se mêle à tous leurs jeux avec un vrai abandon. Sa fille aînée, qui a quatorze ans, et qui lui ressemble beaucoup, est la plus douce créature que je connaisse. Je n'ai qu'une manière de m'expliquer les horreurs qui ont été commises sous son gouvernement à Hambourg : il me fait l'effet d'un homme simple, lourd, ignorant; il est sans influence dans sa maison, et il a dû être ainsi dans son administration; quelque misérable aura agi à sa place. Il est vrai que ses victimes ne s'en portent pas mieux, et que pour avoir toléré tant d'atrocités, il n'en est que plus coupable. » Elle se trompait : Davout n'a pas été trahi par ses subordonnés; il accomplissait simplement les ordres de Napoléon, et, la guerre finie, il rentrait dans sa nature, qui n'était pas celle d'un méchant homme.

Henriette, après le mariage de son élève, retourna à Berlin, où elle mourut en 1831. A Paris, elle s'était faite catholique. Chez d'autres de ses coreligionnaires, leur passage à l'une ou à l'autre des confessions chrétiennes a pu être dicté par des motifs d'intérêt ou de convenance. Quant à elle, il semble bien qu'elle ait cédé à un entraînement sincère de son cœur tendre et de son imagination rêveuse. Dans son testament, elle remercie ses frères et sœurs de ne pas l'avoir gênée dans l'exercice de sa religion, où elle a trouvé le repos de l'âme, et elle demande qu'on l'enterre « simplement, silencieusement, à une heure matinale », et qu'on mettre sur sa tombe une croix, avec ces mots : *Redemisti me, Deus, Deus veritatis.*

Dans cette première génération issue de Moïse Mendelssohn, le sens artistique a été surtout le partage des femmes. Dorothée Schlegel était l'amie de Mme de Staël, elle a traduit *Corinne*, et son roman intitulé *Florentin* n'était pas plus mal composé que la *Lucinde* de son mari. Henriette Mendelssohn n'a écrit que des lettres, mais, en se bornant à ce genre essentiellement féminin, elle a déjà donné une preuve de goût. Leurs trois frères, Joseph, Abraham et Nathan, étaient avant tout des hommes d'affaires. Joseph et Abraham fondèrent ensemble une maison de banque à Hambourg ; ils devinrent suspects au gouvernement de Davout, furent même obligés de s'enfuir sous un déguisement, et s'établirent à Berlin. Le plus jeune, Nathan, qu'on appelait ironiquement Nathan le Sage, se contenta d'exercer un petit emploi, mena une existence tranquille, et mourut en 1852, ayant survécu à tous ses frères et sœurs.

Abraham Mendelssohn-Bartholdy avait appris le maniement des affaires dans la maison Fould à Paris. Il voyagea, étendit ses relations, et s'enrichit. Le nom de Bartholdy, qu'il ajouta au sien, lui venait d'une propriété qu'il acheta dans un faubourg de Berlin, dans la Kœpeniker-Strasse, au bord de la Sprée. Il épousa Léa Salomon, une amie de sa sœur Henriette, une des femmes les plus instruites de son temps et des plus distinguées, si le portrait qu'en a tracé un ami de la famille n'est pas trop flatté : « On ne peut pas dire que Léa ait été belle; mais l'expression de ses grands yeux noirs, sa taille de sylphide, son air à la fois aimable et réservé, lui donnaient un grand charme. Sa conversation abondait en saillies, en mots frappants; mais ses traits d'esprit n'avaient jamais rien de blessant. Elle avait tous les talents qui peuvent parer une femme du monde; elle était musicienne et chantait avec grâce, mais elle ne se produisait que devant un cercle intime; elle dessinait parfaitement; elle parlait le français, l'anglais et l'italien. Elle lisait Homère dans l'original, mais s'en cachait soigneusement. Son goût, formé sur les écrivains classiques de plusieurs nations, était sûr et éclairé, mais elle s'abstenait de juger. Elle avait fait, dans sa jeunesse, un héritage, qu'elle partageait géné- reusement avec sa mère, qui était moins fortunée qu'elle, et dont elle dirigeait le ménage. »

Quatre enfants naquirent du mariage d'Abraham et de Léa; l'un d'eux fut le compositeur Félix Men- delssohn-Bartholdy. Abraham eut donc un père et un fils illustres, et il s'effaçait modestement entre ces deux illustrations. Il avait l'habitude de dire, quand Félix fut devenu célèbre : « Autrefois j'étais le fils de mon père, maintenant je suis le père de mon fils. » Il n'était ni artiste ni écrivain, mais il avait pour sa part l'intelligence pratique, l'esprit d'entreprise avec une grande droiture de caractère, et un sincère désir de répandre le bien-être autour de lui. Voulant faire tomber la barrière qui séparait ses enfants de la société civile, il les éleva dans la religion protestante. Il hésita d'abord à rompre avec la tradition paternelle, quelque peu impérieuse qu'elle fût; mais il fut encouragé par son beau- frère, déjà protestant. On a conservé un fragment d'une lettre que celui-ci lui adressa : « Tu parles de ce que tu dois à la mémoire de ton père. Crois-tu donc mal faire en donnant à tes enfants la religion qui te paraît la meilleure pour eux? C'est, au con- traire, pour toi et pour nous tous, une manière de rendre hommage à l'œuvre civilisatrice de ton père, qui aurait fait ce que tu fais pour tes enfants et ce que j'ai fait pour moi-même. On peut rester fidèle à une religion opprimée et persécutée, on peut même l'imposer à ses enfants au prix d'un martyre qui s'étend sur toute leur vie, aussi long-temps qu'on croit qu'en dehors d'elle il n'y a point de salut. Mais dès qu'on ne croit plus cela, c'est une barbarie. »

Au reste, le protestantisme d'Abraham ne différait pas beaucoup du judaïsme de son père; ce n'était pas un dogme, mais une règle morale, une loi. Lors de la confirmation de sa fille Fanny, en 1820, il était à Paris, et il lui écrivit la lettre suivante :

« Ma chère fille, en ce jour où tu viens de faire un pas important dans la vie, je me sens poussé par mon cœur paternel à te parler sérieusement de différentes choses dont il n'a jamais été question entre nous.

« Si Dieu est, ce que Dieu est, si une partie de nous-mêmes est éternelle et subsiste après que l'autre a péri, tout cela je ne le sais pas, et c'est pourquoi je ne t'ai jamais rien enseigné là-dessus. Mais ce que je sais, c'est qu'il y a en moi et en toi et en tous les hommes un éternel penchant à ce qui est bon, vrai et juste, et une conscience qui nous avertit et nous retient quand nous voulons nous en écarter. Je sais cela, j'y crois, je vis dans cette croyance, et cette croyance est ma religion. Cette religion, je n'ai pas pu te l'enseigner, et personne ne peut l'apprendre. Chacun la porte en soi, s'il ne la renie pas sciemment et intentionnellement. Or je savais que tu ne ferais pas cela; j'en avais pour garant l'exemple de ta mère, de la plus noble et de la plus digne des mères, dont la vie n'a été qu'amour, bienfait et accomplissement du devoir. Ta mère est la religion sous forme humaine; tu as grandi sous sa protection, dans la vue journalière et l'imitation inconsciente de ce

18

qui fait la valeur d'un homme; elle a été, elle est et mon
cœur me dit qu'elle sera longtemps encore ta Providence,
celle de tes frères et sœurs, celle de nous tous, l'étoile qui
nous guidera sur le chemin de la vie. Quand tu auras les
yeux fixés sur elle, quand tu considéreras le bien incom-
mensurable qu'elle t'a fait depuis que tu es en vie, avec
le constant sacrifice d'elle-même, quand alors la reconnaissance, l'amour et la vénération auront fait déborder
ton cœur et couler tes larmes, alors tu sentiras Dieu et
tu seras pieuse.

« C'est tout ce que je puis te dire de la religion; c'est
tout ce que j'en sais; mais cela restera vrai, aussi longtemps qu'il existera un homme dans la création, comme
cela a été vrai depuis le jour où le premier homme a été
créé.

« La forme sous laquelle on t'a enseigné la religion est
historique, variable, comme toutes les institutions
humaines. Il y a quelques milliers d'années, la forme
judaïque était prédominante, ensuite est venue la forme
païenne, maintenant c'est la forme chrétienne qui
règne. Ta mère et moi nous sommes nés et nous avons
été élevés dans le judaïsme, et, sans nous croire obligés
d'y renoncer, nous avons pris pour guide le Dieu qui est
en nous et notre conscience. Toi, tes frères et tes sœurs,
nous vous avons élevés dans le christianisme, parce que
c'est la forme religieuse de la majorité du monde civilisé, qu'elle n'a rien qui puisse vous détourner du bien,
mais qu'elle contient au contraire beaucoup de choses
qui pourront vous encourager à l'amour, à l'obéissance,
à la résignation, quand ce ne serait que l'exemple de
son fondateur, que l'on reconnaît si peu, et que l'on suit
encore moins. »

Abraham Mendelssohn suivait de très près l'éducation de ses enfants. Lorsqu'il était en voyage, il
se faisait rendre par eux-mêmes un compte exact

de leurs occupations et de leurs jeux; il leur répondait individuellement, les encourageait, les redressait au besoin; il voulait que son souvenir leur fût toujours présent. Il restait dans la tradition juive pour tout ce qui tenait à l'autorité et aux obligations du chef de famille. Mais il eut soin de choisir à ses filles des maris qui fussent dignes d'elles et à la carrière desquels elles pussent s'intéresser. L'aînée, Fanny, épousa un peintre de mérite, Wilhelm Hensel, qui s'était formé à l'école de la France et de l'Italie. Rébecca devint la femme du mathématicien Lejeune Dirichlet, plus tard professeur à l'université de Berlin et à celle de Gœttingue. Paul, le dernier des enfants d'Abraham, fut associé à la maison de commerce, après avoir fait son apprentissage à Londres. Fanny et Félix montrèrent de bonne heure une aptitude spéciale pour la musique, et le père ne pouvait manquer d'intervenir en cette circonstance, avec sa sagesse ordinaire. Il laissa Félix suivre son goût, et l'engagea seulement à fortifier par une étude régulière le penchant que la nature avait mis en lui. Quant à Fanny, sans la décourager, il lui rappela qu'elle aurait plus tard d'autres devoirs à remplir; elle-même était, du reste, toute portée à entrer, sous ce rapport, dans les idées paternelles. En 1820, lorsqu'elle avait quinze ans, il lui écrivait : « Ce que tu me dis, dans une de tes précédentes lettres, de tes occupations musicales et de celles de Félix,

est aussi bien pensé qu'exprimé. La musique
deviendra peut-être pour lui une vocation; pour
toi, elle ne pourra et ne devra jamais être qu'un
ornement; elle ne sera jamais *la basse fondamentale* de ton existence. Il peut lui être loisible, à lui,
de concevoir de l'ambition, d'avoir envie de se faire
valoir dans une circonstance qu'il jugera importante pour son avenir. Quant à toi, tu t'es honorée
autant que lui, toutes les fois que, dans un cas
semblable, tu t'es montrée raisonnable et bonne,
et, en applaudissant à son succès, tu as prouvé que
si tu avais été à sa place, tu aurais été digne d'un
succès pareil. Persévère dans ces sentiments; ce
sont des sentiments féminins, et il n'y a que ce qui
est féminin qui puisse orner une femme. » Et dans
une autre lettre : « La vocation de la femme est la
plus difficile : avoir toujours l'œil dirigé sur les
plus petites choses, recueillir chaque goutte de
pluie, pour empêcher qu'elle ne se perde dans le
sable, lui faire un lit dans le sol, pour qu'elle
devienne une source d'abondance et de bien-être,
transformer chaque instant de la durée en un bienfait, c'est un devoir pénible, c'est celui de la
femme. » Fanny publia ses premières compositions
musicales sous le nom de son frère; ce n'est qu'en
1846, un an avant sa mort, que, sur les instances
des éditeurs, elle se décida à paraître en personne
devant le public.

III

Félix était l'image de sa mère Léa; il tenait d'elle, avec sa faible santé, son esprit fin, son goût délicat, sa grâce mondaine, son besoin de culture générale. C'était un petit homme au teint frais, à la taille élégante, aux mouvements souples et rapides. Il avait le type juif très prononcé. Ses cheveux bruns, fins et abondants, ondoyaient autour d'un large front. Les yeux étaient grands et brillaient d'un éclat foncé. Le nez était fort et légèrement arqué, la bouche petite, relevée aux coins, ordinairement souriante. La physionomie, dans son ensemble, était tellement mobile, qu'elle désespérait les peintres qui s'efforçaient de la saisir. Aussi la plupart des portraits qu'on a de Félix Mendelssohn sont manqués; seul son beau-frère Wilhelm Hensel, qui pouvait l'observer de près et à loisir, a réussi à fixer ses traits. Quand il s'animait, son corps souple et nerveux suivait tous les mouvements de sa tête, et il avait alors une manière particulière d'agiter ses mains ou de tourner sur ses talons. L'ouïe était chez lui d'une délicatesse extraordinaire; il saisissait avec sa fine oreille, son oreille de lézard, comme disait Henri Heine, le son de chaque instrument dans un orchestre. La musique était sa passion dominante, mais n'était pas son seul talent, et ses

doigts effilés savaient manier à l'occasion le crayon
du dessinateur. Il aimait et il comprenait le beau
sous toutes les formes, dans le son, dans la couleur,
dans une figure humaine, dans l'art et dans la
nature. Quelque chose d'insinuant, presque de
féminin, et qui lui gagnait les cœurs, se dégageait
de toute sa personne. Ses animosités, quand il en
avait, duraient peu, et comme le fond de son être
était la franchise et la bienveillance, ceux qu'il bles-
sait par une parole inconsidérée lui revenaient
bientôt. Il a eu quelquefois des contradicteurs,
il n'avait pas d'ennemis.

La fortune de son père lui assurait une existence
indépendante, et il eut dès son enfance toute liberté
pour développer son talent. Il était né le 3 février
1809, un peu plus de trois ans après sa sœur Fanny.
Au mois d'octobre 1821, il quitta pour la première
fois la maison paternelle ; ce fut pour accompagner
son maître Zelter dans un voyage à Weimar. Il avait
douze ans, et il s'était déjà exercé à l'improvisation
musicale. Il demeura quinze jours dans la maison
de Gœthe, et il savoura là, avec une joie enfantine, son premier succès. « Maintenant, écrit-il le
4 novembre, maintenant écoutez, écoutez tous!
C'est aujourd'hui mardi. Dimanche dernier, le soleil
de Weimar, Gœthe, est arrivé. Le matin, nous
sommes allés à l'église, où l'on jouait le centième
psaume de Hændel. L'orgue est grand, mais faible ;
celui de notre église Sainte-Marie est plus petit,

mais plus puissant; celui d'ici a cinquante registres et quarante-quatre voix. Deux heures après, Zelter est venu dire : « Gœthe est là ! le vieux monsieur « est là ! » Nous descendons vite l'escalier, et nous voilà chez Gœthe. Il était dans son jardin. Nous nous promenons une demi-heure avec lui. Puis on se met à table. Après le dîner, Mlle Ulrique, la sœur de sa belle-fille, lui a demandé un baiser, et j'ai fait de même. Dans l'après-midi, j'ai joué plus de deux heures devant lui ; tantôt j'exécutais des fugues de Bach, tantôt j'improvisais. » Et quelques jours plus tard : « Je joue ici beaucoup plus qu'à la maison, rarement moins de quatre heures, parfois six ou même huit heures. L'après-midi, Gœthe ouvre le clavecin et dit : « Je ne t'ai pas encore « entendu aujourd'hui, fais-moi donc un peu de « bruit. » Alors il s'assied à côté de moi, et quand j'ai fini, il m'embrasse. Vous ne pouvez vous faire une idée de sa bonté. Je ne sais pourquoi on le trouve imposant. C'est sa tenue, son langage, son nom, qui sont imposants ; il a la voix retentissante, et il peut crier comme dix mille combattants ; ses cheveux ne sont pas blanchis ; son pas est ferme ; mais sa parole est douce. »

Félix Mendelssohn passa une grande partie de sa vie en voyage, et ses voyages furent souvent des triomphes. A Paris, cependant, il éprouva une déception. Il y arriva en 1825, et il constata d'abord que la musique symphonique y était peu goûtée;

cinquante ans plus tard, il n'aurait plus fait la même observation. Sur la scène lyrique, Auber commençait son long règne, qu'il devait bientôt partager avec Meyerbeer. Auber venait d'avoir un grand succès avec sa *Léocadie.* « Tu ne peux rien te figurer d'aussi pitoyable, écrit Félix à sa sœur. Le sujet est tiré d'une mauvaise nouvelle de Cervantes, maladroitement convertie en livret d'opéra, et je n'aurais jamais cru que pareille chose pût plaire à des Français, qui pourtant sont gens de goût. Sur une aventure sauvage Auber a plaqué une musique tellement anodine, que c'est une pitié. Je passe sur l'absence complète de vie et d'originalité, sur les réminiscences de Cherubini et de Rossini, sur les trilles et les roulades qui agrémentent les endroits décisifs; mais l'instrumentation, après Haydn, Mozart, Beethoven, ne devrait pas être étrangère à un favori du public, un élève de Cherubini, un homme à cheveux gris! » C'étaient des paroles dures, et pour Auber et pour Cervantes, et Fanny les lui reprocha dans sa réponse. Il est vrai que le style épistolaire comportait une grande franchise; mais, en tout cas, les cheveux gris étaient de trop : Auber avait une quarantaine d'années quand il composa *Léocadie.* Mendelssohn, très bienveillant pour les personnes, a toujours été très péremptoire dans ses jugements sur les œuvres. A Paris, il ne paraît avoir eu quelques relations intimes qu'avec Cherubini. Mais son vrai maître, celui à qui il doit le plus, était le vieux

Bach. La langue passionnée de Mozart et de Beethoven était en dehors de ses aptitudes naturelles et peut-être au-dessus de la portée de son génie.

Dans les années suivantes, il visita l'Angleterre et l'Écosse, puis, à travers la Bavière et l'Autriche, il gagna Venise, Florence, Rome et Naples. C'est à Londres qu'il s'arrêta le plus longtemps; il y retourna, s'y attacha, fut sur le point de s'y acclimater. Son père, qui l'accompagnait quelquefois, ne partageait pas son anglomanie. « Je crois avoir découvert, écrit Abraham Mendelssohn le 12 juin 1833, la différence fondamentale et caractéristique entre Paris et Londres. A Paris, des Allemands, des Anglais, des Chinois et des Turcs peuvent vivre et jouir de tous les agréments de la ville, sans rien abdiquer de leur individualité ou de leur nationalité ; ils peuvent s'imaginer que Paris a été fait exprès pour eux. A Londres, l'étranger est ignoré, il n'existe pas; il ne doit y avoir là que des Anglais. Il faut que l'étranger se *dénationalise*, qu'il devienne Londonien, s'il veut avoir une existence. Je m'explique ainsi pourquoi un étranger qui a vécu longtemps en Angleterre garde un air de *singerie*, que n'a pas l'homme qui vient de France. C'est une période intermédiaire qu'il a dû traverser, avant d'apparaître sous sa nouvelle forme, devenue sa seconde nature. » Pour Félix, la période de *singerie* fut courte, si elle a jamais existé. Il savait l'anglais en arrivant, et ses goûts aristocratiques faisaient déjà de lui la moitié d'un *gentleman*. Même le paysage anglais se transfigurait devant ses yeux. « Félix, écrit encore Abraham, a trouvé que les prés dénudés étaient verts, et l'horizon gris lui paraît bleu. Ce matin, à neuf heures quatorze, le soleil avait juste assez de force pour teindre le brouillard en jaune, et l'atmosphère était semblable à une fumée d'incendie. *A very fine morning,* m'a dit mon coiffeur; il faut donc venir ici pour savoir ce que c'est qu'une belle matinée d'été. » En Italie, Félix fut toujours un étranger. Tout en admirant les monuments de l'art, il regrettait le paysage septentrional auquel il était habitué dès l'enfance. Au moment de quitter Florence, il écrivait : « J'ai vu hier le jardin du palais Pitti par un beau soleil. Il est magnifique, et tous ces cyprès, ces myrtes et ces lauriers font sur un homme comme moi une impression étrange; mais quand il m'arrive de dire que les hêtres, les tilleuls, les chênes et les sapins sont dix fois plus beaux et plus pittoresques, Hensel s'écrie : Oh! l'ours du Nord! » Mendelssohn n'avait rien d'un ours, mais il était homme du Nord jusqu'aux moelles, et romantique par nature. Il aimait le Nord pour sa poésie et ses légendes, pour toute cette féerie à laquelle il a prêté une voix dans le *Songe d'une nuit d'été.*

Avec son humeur voyageuse et son esprit d'indépendance, il ne pouvait guère se plier aux exigences d'une fonction sédentaire et précise. Il dirigea, de 1833 à 1835, les concerts de la ville de Dusseldorf; il partagea même pendant quelque temps la direction du théâtre avec le poète Immermann. En 1835, il fut appelé comme maître de chapelle à Leipzig, mais il interrompit fréquemment ses occupations par des voyages sur les bords du Rhin ou en Angleterre, ou par des séjours prolongés à Berlin. En 1834, il se maria avec Cécile Jeanrenaud, la fille d'un pasteur protestant de Francfort. Tout ce qu'on sait de Cécile est contenu dans les quelques mots que lui a consacrés Sébastien Hensel, le fils de Wilhelm : « Le charme qu'elle exerçait ne tenait à aucune qualité particulièrement saillante, mais elle était merveilleusement belle, et l'équilibre parfait de sa nature rendait son commerce agréable et reposant. »

La plupart des membres de la famille Mendelssohn eurent une fin prématurée. Fanny et Félix, que la communauté du talent et une affection profonde unissaient l'un à l'autre, moururent dans la même année 1847, elle le 14 mai, lui le 4 novembre. Cécile survécut six ans à son mari. Avec Félix et Fanny cessèrent les fêtes artistiques qui furent données pendant une dizaine d'années dans la belle propriété qu'Abraham avait achetée à l'extrémité de la *Leipziger-Strasse*. Cette propriété, où Abraham et Léa finirent leurs jours, était alors située presque en dehors de Berlin, et touchait au Thiergarten.

Derrière la maison principale s'étendait un grand
parc, et tout au fond, loin du bruit de la rue, s'élevait un pavillon tapissé de verdure, qui était réservé
aux Hensel; Wilhelm avait son atelier sur un des
côtés; au milieu, une salle voûtée, pouvant contenir plusieurs centaines de personnes, était amé-
nagée pour les concerts. On avait commencé par
inviter quelques amis le dimanche matin; peu à
peu tout le Berlin musical et non musical s'introduisit; ce fut presque une mode. C'est là que
Wilhelm Hensel forma ou compléta sa collection
de portraits, où, à côté de Gounod, de Berlioz et de
Liszt, d'Ingres et d'Horace Vernet, figuraient les
poètes Gœthe, Tieck, Henri Heine, et toutes les
illustrations du jour. Hensel avait cette particu-
larité, dit son fils, qu'il ne faisait pas poser ses
modèles, mais les laissait agir et parler à leur aise,
les prenant ainsi dans leur aspect de tous les jours
et leur nature vivante. C'est là aussi que fut donnée
la première audition des dernières œuvres de
Félix. « C'était un spectacle intéressant, dit le
narrateur, de voir, par une belle matinée de
dimanche, la grande salle du pavillon remplie par
une société choisie, avec le décor naturel des arbres
du parc, Fanny assise au piano, et autour d'elle le
chœur qu'elle avait formé. Quand Hensel avait fini
un tableau, on ouvrait les portes de l'atelier, et parfois un Christ abaissait son regard sérieux et
étonné sur tout ce fourmillement du monde

moderne. » On était loin des jours d'autrefois, où Moïse Mendelssohn obtenait à grand'peine du roi philosophe un domicile légal à Berlin, et où il se voyait refuser la même faveur pour ses enfants.

UN POËTE BERLINOIS

THÉODORE FONTANE

LE particularisme, qui tend de plus en plus à disparaître de la politique allemande, continue de
régner dans la littérature, et il faut s'en féliciter :
c'est une condition de variété et d'intérêt. Dans le
grand nombre de romans et de nouvelles qui paraissent chaque année, la plupart et peut-être les
meilleurs sont consacrés à la peinture des mœurs
toujours vivaces de telle ou telle province, de tel
ou tel coin de terre ignoré, qui a échappé jusqu'ici
au nivellement de la culture générale. Les grandes
villes aussi, qui se croient encore des capitales, ont
gardé leur physionomie propre. Munich, qui représente le Midi et qui se ressent du voisinage d'un
ciel plus chaud, a été jusque dans les derniers
temps une ville de poètes et d'artistes. A l'autre
extrémité de l'Allemagne règne l'esprit berlinois,
où il entre de la finesse, de l'observation, de l'hu-
mour et un peu de fatuité. Berlin, qui n'a joué autrefois qu'un rôle très effacé dans la littérature, aime
à se reconnaître dans quelques écrivains contemporains ; l'un des plus distingués est Théodore Fon-

tane, qu'un historien allemand appelle même « le Berlinois classique »[1].

Fontane est un descendant de huguenots français ; mais il n'a rien gardé de son origine. La manie qu'il a de saupoudrer ses phrases de mots français lui est commune avec beaucoup d'écrivains et de journalistes allemands. Son tort est de citer souvent ces mots à contre-sens ; il dira, par exemple, que douze mille soldats ont été *captivés*, et que Henri *quint* a encore des partisans en France. Sa Correspondance avec sa famille contient une lettre française qui passe toutes les limites permises de l'incorrection. Il est né le 30 décembre 1819, à Neu-Ruppin, dans la Marche de Brandebourg, où un monument a été consacré à sa mémoire. Son père tenait la pharmacie du Lion dans cette petite ville, qui est surtout connue par le séjour qu'y fit Frédéric II avant son avènement. C'était, comme Fontane lui-même nous le dépeint, « un grand et beau Gascon, plein de bonhomie, d'humeur un peu extravagante, beau parleur et conteur d'anecdotes » ; il n'avait que « des passions nobles », entre autres celle des chevaux et celle du jeu, perdit la plus grande partie de sa fortune, vendit sa pharmacie, puis en acheta une autre à Swinemunde, l'avant-port de Stettin, à l'embouchure de l'Oder[2].

---

1. Richard M. Meyer, *Die deutsche Litteratur des neunzehnten Jahrhunderts*, p. 442.
2. *Meine Kinderjahre*, p. 17, p. 24.

C'est à ce lieu assez pittoresque, de population mêlée, animé par le mouvement des navires, que se rattachent surtout les souvenirs d'enfance de Fontane. Il y passa cinq années, de 1827 à 1832, et fit ensuite des études très disparates à Neu-Ruppin, à Berlin et à Leipzig, flottant entre les sciences appliquées et les lettres. En 1851, ayant déjà trente-deux ans, il recueillit ses poésies lyriques, dont une partie avaient paru isolément dans les revues, et qui lui procurèrent un succès d'estime. Il se rendait bien compte que ce n'était pas de ce côté-là que lui viendrait la renommée. « Je suis certainement une nature poétique, dit-il dans une lettre à sa femme (du 8 janvier 1857), je le suis plus que tant d'autres qui se jettent de l'encens à euxmêmes; mais je ne suis pas une nature grande, riche. Cela tombe par petites gouttes. Que chaque goutte soit parfaitement claire et bonne, c'est possible, mais ce n'est toujours qu'une goutte. Ce n'est pas un fleuve sur lequel une nation puisse naviguer, dont elle puisse sonder la profondeur, contempler la surface éblouissante au soleil. Je suis un bon poëte du dimanche, qui, après avoir accompli son pensum de la semaine, donne sa chanson quand le ciel lui en inspire une, mais qui peut bien aussi se taire sans que le monde lui en garde rancune. » On risque bien, quand on a vécu toute la semaine dans la prose, de ne rencontrer encore que la prose le dimanche, et c'est ce qui arrive souvent à Fon-

tane. Le Berlinois est, en général, peu lyrique, et,
sous ce rapport comme sous beaucoup d'autres,
Fontane est le vrai poète de Berlin; le peu de
lyrisme qu'il a en lui tourne vite à la poésie senten-
cieuse et au conte humoristique, et, dans ce dernier
genre, son recueil contient quelques pièces réellement intéressantes.

Fontane est conservateur en politique, optimiste
en morale. En religion, il est pour le maintien et le
respect des formes traditionnelles; il pense même
que certaines superstitions peuvent être salutaires.
En tout, il est homme de raison et de juste milieu.
Il aime le peuple, tout en ayant des goûts aristocratiques. Il est partisan du progrès, mais tout ce qui
pourrait ébranler l'édifice savamment combiné de
l'État prussien lui est antipathique, et toute révolution qui ne tendrait qu'à augmenter le bien-être
matériel lui paraît vaine et même dangereuse. En
littérature, il est réaliste à la façon de Gottfried
Keller et de Gustave Freytag, sans donner dans les
excès du naturalisme. « Hier, en revenant de ma
promenade, écrit-il le 8 juin 1883, j'ai commencé à
lire Zola. Je n'irai sans doute pas au delà du
premier volume, ou, si je les lis tous, je ne pren-
drai que deux ou trois ou quatre chapitres de
chacun. Cela m'intéresse comme homme du métier,
mais il ne peut pas être question d'admiration. La
préface de *la Fortune des Rougon* est absurde et
prétentieuse; c'est, au bout du compte, un pur

bavardage. » Ce qu'il reproche surtout à Zola, c'est
le manque de distinction et de « culture ». Il
estime qu'un écrivain, quand il ne porte pas un
grand fonds de poésie en lui-même, quand il
n'est pas Gœthe ou Shakespeare, ne doit prendre la plume qu'après s'être mis au courant de
tout le savoir humain. Lui-même a toujours consacré une partie de son temps à des recherches
historiques.

En 1850, il fut attaché au département de la
presse au ministère de l'intérieur, sous le gouvernement réactionnaire de Manteuffel, et deux ans après
il fut envoyé en Angleterre comme correspondant
des journaux ministériels, la *Preussische Zeitung*
et la *Zeit*. Il a consigné ses impressions de cette
époque dans un de ses premiers écrits en prose,
Un été à Londres. Il retourna à Londres en 1855,
et il y resta, avec de courtes interruptions, jusqu'en
1859. Il fut ébloui par l'immensité de la ville et par
l'activité d'une population tout enfiévrée de gain.
Mais le formalisme anglais le gêna. Un jour, il
se présente à table sans être rasé. *No shaving!*
s'écrie sa voisine indignée. « Les Anglais, écrit-il
à sa femme le 12 octobre 1855, sont persuadés de
l'absolue excellence de leurs mœurs et de leurs
habitudes, et le moindre geste qui s'en écarte leur
paraît *ungentlemanlike*. Cela dénote un esprit
borné. C'est un genre insupportable, et pour s'y
soustraire, il ne reste qu'à s'enfuir. Il faut l'avouer,

les Anglais nous sont supérieurs pour les formes
aristocratiques, mais ils nous sont bien inférieurs
pour cette belle tolérance qui est le vrai signe de la
noblesse. Nous pouvons apprendre quelque chose
d'eux, mais ils ont bien plus à apprendre de nous. »
Une autre cause de malaise pour Fontane, c'était
sa pauvreté. « Il me faut absolument une bonne
redingote, écrit-il un peu plus tard. Je gèle dans
mon *Pélissier*, et ma fourrure n'est plus mettable.
Je ne sors qu'à la tombée de la nuit, je rode à
travers les rues, et le soir je suis seul dans ma
chambre, ne pouvant aller, dans mon vieux costume démodé, ni au club, ni au théâtre. »

Il fut encore plus dépaysé lorsqu'en 1856, après
un congé de deux mois, il traversa la France pour
retourner à son poste d'observation. Il s'arrêta une
semaine à Paris, et s'y ennuya. Paris lui sembla
petit après Londres, même moins beau que
Londres, mais sur ce dernier point il a soin
d'ajouter que c'est son goût personnel. Il n'en vit,
du reste, que le côté banal, et il était gêné par son
ignorance du français. « Paris, écrit-il, ne prétend
pas lutter avec Londres pour le mouvement et la
vie; il vise surtout à distraire et à instruire. Pour
le « plaisir », Paris est infiniment supérieur à
Londres, mais je ne suis pas en état de profiter de
cette supériorité. Que les musées de Paris soient
plus intéressants que ceux de Londres, c'est une
question qu'on peut débattre; mais supposé qu'ils

le soient, il faudrait au moins un mois pour les apprécier et en jouir. Les musées consolent du reste, mais ne sont pas tout. Quant au reste, qui est le principal, quant à la distraction et au divertissement, mon Dieu! si j'avais vingt ans, si j'étais un jeune comte ou, ce qui revient au même, un commis à gros appointements, si j'avais une grisette et une loge au théâtre, si je faisais des dettes et si je parlais le français, ah! ce serait une vie délicieuse, un de ces délices auxquels on pense encore quand on est pris par la goutte et qu'on a la tête branlante. Mais tomber d'un café dans un autre, redemander toujours la même demi-tasse et épeler le *Constitutionnel*, c'est un pauvre plaisir et plutôt un travail qu'une jouissance. Pour s'amuser ici, il faut de certaines qualités et de certains défauts, et je n'ai ni les uns ni les autres. Il faut d'abord savoir le français, ensuite être un libertin, aimer le jeu, courir les filles, fumer du tabac turc et manier la queue de billard. Celui qui n'a et qui n'aime rien de tout cela, n'a qu'à faire ses paquets, après avoir fait sa visite aux galeries du Louvre et de Versailles. Je reviendrai ici quand je saurai le français, et j'y reviendrai avec toi. » La lettre est adressée à sa femme. Tout cela n'est peut-être qu'un développement humoristique. Autrement, que faudrait-il penser d'un voyageur qui jugerait Paris d'après ce qu'il en a vu dans des lieux publics peuplés d'étrangers et d'étrangères? Fon-

tane revint plusieurs fois en France, mais il
n'apprit jamais le français.

De retour à Berlin, il continua de fournir des
articles à la presse officieuse, et il commença ces
Pérégrinations à travers la Marche de Brandebourg,
qui sont sinon le meilleur de ses écrits, du moins
celui où il a mis le plus de son âme. L'étranger lui
avait appris à aimer son pays. Il avait cru s'apercevoir, en visitant les lacs de l'Écosse, que le lac de
Rheinsberg n'était pas moins pittoresque. C'était
une opinion fort contestable, mais, comme le dit
une épigraphe, « ce qu'on aime est toujours beau ».
Fontane a soin de nous avertir, dans une préface,
que ces *Pérégrinations* ne sont ni un livre d'histoire,
ni un guide du voyageur. Elles sont pourtant l'un
et l'autre tour à tour. La nature y tient peu de
place. Fontane pensait qu'il y avait assez de décou-
vertes à faire dans le cœur humain pour qu'on pût
se passer de tout autre champ d'observation. Il
évoque, chemin faisant, les souvenirs historiques,
décrit les mœurs locales, remonte même jusqu'à
l'époque païenne, retrace l'effort des générations
successives pour rendre le sol habitable, et s'il y a
une conclusion générale à tirer de son récit, c'est
que ce n'est pas la terre qui fait l'homme, mais
l'homme qui fait la terre et la rend féconde.

Fontane est patriote, dans tous les sens du mot.
Il aime la petite patrie et la grande, le coin de
terre sur lequel il a été élevé, et le groupe national

auquel il appartient. Son patriotisme lui tient lieu
de sens politique. Quand les intérêts de son pays
sont en jeu, il ne raisonne plus, ou il raisonne
mal. Il assista, comme correspondant militaire, à
la conquête du Schleswig et à la campagne de
Bohême. En 1870, ayant été chargé par un éditeur
de Berlin d'écrire l'histoire de la guerre franco-
allemande, il suivit l'armée prussienne en Lorraine.
Arrivé à Toul, il lui prit fantaisie d'aller visiter le lieu
de naissance de Jeanne d'Arc. Mais à Domrémy on
le prit pour un espion; pourtant son mauvais français montrait assez qu'il n'avait pas les qualités de
l'emploi. Il fut transféré à la citadelle de Besançon,
et ensuite à l'île d'Oléron, où il resta jusqu'à la fin
de septembre. Rendu à la liberté par un décret du
ministère Gambetta, il regagna l'Allemagne. Les
deux gros volumes qu'il a consacrés à la guerre ne
sont qu'un ouvrage de vulgarisation, mêlé de
prose et de vers, où chaque victoire des armées
allemandes est suivie d'un dithyrambe. Le premier
volume s'ouvre par un chapitre où l'auteur discute
« les responsabilités ». Qui est-ce qui a voulu la
guerre? Est-ce la camarilla qui entourait Napoléon III, ou Bismarck? La question est encore con-
troversée. Fontane a une explication qui est à lui,
mais qui est vraiment trop simple. Le promoteur
de la guerre, c'était, selon lui, le peuple français,
« qui demandait de la gloire ». Il ne dit pas ce qu'il
entend par le peuple français. Est-ce la classe

ouvrière ou la bourgeoisie, qui n'étaient occupées que de leurs intérêts matériels, ou le monde lettré, qui ne cachait pas sa répugnance? Fontane juge Bismarck « le plus grand homme de l'histoire », Napoléon aussi a fondé un empire, mais qui s'est écroulé aussitôt, tandis que celui de Bismarck a la certitude de la durée. Il n'y a rien à dire à cela. C'est le privilège des convictions absolues de se produire avec une telle assurance, qu'on ne songe pas à les discuter.

Les récits militaires de Fontane, venant après ses ballades guerrières, commencèrent à le mettre en faveur auprès du public. Mais ce furent seulement ses romans et ses nouvelles qui le classèrent définitivement parmi les meilleurs écrivains du jour; ce fut là aussi, et là seulement, qu'il montra une vraie originalité. Peu de carrières ont été aussi laborieuses que la sienne. Sa vie n'a été longtemps qu'une suite de tentatives et, pour ainsi dire, de reconnaissances en tous sens, dont aucune n'a été tout à fait infructueuse, mais qui ne lui ont valu, en somme, que des demi-succès. Ce n'est que dans la vieillesse qu'il a connu la gloire, si même ce mot n'est pas trop ambitieux pour les honneurs dont il a joui. Même dans le roman il n'a d'abord fait que marcher sur les traces de ses devanciers. Les Allemands se sont toujours trop souvenus de la distinction que Gœthe fait quelque part entre le roman et le drame. « Il faut, dit-il, que le roman s'avance avec lenteur et que les sentiments du personnage principal suspendent la marche progressive de l'ensemble, tandis que le drame doit se hâter vers le dénouement[1]. » Or il arrive que le récit, à force de procéder avec lenteur, s'arrête tout à fait et devient stagnant.

Le premier roman de Fontane, *Avant la Tempête*, qui parut en 1878, et dont l'action se passe dans l'hiver de 1812 à 1813, est une longue suite de tableaux et d'épisodes, dont le lien n'est pas toujours visible. Mais il sentit aussitôt qu'il n'était pas dans sa voie. Les ouvrages qui suivirent appartiennent à un genre intermédiaire entre le roman et la nouvelle, et qui approche même davantage de la nouvelle, un genre où une seule situation, bien isolée et bien circonscrite, est traitée à part et éclairée par toutes ses faces. Il y a peu d'action, l'analyse psychologique est tout, et à la fin, puisque enfin il faut conclure, un brusque dénouement termine le récit. Le fond est presque uniformément constitué par des mésalliances et des unions libres; mais il n'y · a pas seulement des mésalliances sociales, entre grands seigneurs et bourgeoises ou entre bourgeois et grandes dames; il y a aussi des mésalliances morales, entre des esprits qui ne se conviennent pas, et ce sont les plus fréquentes. Le comte Petœfy, dans le roman du même nom, a

1. *Les Années d'apprentissage de Wilhelm. Meister*, livre V, chapitre VII.

épousé une actrice beaucoup plus jeune que lui; il
est catholique, elle est protestante; il est Autrichien, elle est Prussienne; il y a entre eux incom-
patibilité d'âge, de naissance, de religion, de nationalité; il résulte même de toutes ces oppositions
une complexité d'idées qui nuit à la clarté du récit.
Le comte se donne la mort, lorsqu'il s'aperçoit
qu'il n'est plus aimé. Dans *Cécile*, un colonel en
retraite épouse une demi-mondaine; bientôt il est
jaloux des hommages qu'elle reçoit; de là, duel et
suicide. *Stine*, ou Ernestine, une ouvrière, a le bon
sens de refuser la main d'un comte; celui-ci s'em-
poisonne.

Mais les conflits ne mènent pas toujours à des
catastrophes. Dans quelques-unes des nouvelles
de Fontane, et même dans les meilleures, les
unions mal assorties se dénouent paisiblement,
du consentement des deux parties. Dans *l'Adul-
tera*, un riche commerçant, d'âge mûr et d'esprit
vulgaire, a épousé une jeune femme très spirituelle
et un peu romanesque. Il a mis dans sa galerie de
tableaux une copie de la *Femme adultère*, de Tin-
toret. « C'est une image dangereuse, lui dit sa
femme, et presque encourageante. » Elle quitte,
en effet, la maison, rejoint son amant, et vit du
travail de ses mains, ce qui la justifie presque aux
yeux du monde. Une amourette racontée sur un
ton sérieux, tel est le sujet de *Irrungen Wirrungen*,
une dénomination bizarre, qu'on pourrait presque

traduire par le titre d'une pièce de Shakespeare, *Peines d'amour perdues*; ce sont les labyrinthes de l'amour, les dédales où l'on s'engage lorsqu'on quitte le chemin battu de la tradition. Un jeune officier de naissance noble et une jeune fille du peuple se rencontrent dans une partie de campagne; ils s'aiment, se le disent, tout en sachant qu'ils ne pourront pas se le dire longtemps. « Quand on fait un beau rêve, dit la jeune fille, il faut en remercier Dieu, et ne pas se plaindre de ce que le rêve finisse. Cette heure est à moi, que m'importe le reste? » Ils se quittent, non sans douleur, et finissent par se marier chacun dans sa classe.

La plupart des personnages de Fontane appartiennent à l'humanité moyenne; ce sont des *Durchschnittsmenschen*, comme on dit en allemand, plutôt bons que mauvais, sans grandes vertus et sans grandes passions, prenant leur part des jouissances de la vie, et se résignant au mauvais sort. Le style est tempéré comme les sentiments, simple et élégant, d'une négligence très étudiée et d'une nonchalance qui n'est pas sans grâce. Le récit est souvent interrompu par des conversations. Les personnages se jugent et se peignent entre eux, ce qui est une manière plus vivante de les faire connaître qu'un portrait tracé par l'auteur. Fontane lui-même était un aimable causeur : il prétendait que c'était ce qui lui restait de son origine française.

Il mourut à Berlin le 20 septembre 1898. Il était devenu à la fin une figure presque populaire. On connaissait cet homme qu'on voyait circuler à travers les rues, un foulard autour du cou, la tête penchée en avant, levant de temps en temps les yeux pour observer un passant ou pour recueillir un fait divers; on lui trouvait même dans la démarche quelque chose du grand Frédéric. Lors du dixième anniversaire de sa mort, la ville qu'il a aimée et dont l'âme a passé dans la sienne a voulu lui élever un monument, et le projet est devenu l'occasion d'un incident à la fois touchant et tragique. Le sculpteur chargé du travail, Max Klein — son nom mérite de survivre — fut surpris par une maladie dont l'issue devait être fatale. Une opération pouvait seule le sauver, mais elle l'obligeait à déposer son outil. S'il refusait de se faire opérer, six mois lui restaient à vivre. Six mois, il trouva ce temps suffisant pour achever son œuvre, et il mourut sans avoir vu le modèle exécuté en marbre. Le monument, quand il sera mis en place, perpétuera à la fois la renommée de l'écrivain et le dévouement du sculpteur, et les Berlinois pourront se dire en le regardant : « Théodore Fontane, c'est nous [1]. »

1. L'inauguration, qui devait avoir lieu le 30 décembre 1909, jour anniversaire de la naissance du poète, a été remise au printemps de 1910, les travaux n'ayant pas été terminés.

CORRESPONDANCE
ENTRE LE ROI FRÉDÉRIC-GUILLAUME III
ET LA REINE LOUISE EN 1807

ON a conservé une série de lettres fort curieuses qui furent échangées entre le roi de Prusse Frédéric-Guillaume III et la reine Louise, pendant les négociations qui précédèrent la paix de Tilsit[1]. Elles sont écrites en français, dans ce français à peu près correct, mais contraint et figé, qui était la langue des grands et petits seigneurs étrangers du temps. Dans de rares moments, chez la reine, le naturel reprend le dessus, et ses angoisses s'échappent en courtes phrases allemandes : ce sont, littérairement parlant, les meilleurs passages de la correspondance.

Les deux souverains sont d'abord à Memel, à une quinzaine de lieues du champ de bataille de Friedland. Ils ne reçoivent la nouvelle de la victoire de Napoléon qu'après deux jours, c'est-à-dire le 16 juin 1807. Leur première pensée est de fuir par mer ou de gagner la route de Riga. Mais en même temps ils entendent parler d'armistice; on leur dit

1. Elles ont été publiées dans la *Deutsche Rundschau*, dans les numéros de janvier et février 1903.

que le vainqueur lui-même désire la paix. Aussitôt
le roi s'apprête à joindre son allié, l'empereur
Alexandre. Il le rencontre dans un manoir, ancien
rendez-vous de chasse des rois de Pologne. « Après
un voyage aussi long qu'ennuyeux, écrit-il le
21 juin, j'ai été rendu ici ce matin à deux heures et
demie. Le pays que j'ai parcouru est plus varié que
je ne m'y étais attendu; des vallons, des prairies,
des collines, dès bouquets d'arbres, le rendent
moins monotone qu'on ne se l'imagine; mais les
villages et surtout les *soi-disantes* villes offrent un
aspect des plus dégoûtants... Mon encrier est une
tasse, et mon sablier un peu de terre d'un pot de
fleurs. »

Dans une seconde lettre, datée du lendemain, il
est déjà question de négociations. L'armistice, sans
être conclu, existe de fait entre les armées française
et russe; il ne s'agit plus que d'y comprendre la
Prusse. On a des idées, en partie chimériques, au
moyen desquelles on espère donner le change à
Napoléon : par exemple, celle du partage de la
Turquie. « On forme des plans gigantesques pour
tâcher d'éviter le coup qui nous menace, et on se
flatte qu'en cajolant Bonaparte sur différents
points qu'il affectionne beaucoup, on parviendra à
sauver plus facilement nos intérêts communs. Mais
ce ne sont encore que des idées générales... Dieu
sait à quels résultats nous devons nous attendre.
L'Angleterre gueuse, et l'Autriche reste muette...

Nous nous traînons, en attendant, d'une bicoque polonaise à l'autre. » La reine répond : « Cet homme ne connaît point de justice, mais par fantaisie et caprice peut-être fera-t-il des choses auxquelles on ne s'attend pas. Si vous êtes obligé de voir l'Infernal, avec l'Empereur peut-être, encore croit-on que cela fera quelque bien. »

On voit, par les passages qui précèdent, que la correspondance a un vocabulaire spécial pour Napoléon. Quand on est calme, on l'appelle Bonaparte. Ailleurs, c'est « le monstre, le diable, ce qu'il y a de plus infâme et de plus méchant réuni dans une personne »; c'est Faust avec son *famulus*; le *famulus*, c'est Talleyrand; la garde impériale, c'est la garde du diable. L'Empereur, c'est toujours Alexandre.

Des deux correspondants, c'est le roi qui joue le rôle le plus piteux. Il n'a que deux sentiments, la crainte et la haine. Sa crainte est la peur de l'enfant devant l'ogre. Sa haine est aveugle et irréfléchie. Lorsqu'il est exclu de la première entrevue entre Napoléon et Alexandre, sur ce radeau du Niémen d'où allait sortir une Europe nouvelle, il s'en applaudit presque : il sera du moins dispensé de voir le monstre. « J'ai assisté de loin à tout ceci, pour apprendre un peu mon rôle. J'avais mis mon manteau russe, et je me suis placé entre les officiers russes au bord de la rivière. Pendant ce temps, Kalckreuth me donna des nouvelles de sa négociation (pour l'armistice), c'est-à-dire qu'elle n'avançait aucunement... J'en fis aussitôt avertir l'Empereur, avant d'entrer (avant qu'il entrât) dans la chaloupe, *afin qu'il réglât sa disposition de manière*, comme il m'avait promis de se prononcer très ouvertement en ma faveur. J'ai donc vu de loin — voulût le ciel que ce ne fût jamais de près! — cet être qui ne semble exister que pour porter partout la désolation et la mort. Je ne puis vous exprimer l'effet que cette vue m'a causé. La conversation a duré deux heures entières, durant un temps détestable, mais je suis resté là pour en attendre l'issue... L'Empereur, après son retour, mit aussitôt pied à terre chez moi, pour me faire son rapport de tout ce qui s'était passé. Il ne peut assez dire combien ce N. lui paraît extraordinaire, boutonné, froid, mais poli... »

Il faut pourtant que Frédéric-Guillaume voie le monstre de près. La lettre précédente est datée du 25; le lendemain, il écrit : « Je l'ai vu, j'ai parlé à ce monstre vomi par l'enfer, formé par Belzébuth pour être le fléau de la terre. Il m'est impossible de vous rendre la sensation que son premier aspect m'a causée... Il était d'une politesse froide, mais nullement prévenant... Il n'est entré nullement en matière sur le sort futur qu'il nous destine... Ce qu'il y avait d'heureux, c'est que l'Empereur m'a accompagné à cette entrevue, et que c'est lui principalement qui a fait les frais de la conversation...

Imaginez-vous que cet animal a eu le manque de politesse de ne pas me présenter ni de me laisser présenter sa suite infernale... Avant de s'embarquer pour retourner chacun de notre côté, il a invité l'Empereur *de* dîner chez lui... Il ne m'a point fait l'honneur de m'inviter, et j'en suis extrêmement charmé... »

Frédéric-Guillaume est dans cet état d'esprit où l'on ne raisonne plus. Napoléon est pour lui plus qu'un ennemi politique; c'est le renversement de l'ordre naturel, une anomalie dans la création. Le mot *monstre* exprime bien le fond de sa pensée. La reine Louise a une vue plus claire de la situation. Tout en partageant la haine de son époux, elle songe à l'avenir, elle cherche une issue, elle suppute les dernières chances de succès. Dans sa réponse à la lettre du 26, elle dit : « Que Napoléon vous ôte la moitié de ce que vous avez possédé, pourvu que vous gardiez ce qui vous sera accordé en pleine possession, avec le pouvoir de faire le bien, de rendre heureux les sujets que Dieu vous laissera, et de vous unir en politique là où l'honneur vous appelle et vos inclinations vous portent. » Elle craignait que la Prusse ne fût simplement incorporée à la Confédération du Rhin. Elle pense à une autre confédération, qui embrasserait tout le nord de l'Europe : « L'idée que vous avez si souvent énoncée pour le nord de l'Allemagne doit être maintenant suivie pour le nord de l'Europe.

Tous pour un, un pour tous. » Et elle ajoute, en allemand : *Alle für einen, einer für Alle*. Ce sera le mot d'ordre de 1813.

L'événement a prouvé que ces vues n'étaient pas aussi chimériques qu'elles devaient le paraître en 1807. Mais le ton des lettres n'est pas toujours aussi élevé. A côté des conseils, des encouragements, des espérances, on rencontre, chez la reine Louise, des froissements d'amour-propre, des préoccupations d'étiquette. Le pavillon où avaient lieu les entrevues était orné de médaillons aux initiales des deux empereurs. Elle écrit à ce sujet : « Ces chiffres N et A au pavillon, sans le vôtre, l'invitation de l'Empereur à dîner sans vous, tout cela sont de véritables grossièretés faites à plaisir. D'abord, le Memel vous appartient : pourquoi donc omettre le chiffre du possesseur du pays, et, après avoir fait votre connaissance, pourquoi ne pas vous inviter aussi? » Ailleurs, elle s'exprime avec plus d'énergie encore sur la conduite de Napoléon à l'égard de Frédéric-Guillaume : « Les manières peu polies de sa part ne m'étonnent pas, car il y a deux raisons pour cela : manque de bonne volonté, ou manque de savoir-vivre et de connaître les usages de cour. Car comment voulez-vous que cet être infernal, qui s'est élevé du sein de la boue, sache ce qu'il doit aux rois? »

Le respect de la royauté de naissance était assurément le moindre préjugé de Napoléon. « Sans doute, répond Frédéric-Guillaume à la reine, vos raisonnements sont fort justes, mais la pratique en est devenue d'autant plus difficile et en partie impossible, depuis que l'on semble décidé à embrasser un nouveau système en politique, entièrement opposé à l'ancien. » Ce n'étaient pas seulement deux politiques, c'étaient deux mondes qui se heurtaient et entre lesquels tout contact était blessant. Cependant Napoléon, après avoir bien marqué la position différente qu'il comptait prendre vis-à-vis de ses deux adversaires de la veille, montra qu'il ne manquait nullement de « savoir-vivre », quand il voulait en avoir. Le 28 juin, Frédéric-Guillaume trouva chez lui le prince Murat, en grand costume de maréchal de l'Empire, qui venait le complimenter et le prier de se rendre auprès de Napoléon. « Il était extraordinairement poli et a tout à fait la tournure d'un homme qui aime le bruit et la gaieté... N. me reçut dans la rue, me fit passer le premier, et paraissait infiniment mieux disposé et plus à son aise que la première fois. Notre entretien dura plus d'une heure. On repassa les événements passés, mais sans y mettre de l'astuce ou de l'aigreur, me demanda si je ne désirais pas revoir bientôt Berlin, étant absent depuis si longtemps, me demanda de vos nouvelles, et me dit qu'il savait que vous ne l'aimiez pas, et si vous ne vouliez pas également faire votre paix avec lui, etc., etc. Sur tout cela j'ai répondu convenablement, et j'avoue que je n'étais nullement embarrassé avec lui cette fois-ci. En sortant, il répara son incongruité de l'autre jour et me présenta les personnes les plus marquantes qui se trouvaient dans l'antichambre, entre autres le ministre Talleyrand, dont l'aspect est repoussant... Vers cinq heures, N. vint me rendre ma visite; il ne s'arrêta que peu de moments et m'invita fort poliment à la revue... » Quant au dîner, Frédéric-Guillaume l'appelle « un soi-disant dîner », parce qu'il ne dure que trois quarts d'heure. « Imaginez-vous, ajoute-t-il, que pendant le repas N. s'est levé et a pris un verre de champagne en disant : « A la santé « de la Reine de Prusse! » Il a donc aussi fallu boire à la sienne. »

On désirait, dans l'entourage de Frédéric-Guillaume, et même dans celui de Napoléon, que la reine vînt à Tilsit. La première idée, d'après la correspondance, était venue de Kalckreuth et de Murat; elle avait été approuvée par Berthier. Du côté prussien, on espérait que la reine arracherait quelques concessions à Napoléon; du côté français, on pensait que sa présence amènerait peut-être un rapprochement durable, même après les dures conditions du traité qui allait être signé. Des deux côtés, l'on se trompa. Elle-même aurait souhaité « que son arrivée fût motivée sur quelque base décente, que quelqu'un de la société couronnée en exprimât le désir ». Elle attendait une ouverture de la part d'Alexandre ou de Napoléon lui-même. Celui-ci, depuis quelques jours, se montrait d'humeur plus douce : le roi en fait la remarque, et consent maintenant à l'appeler l'Empereur N. Mais tout ce qu'on obtint de lui, ce fut un acquiescement poli. « Kalckreuth m'a dit hier soir à la hâte que Berthier, qui également s'intéresse beaucoup à cette affaire et qui me paraît un homme bien pensant, avait dit à lui qu'il en avait parlé à l'Empereur N., en lui annonçant, comme une nouvelle qui se débitait, que l'on vous attendait chez moi. A quoi il doit avoir répliqué : « Oh! d'autant mieux! » Armez-vous de courage... »

Elle eut avec Napoléon, le 7 juillet, une entrevue sans témoins. On sait que Talleyrand a fait de cette entrevue, dans ses Mémoires, un récit tout à fait imaginaire. M. Paul Bailleu, l'auteur de la publication que nous analysons, a reproduit, à la suite des lettres, un compte rendu du chargé d'affaires de Suède, Brinckmann, qui a toutes les apparences de l'exactitude. La reine dit ce qu'elle doit dire; elle parle de ses enfants, à qui elle laissera un héritage diminué, des sujets qu'il est question de lui enlever « et qui ne seront pas heureux sous un autre gouvernement ». Napoléon, de son côté, dit ce qui est dans son rôle. Tout en rendant justice au caractère de la reine et à la noblesse des motifs qui ont dicté sa démarche, il se voit obligé « de faire céder les égards particuliers à des combinai-

sons générales ». L'entrevue demeura sans
résultat, et Brinckmann ne peut s'empêcher de blâ-
mer ceux qui en furent les promoteurs. Le traité
fut rédigé le jour même, et signé le lendemain. Il
terminait la guerre, sans faire disparaître les fer-
ments de haine qui devaient amener tôt ou tard une
guerre nouvelle. La Prusse était « rognée et dissé-
quée », comme dit une lettre du roi, mais non rési-
gnée. Que pouvait-il lui arriver désormais? Elle
était réduite à une de ces situations où l'on peut
tout oser, parce qu'on n'a plus rien à craindre.

LA VIE D'UN SOLDAT

D'IL Y A CENT ANS

L<small>E</small> 26 septembre 1848 s'éteignait, à Glogau en Silésie, un vieux soldat qui, soit comme ami, soit comme ennemi de la France, avait servi pendant vingt ans dans les guerres de la Révolution et de l'Empire. Originaire de la Hesse, et vivant à une époque où les États de l'Europe n'avaient plus de frontières, il partagea les destinées de la région indécise à laquelle il appartenait. Dans ses moments de loisir et dans les intervalles de ses campagnes, il notait d'une plume peu littéraire, mais ferme et nette, sans apprêt, mais avec beaucoup de suite, ses impressions et ses souvenirs. Il a laissé ainsi un certain nombre de feuillets, que son petit-fils, officier comme lui, a eu l'idée de recueillir et de livrer à la publicité. C'est un témoin sincère et presque toujours impartial qui parle dans ces pages, et qui fait revivre devant nous, dans le détail d'un récit pittoresque, une des périodes les plus surprenantes de notre histoire [1].

1. W. von Conrady, *Aus stürmischer Zeit. Ein Soldatenleben vor hundert Jahren*. Berlin, 1907.

I

Au mois de mars 1794, Louis-Guillaume de Conrady sortait de l'école des cadets de Cassel; il avait un peu moins de dix-huit ans. Il entra comme porte-drapeau dans un régiment de dragons, qui fut mobilisé dès l'année suivante et dirigé sur la frontière française. « Mobilisé! s'écrie-t-il. Mot magique pour un jeune officier de cavalerie! Ce n'est plus la fastidieuse monotonie du service en temps de paix, l'inévitable ennui des jours éternellement pareils, mais la gloire des reconnaissances périlleuses et des hardis coups de main. C'est le moment de montrer qu'on a le bras fort et l'œil ouvert. Quant aux blessures, ou à la mort, ou à la captivité, nul n'y pense. » Il fallut pourtant y penser. Sa première campagne, qu'il fit sous le duc de Brunswick, et qui aboutit à Valmy, fut sans gloire. Il la résume en quelques mots : une marche dans la boue, le désaccord entre les chefs, le manque d'approvisionnements et l'abandon des malades. « Cependant, ajoute-t-il, cette campagne me servit de leçon : tout jeune que j'étais, je compris les fautes des alliés, et j'appris à connaître les sombres fatalités de la guerre. » L'année suivante, les dragons hessois furent appelés à opérer contre le général Custine autour de Mayence. Conrady eut

son cheval tué sous lui dans un combat d'avant-
poste; il manqua d'être écrasé et passa une semaine
à l'hôpital. Le régiment était mal équipé. Les officiers adressèrent une humble supplique au landgrave Guillaume IX, pour obtenir le règlement de
leur solde, ou au moins une gratification, afin de
pouvoir subvenir à leurs besoins immédiats. Le
landgrave, pour toute réponse, suivant l'exemple
de ses prédécesseurs, vendit tout le régiment aux
Anglais. « Cette opération militaire versa plus de
deux millions de thalers dans sa caisse. »

Les Anglais, commandés par le duc d'York, cher-
chaient alors, de concert avec les Autrichiens, à
entamer la frontière française du côté de la Bel-
gique. Une série de combats, aussi mal dirigés
d'un côté que de l'autre, furent livrés entre Valenciennes, Denain et Bouchain. Dans un de ces
combats, Conrady se vit tout à coup séparé des
siens. Il n'avait qu'un mauvais cheval, qui tomba;
son sabre se brisa; il fut fait prisonnier. On le con-
duisit à Douai, et ensuite à Arras. Ce qui le frappa
d'abord, ce furent les dispositions différentes de la
population à son égard. Entrait-il dans une auberge
de village, ou dans une maison particulière, il était
reçu avec un sentiment de commisération qui devenait vite de la bienveillance. Mais il ne pouvait
traverser une ville sans être escorté d'une troupe de
jacobins, hurlant sur son passage et le menaçant
de mort; parfois il les faisait taire en attachant, sur

le conseil de ses gardiens, une cocarde tricolore à son képi. Quant aux officiers français avec lesquels sa captivité le mettait en rapport, ils le traitaient en camarade, et quand la détention était trop dure, ils lui faisaient passer du linge et des vivres.

C'est à Arras qu'il éprouva les plus étranges et parfois les plus cruelles surprises. Le conventionnel Lebon régnait dans cette ville, avec un pouvoir à peu près absolu. Les prisonniers avaient été internés dans la citadelle; on leur permettait de se promener sur une pelouse qui s'étendait devant leur prison. Un jour Lebon, escorté d'une foule tumultueuse, vint les visiter. Il s'arrêta devant trois Anglais, jouant aux cartes. « Alors, raconte Conrady, il fit un long discours sur les tyrans, en s'animant de plus en plus; enfin, écumant de rage, il se fit donner le jeu de cartes, prit un roi et un valet, cria que l'un avait une tête et deux jambes aussi bien que l'autre, mais que l'un était un ami et l'autre un ennemi; ensuite il demanda un couteau, coupa la tête au roi, déchira tout le jeu, et, jetant les morceaux aux pieds des Anglais, leur dit, aux applaudissements de la foule : « C'est « ainsi que nous traiterons votre George et tous les « rois ses confrères, quand nous les aurons pris ! » Les Anglais, qui n'avaient pas compris un mot de son discours, furent stupéfaits; ils ignoraient qu'il ne fallait jouer en France qu'avec des cartes où les rois étaient remplacés par des héros de l'antiquité. »

Conrady avait été rejoint à la citadelle d'Arras par un compagnon d'armes qui avait été fait prisonnier peu de temps après lui. Un jour on leur permet de faire une promenade en ville, sous la conduite d'un lieutenant français. Celui-ci les mène au théâtre, sans doute pour leur donner une leçon de civisme, car on répétait la pièce du soir, qui avait pour titre *le Dernier jugement des rois*. Conrady remarque qu'au-dessus du rideau, à la place où les scènes allemandes portent une horloge, on avait peint deux anges tenant un écusson, sur lequel étaient tracés ces mots : *École des mœurs*. Sur les galeries en face on avait appliqué des bonnets rouges.

« Nous voulûmes repartir, continue-t-il, mais notre guide nous retint sur le perron, car la place était encombrée d'une foule qui grossissait à chaque minute et qui poussait des clameurs assourdissantes. La guillotine était dressée au milieu. On y amenait en moyenne vingt personnes par jour, hommes et femmes. La séance du tribunal révolutionnaire finissait à onze heures; sur un coup de sonnette, l'exécuteur entrait; il coupait les cheveux aux condamnés, leur liait les mains derrière le dos, les faisait monter sur la charrette. Il n'y eut ce jour-là que quatre victimes, trois hommes et une femme. Un quart d'heure avant midi, on les vit arriver. Le peuple manifestait son impatience, comme les spectateurs dans un théâtre avant le lever du rideau. Des femmes levaient leurs enfants en l'air, pour les faire jouir du spectacle. La charrette s'arrêta. La femme fut descendue d'abord ; elle était jeune, assez belle, mais portait déjà la pâleur de la mort sur son visage ; je ne pus savoir ce qu'on lui reprochait. On la porta évanouie le long des degrés qui montaient à l'échafaud, et on l'étendit sur la planche. Puis un éclair, un bruit sourd, et le bourreau montra une tête sanglante au peuple, qui applaudit. La tête et le corps furent jetés dans une caisse, et le couperet remonta. Ce fut le tour d'un bel homme, qui appartenait visiblement à la meilleure société ; j'appris plus tard qu'il avait racheté à Lille un couvent et qu'il y avait fait célébrer secrètement la messe ; il avait été dénoncé par un domestique. Il monta courageusement les marches ; mais, à la vue du couperet sanglant, il fut pris de peur et cria : « Vive la Répu- « blique ! » Le cri fut répété par la foule, mais ne le sauva pas. En dix minutes tout fut fini. Nous nous détournâmes avec horreur. »

Lebon, au milieu des atrocités qu'il commandait, affectait une certaine bonhomie ; il rudoyait les prisonniers, les endoctrinait, les tenait sous la menace du couperet, mais ne les laissait manquer de rien. « Vous êtes de si braves gaillards ! leur disait-il. Pourquoi vous laissez-vous vendre par votre tyran comme du bétail ? » Conrady savait le français ; cela lui servit en mainte occasion, mais

faillit un jour lui être fatal : on le prit pour un
émigré. Pour éloigner les prisonniers de la frontière, on les achemina lentement sur Paris. Ce fut
ici que Conrady apprit, au mois d'avril 1795, la
conclusion de la paix avec la Prusse; il était libre.
Un commissaire de la guerre avait eu l'amabilité
de le recommander à un de ses amis, qui lui fit
admirer les curiosités de la ville, et jamais, dit-il,
il n'eut une jouissance artistique aussi complète.
Il n'avait cueilli jusqu'ici que peu de lauriers, mais
il fut heureux de revoir son pays, et il rentra dans
l'armée hessoise avec le grade de sous-lieutenant.

II

En 1806, la Hesse fut incorporée au royaume de
Westphalie. Les officiers hessois furent mis en
demeure de prêter le serment de fidélité à Napoléon
ou de se constituer prisonniers. Conrady eut
d'abord quelques scrupules de se mettre encore
une fois au service d'un souverain étranger, mais
enfin il se décida pour le serment, et il nous donne
ses raisons. D'abord, il n'avait jamais été que
soldat, il n'avait été élevé que pour cela, et il sentait qu'en dehors du métier des armes il ne lui
restait qu'à mourir de faim. Ensuite, ajoute-t-il, il
espérait, sous le commandement de ses supérieurs
français, pouvoir se perfectionner dans l'art de la

guerre, qui était décidément sa vraie vocation. Il ne prévoyait pas qu'il ferait campagne avec les moins héroïques des généraux de Napoléon.

Le landgrave Guillaume IX, devenu prince électeur sous le nom de Guillaume Ier, s'enfuit, riche de ses soldats vendus et de ses fonctionnaires non payés. Le duc de Brunswick Frédéric-Guillaume, dépossédé comme lui, rassembla en 1809 un corps de volontaires, traversa toute l'Allemagne centrale en bataillant, rentra même dans sa capitale, puis recula devant des forces supérieures et se replia vers le nord. Le général Reubel, avec un corps westphalien, dont Conrady faisait partie comme adjudant-major, fut chargé de le poursuivre; mais il eut soin que la poursuite ne fût pas trop pressante. Brunswick eut le temps de s'embarquer pour l'Angleterre, et Reubel le suivit. « C'est seulement alors, dit Conrady, que je compris son plan de campagne, ses marches et contre-marches par des chemins impraticables, ses attaques simulées et ses haltes intempestives. » On opérait en pays ami, mais on n'en était pas moins mal reçu par les populations, que ruinaient les continuels passages de troupes.

Ce fut bien pis lorsqu'au printemps de 1812 la Grande Armée s'achemina, par la Prusse et la Pologne, vers la frontière russe. Dans l'intervalle, Conrady avait avancé en grade; il était chef de bataillon au 6e régiment d'infanterie. Il en résultait pour lui des devoirs nouveaux, parfois difficiles à remplir. Le roi Jérôme connaissait à peine ses troupes, n'avait aucune envie de partager leurs dangers, et retourna bientôt à Cassel. Le corps westphalien, étant placé à l'arrière-garde, trouvait ordinairement les magasins vides, et les villages que l'on traversait étaient déjà dépouillés du peu qu'ils pouvaient fournir. « Je dus employer les derniers moyens, dit Conrady, pour maintenir l'ordre et empêcher les excès. J'eus la plus grande peine à procurer à mon bataillon le nécessaire, ce qui est le premier devoir d'un chef responsable; car un soldat qui a l'estomac vide n'est que la moitié d'un soldat. D'après le système introduit par Napoléon, les habitants des localités où l'on faisait halte avaient à pourvoir à l'entretien des troupes, et ils devaient donner en plus à chaque homme sa ration pour la prochaine journée de marche, le payement de la solde étant suspendu. On se représente les exactions dont devaient souffrir le bourgeois et le paysan placés sur le passage de ces masses innombrables qui se succédaient sans relâche. Des régions, autrefois florissantes, étaient réduites à la misère. Le soldat voulait être nourri coûte que coûte, et l'officier se voyait dans l'alternative ou de voir ses hommes mourir de faim, ou de fermer les yeux sur des violences qu'il déplorait. »

Après le passage du Niémen, le corps westphalien fut placé sous les ordres du général Junot. Or

Junot, nous apprend Conrady, était ordinairement là où il ne devait pas être; et quand il était à sa place, il était en retard. A Smolensk, ayant été commandé par Napoléon pour une attaque de flanc, il arriva à dix heures du soir, quand la bataille était finie. « Je ne voulus pas rester au bivouac, continue le narrateur. J'étais fasciné par l'horreur grandiose de la ville qui brûlait. Franchissant un ravin, je montai sur un plateau qui se prolongeait devant moi jusqu'aux premières maisons et qui semblait redescendre vers la droite jusqu'au Dniéper. C'était là que devait avoir combattu le corps polonais, à en juger par les uniformes des cadavres, d'abord isolés et ensuite amoncelés. Un silence sinistre régnait maintenant sur ce champ de carnage. Je fis avancer mon cheval avec précaution, pour ne pas heurter les blessés. Enfin, j'eus devant moi comme une torche immense qui crépitait vers le ciel, et quand le vent l'agitait, on distinguait au milieu la noire silhouette des grands édifices restés debout. Mon cheval m'avertit, par un mouvement de tête en arrière, qu'il était temps de retourner. Je passai à côté d'un officier polonais qui avait les deux jambes arrachées par un boulet; il me supplia de lui donner à boire; je lui tendis ma gourde; il la vida jusqu'à la dernière goutte, et expira. »

Après Smolensk, et à mesure qu'on laissait derrière soi les villes désertes ou incendiées, Conrady augurait mal du succès de la campagne, et il assure que son avis était aussi celui de beaucoup d'officiers français. A la Moskowa, il prit part à l'assaut d'une redoute et eut deux chevaux tués sous lui. Puis son bataillon, réduit à quatre cents hommes, fut cantonné à trois lieues et demie de Moscou, loin du gros de l'armée. Cerné par un corps de douze mille Russes, il fut obligé de se rendre et dirigé avec d'autres prisonniers vers les provinces du midi. Lorsqu'ils arrivèrent à leur dernier cantonnement, le bataillon de Conrady comptait encore trois officiers et vingt-sept hommes. Lui-même, grâce à des recommandations venues d'Allemagne, put regagner ses foyers, après une captivité de dix-huit mois.

A Cassel, il retrouva son landgrave, que l'infortune n'avait pas corrigé, et qui continuait d'appliquer à ses sujets les mêmes principes de gouvernement. Il demanda du service dans l'armée prussienne, assista au dernier acte de la bataille de Waterloo, et entra une seconde fois à Paris, non plus comme prisonnier, mais en vainqueur. Ici s'arrête son journal. Il prit sa retraite cinq ans plus tard. Vrai témoin d'une époque où les conditions ordinaires de la vie étaient renversées, il avait combattu successivement sous trois enseignes différentes, et il n'avait eu qu'une fois l'occasion de porter les armes pour son pays natal.

TABLE DES MATIÈRES

1608-09. — Coulommiers: Imp. PAUL BRODARD. — 2-10.

www.ingramcontent.com/pod-product-compliance
Lightning Source LLC
Chambersburg PA
CBHW050158030726
47505CB00005B/1428